아메리칸
홀리

양현석
장편소설

아메리칸
홀리

American Holly

문학동네

American
Holly

차례

프롤로그

맨해튼의 지리적 형태는 참으로 특이하다. 지도 위에 그려진 이 땅의 생김새는 어른 남자의 성기 모양과 흡사하다. 그 외설스러움에 다들 표현을 피하는 것인지 모르지만, 끝이 약간 구부러진 채 늘어진 것이 영락없이 남성 상징을 옆에서 본 모습이다. 기능적 측면에서도 비슷한 점이 많다. 미국의 번식을 가져왔던 월 스트리트를 비롯해 언제든 분출이 가능한 각종 경제적 자양분들이 맨해튼에 가득차 있다. 이를 함부로 사용해 전 세계에 경제 위기의 먹구름을 몰고 왔던 서브프라임 모기지 사태 역시 이곳이 진원지다.

어느 날 미국의 생식기나 다름없는 그곳에 엄청난 테러가 일어났다. 수많은 우여곡절을 겪은 끝에 범인으로 지목된 빈라덴은 오랫동안 몸을 숨겼던 은신처에서 결국 사살되었다. 그 순간을 오랫동안 기다리고 염원해왔던 미 대륙은 한 점의 의심 없이 환호로 물결쳤다. 월드시리즈를 구경하던 관객들이 만세를 불렀고, 다음날 월 스트리트의 주식들이 폭등했다.

　하지만 사람들은 그 이전에 죽임을 당한 후세인에 대해서는 말이 없다. 악의 축으로 명명된 이라크였지만 예상과 달리 대량 살상 무기는 나오지 않았다. 후세인이 장기 독재를 하고, 이웃나라를 침략한 악한이어서 그런 것일까. 동족의 손에 최후를 맞이한 후세인의 죽음은 뒷맛이 그리 개운치 않다. 이라크인 스스로가 나서서 재판을 열고 목을 매단 '자살 사건'으로 교묘하게 위장되어 있다. 자기의 범죄 사실과 무관한 일로 몰락했는데 세상엔 그를 동정하는 사람은 많지 않다. 악의 제국, 악의 축이라는 것이 과연 존재하는가. 포식자의 눈으로 세상을 보면 세상은 얼마나 달라 보이나.

덫

자동차는 절벽 끝에서 발견됐다. 수명이 거의 다된 B의 구형 흰색 캠리는 예상했던 지점에 덩그러니 주차되어 있었다. 멀리서 그의 존재를 확인한 나는 거리를 둔 채 울창한 나무들이 만든 사각지대에 자동차를 꽂아넣었다. 차의 불빛을 먼저 지운 뒤 시동을 끄기 전에 다시 한번 주변을 빠르게 살폈다.

해풍 때문에 밤안개가 걷혀가고 있었다. 절벽 아래로 대서양이 마치 살아 숨쉬는 거대한 생물체처럼 부풀어오르며 불길하게 출렁였다. 흰 베일을 벗은 탓인지 보다 선명해진 어둠 속 간이 주차장엔 그의 자동차만이 홀로 남겨져 있었다.

나는 산책 나온 마을 주민인 듯 천천히 걸어갔다. 항구 쪽에서는 부웅 하는 뱃고동 소리가 길게 울려퍼졌고, 절벽 바위에 부딪혀 철썩거리는 대서양의 파도 소리가 끊임없이 들려왔다. 나는 그 소리에 묻혀 유령처럼 그에게 접근했다. 그는 자신에게 닥칠 위험에 대해 전혀 눈치를 못 챘는지 여전히 무생물처럼 절벽 위에 앉아 있었다. 나는 제법 높다란 가드레일이 끝나고 숲이 시작되는 좁은 틈새로 스며들었다.

도로가 끝나는 곳에서부터 빈 공간 없이 시작된 풀밭이 절벽까지 이어졌다. 내가 그의 등뒤로 갈 때까지도 그는 여전히 바다를 향해 넋을 놓고 앉아 있었다. 나는 움직임을 멈추고 마지막으로 다시 한번 주변을 살폈다. 여러 그루의 야트막한 나무들이 병풍처럼 둘러서 있을 뿐 주변에는 아무도 없었다. 조금 떨어진 곳에 세워둔 내 아우디는 커다란 나무들이 만든 그늘 때문에 전혀 보이지 않았다. 대양에서 불어오는 바닷바람 때문일까, 거의 걷혀버린 안개 사이로 어둠은 이미 깊어져 있었다.

나는 B의 목에 칼을 들이댔다. 차가운 금속이 몸에 닿자 움찔 놀라는 것이 느껴졌다. 아마도 그는 자신이 지금 인적 드문 곳에서 강도를 당하고 있다고 착각할 것이다.

왼손을 그의 겨드랑이로 집어넣었다. 내 앞에서 언제나 을의 위치를 벗어나지 못하던 B가 이번에도 지푸라기처럼 힘없이 딸려 올라왔다. 반쯤 정신이 나가 사시나무 떨듯 부들부들 떠는 초라한 육체의 아우성이 손바닥에 그대로 전달됐다. 오른손에 쥐고 있는 칼이 여전히 그의 목에 닿아 있었으나 불필요한 상처를 내지 않기 위해 조심했다. 나는 작은 틈조차 주지 않고 그를 절벽 쪽으로 가볍게 밀고 갔다. 드디어 절벽 가까이에 놈과 앞뒤로 나란히 섰다. 모르는 사람이 목격한다면 친구끼리 장난하는 것처럼 보일 법한 자세였다. 놈은 내 얼굴을 보지 못했다. 보여주고 싶은 마음도 전혀 없었다.

B의 어깨 너머로 밤바다가 소용돌이치고 있었다. 주변에 어떤 인기

척도 없음을 확인하고, 머릿속 구상대로 바로 실행에 들어갔다. 이제 상처가 아물어 단단하게 고정된 나의 한 발을 들어 그의 허리를 밀어버렸다. 되살아난 아킬레스건의 힘에 의해 그의 가벼운 몸이 허공으로 날아올랐다. 그리고 천천히, 이상하도록 천천히, 그가 절벽 아래로 떨어져내렸다.

너무 쉽고 간단해 허무할 정도였다. 헉하는 가냘픈 숨소리가 흘러나왔을 뿐 제대로 된 비명조차 없었다. 이라크를 무너뜨리는 데에는 이십여 일이 소요되었지만 놈을 해치우는 데에는 단 이십 초가 걸리지 않았다. 그가 절벽 아래로 추락하고 퍽 하는 소리가 들릴 때쯤 칼은 이미 허리춤에 감추어졌다.

나는 절벽 위의 안전한 곳으로 이동해 아래를 내려다보았다. B의 몸은 낭떠러지 아래에 떨어진 채 하늘을 향하고 있었다. 보름달이 떠올랐지만 절벽 아래를 막아선 그늘 때문에 분명하게 보이진 않았다. 추락하는 동안 몸이 회전을 했는지 바닷물에 오른쪽 절반이 길게 잠겨 있었다. 누구의 소행인지, 무슨 일인지조차 모른 채 아래로 떨어진 놈을 한참이나 지켜보았다. 바닷물은 흡사 의지를 가진 유기체처럼 그의 몸을 대상으로 밀고 당기기를 거듭하고 있었다.

칠 개월 전

온몸이 불에 타들어가는 듯했다. 고통이 아랫도리를 타고 확 번져 올라왔다. 그러나 정작 눈을 뜨려는 순간엔 고통보다 두려움이 앞섰다. 병원이라는 것이 얼핏 감지됐지만 내 판단을 믿을 수 없었다. 누군가에게 납치당해 지금 장기가 뽑히고 있는 것은 아닐까 하는 터무니없는 의심이 몰려왔다. 속이 울렁거리고 흉통과 복통까지 느껴지면서 차마 눈뜨고 주변을 확인하기가 망설여졌다.

그러는 사이에 소독약 냄새가 후각을 자극했다. 이어 병원 장비들이 내는 소음에 청각이 삐죽삐죽 살아나기 시작했다. 몽롱한 의식에 작은 빛이 스며들자 늘 그랬듯 경계심이 먼저 발동했다. 내 의지로 눈꺼풀을 밀어올리기 전부터, 그 불길하고 위태로운 상황이 내 감각기관들을 자극하고 있었다.

눈을 뜨자 하얀 천장이 느릿느릿 다가왔다. 처음엔 모든 것이 뿌옇게 보이다가 거짓말처럼 아주 천천히 시야가 밝아졌다. 먼저 침대 머리맡에 대롱거리며 매달려 있는 링거 팩이 시선을 끌었다. 그 투명한 액체를 운반하는 가느다란 선을 따라 내 시선이 이동했다. 예상한 대로 그 액체는 내 왼팔을 타고 몸으로 흘러들어가고 있었다. 하얀 테이프 뭉치로 볼썽사납게 고정된 주삿바늘에 흠칫 놀랐지만 그곳은 예상 외로 별다른 느낌이 없었다. 대신에 예리한 칼날 같은 것으로 두 발목에서부터 골반까지 마구 후벼파는 고통이 덮쳐왔다. 잠깐 사이에 그 괴로움은 사나운 파도가 되어 몰려왔다가 몰려가는 것을 반복했다.

억. 나도 모르게 외마디 소리가 나왔다. 고통이 깊어지면서 어느새 집채만한 파도로 돌변한다. 으윽. 바위가 부서지는 것 같은 엄청난 아픔에 나도 모르게 고개가 뒤로 젖혀졌다.

"그가 깨어났어요."

기름진 여자의 목소리가 이명처럼 울려퍼졌다. 의식의 혼란 속에서 흑인 간호사의 얼굴이 둥둥 떠왔다. 다가오는 그녀의 눈, 코, 입은 흡사 물에 가라앉아 익사하기 일보 직전에 던져진 구명튜브의 무늬처럼 흔들렸다. 내 몸이 눕혀져 있는 이곳은 어딜까. 이 생면부지의 낯선 장소가 병원이란 말인가. 아니면 불온한 의도를 가진 사람들에 의해 어딘가에 납치당해 있는 걸까. 의식은 회오리치는 탁류 속에서 빙글빙글 돌며 아래로 가라앉는 나뭇잎처럼 흔들렸다. 하지만 그 짧고 환각적인 순간에도 내 의식은 되살아나 움직이기 시작했다. 나의 감각기관들은 사태를 파악하기 위해 신경을 곤두세우며 재빠르게 탐색에 들어갔다.

내가 무슨 일을 당한 것일까? 두 다리와 아랫도리를 찢는 이 고통은 무엇이지? 어젯밤에 무슨 일이 있었던 것일까? 누가 나에게 테러를 가했나? 약물 때문에 시야가 흔들리는 것일까? 등등 갑자기 의식 과잉처럼 수많은 생각들이 밀려왔다 쓸려나갔다.

"흠……"

이런 내 생각을 밀어내려는 듯 누군가 인기척을 냈다. 시야 안으로 밀려들어온 간호사가 내 얼굴을 들여다보았다. 연갈색 얼굴에 이집트 파라오처럼 진하게 그려진 눈초리가 예리해 보였다. 처음 들었던 기름진 목소리의 주인공은 아니라는 것을 알 수 있었다. 아프리카 흑인 계통과는 다른 중남미 흑인의 전형적인 모습이었다. 백인이나 히스패닉의 피가 약간 섞인 푸에르토리코 인근 출신의 차갑고 신경질적인 느낌이었다.

"괜찮아요?"

침대 맡 기계에 눈길을 주며 간호사가 한마디 툭 던진다. 하지만 그 말을 듣는 순간 내장이 울렁거리며 머릿속이 하얗게 변하는 것을 느낀다. 괜찮은 것인지 안 괜찮은 것인지 손가락 하나 까딱할 수 없는 지금 입장에서는 알 길이 없다. 다시 한번 이명이 웅웅거리며 메아리처럼 물결쳤다. 소음이 되어버린 그 말이 관자놀이를 타고 내 두뇌 속을 찌르고 들어왔다. 얼굴을 찌푸리려는 순간 푸른색의 얇은 병원 장갑을 낀 손이 불쑥 눈앞에 나타났다.

고개 숙인 그녀는 두 손가락으로 내 눈을 크게 열었다. 동시에 만년 필같이 얇은 플래시를 내 눈앞에 갖다 댔다. 정신이 흐릿한 가운데 불빛 뒤편에 숨겨진 짙은 눈화장이 이상하게 신경에 거슬렸다. 어쩌면 그녀가 진짜 의료진이 아니라 조작된 상황 속에서 각본대로 움직이는 가짜일지 모른다는 생각이 들었다. 불빛이 내 눈 속을 헤집는 사이에 불길한 기분이 온몸을 얼어붙게 했다.

도대체 여기가 어딜까. 내가 병원에 누워 있는 것은 확실한가. 만약 병원이 아니라면 어찌된 일인가. 이 믿을 수 없는 상황에 대한 의심이 밀려들었다. 내가 납치된 것이라면, 내 몸의 고통이 테러 때문이라면…… 언젠가 당할 일이 마침내 닥쳤구나, 하는 불안감이 계속해서 엄습했다. 그런 공포감에 내 심장이 싸늘하게 식어갔지만 정지된 내 몸은 그냥 속수무책이었다. 내 눈 속을 살피던 그녀가 예리한 주사기를 들어올릴 때 그 불안감이 절정에 달했다. 커다란 주사기에 담긴 흰 약물이 내 머리 위에 대롱대롱 매달린 링거액 속에 흘러들었다. 그 주사기가 투명한 링거 팩의 몸체를 찔렀는지 아니면 링거액이 타고 내려오는 중간 어디에 놓였는지조차 판단할 수가 없었다. 마치 바늘이 내 혈관을 직접 찌르는 것 같은 착각 때문에 그곳을 볼 엄두가 나지 않았다.

"으……"

내 입에서 신음 소리가 새어나갔나보다. 주사를 놓은 흑인 여성의 시선이 다시 내 얼굴에 꽂힌다. 그녀는 미간을 약간 찌푸렸다가 아무 일 없었다는 듯이 뚜벅뚜벅 병실 밖으로 걸어나간다. 어, 어, 무슨 말이든 해야 하는데…… 무슨 일이냐고 물어봐야 하는 절박한 순간에 주입된 약물 탓인지 입이 떨어지지 않았다. 꺼져가는 의식 가운데서도 강박감이 마지막 역할을 다했다. 침몰 직전 최후의 순간까지 살아남은 생각의 조각들이 모스 부호처럼 타전되어 들어왔다. 도대체 무슨 일인가. 내 혀는 어떻게 된 것일까. 미국 땅에 처음 내린 십칠 년 전처럼, 왜 갑자기 입이 떨어지지 않나.

그리고 얼마나 시간이 흘렀을까. 깜빡깜빡, 고장난 컴퓨터 화면처럼 명멸을 반복하던 의식에 잠시 불이 들어왔다. 다시 혼돈 속에 누워 있는데 이번엔 뚱뚱한 흑인 간호사가 다가온다. 처음 다녀간 여성보다 얼굴 색깔이 더 검었고, 눈, 코, 입 등 윤곽이 크고 둥글둥글한 순수 흑인 스타일이었다. 그녀는 걱정스러운 듯 내 얼굴을 흘끔 보고는 들고 온 주사액을 링거 팩에 흘려넣었다.

순간 누군가 컴퓨터 코드를 뽑듯 의식의 화면이 깜깜해진다. 고통과 번민, 불길함 등이 일시에 사라지며 사방이 갑자기 고요해졌다. 안타까운 시간이 나의 침묵 속에서 또다시 얼마나 흘렀을까. 누군가 깨우는 소리에 내 의식이 부스스 흔들리며 눈을 떴다.

"안녕하세요. 몸은 좀 어떠세요?"

갑자기 들려온 친숙한 모국어였다. 나는 어리둥절한 채로 목소리의 주인공을 올려다보았다. 검은색에 가까운 군청색 경찰복과 가슴에 매달린 커다란 금속 배지가 먼저 눈에 들어왔다. 침대 머리맡에 성큼 다가와 모자를 벗는 그는 삼십대 초반 정도의 인상 좋아 보이는 동양인이었다. 순간 무슨 말을 하려는데 성대가 콱 잠기며 헛기침부터 나왔다. 한국말 하는 경찰이 먼저 나타나다니…… 지금은 안전한 상태라는 안도감과 뭔가 복잡한 일에 휘말렸다는 불길한 생각이 동시에 들었다. 그 순간, 그 섬뜩한 분위기를 뒷받침할 수 있는—내 다리들이 단단하게 고정되어 있다는—사실이 처음으로 확인됐다. 초록색 임시 깁스 사이로 얼핏 보이는 두 발목이 믿을 수 없을 정도로 퉁퉁 부어올라 있었다. 그 낯선 풍경에도 불구하고 다리를 움직이거나 발목을 들어서 자세히 볼 수는 없었다. 또 성기 위쪽 부위에도 칼에 찔린 듯 상당한 통증이 느껴졌다.

그는 백인 동행자에게 의자를 권한 뒤 침대 가까이에 앉았다. 선임 형사 같아 보이는 백인 남자를 보조하기 위해 나타난 모양이었다.

"어젯밤 일 기억나세요?"

어젯밤에 무슨 일이 있었던 것일까? 몽롱한 가운데 기억을 끌어모 았지만 생각나는 것이 거의 없었다. 금요일 저녁에 몇몇 한인들을 만 나 술을 마셨다. 집이 고작 몇 킬로미터 떨어진 플러싱이었지만 운전 을 핑계로 그다지 가깝지 않은 그 사람들과의 과음을 피했다. 챙겨주 는 봉투를 받고, 주변 노래방에서 놀다가 마신 술이 거의 깬 뒤 사람들 과 헤어졌다. 약속 장소 인근에 주차할 곳이 마땅치 않아 차를 몰고 골 목길을 헤맸던 기억이 선명했다. 이럴 줄 알았으면 집에 차를 세우고 한인 택시를 탈걸 하는 뒤늦은 후회를 했었다. 골목길을 이리저리 빙 빙 돌다가 플러싱의 노던 블러바드 안쪽 길가에 어렵사리 차를 세웠 었다.

주차했던 곳을 터덜거리며 찾아갔다. 내 아우디 앞에는 냉동차 같 은 중형 트럭이 세워져 있었다. 그 사이 좁은 틈바구니를 지나며 자 동차 열쇠를 찾는 순간 정신을 잃었다. 누군가 수건 같은 것으로 입 을 막았는데, 헉하며 당황하는 순간에 모든 기억이 사라졌다. 바깥으 로 배출되지 못한 채 목구멍과 머릿속에서 맴돌던 수치스러운 비명소 리. 뒤에서 덮치는 찰나의 인기척과 내가 삼킨 외마디 비명소리가 내 게 남은 기억의 전부였다.

"누군가 수건으로 입을 막았어요. 그 순간 바로 정신을 잃었고요."

쉰 목소리가 내 입을 통해 터져나왔다. 이건 내 목소리가 아닌데,

내 목소리는 더 부드러워야 하는데. 갑자기 치매 환자처럼 정돈이 안 된 말이 함부로 튀어나온 것이었다. 잠시 헛기침을 하며 당혹스러운 마음과 성대를 가라앉혔다.

"누군가가 골목에서 갑자기 뛰어나왔나요?"

경관이 질문을 하며 수첩에 무언가 적기 시작했다. 말투가 어눌한 것으로 보아 여기서 태어난 한인 2세나 3세 같았다.

"모르겠어요."

"누가 따라오지는 않았나요?"

"전혀요."

"누가 숨어 있다거나 하는 이상한 분위기는요? 뭐 좀 이상한 것 없었어요?"

"글쎄, 뭐가 있었나. 내 차 앞에 트럭이 서 있었고요. 냉동차 비슷한 중형이었는데. 처음 도착해 억지로 주차한 탓에 차간 거리가 좁았죠. 그 이외에는 뭐 별로 기억에 남는 것이 없네요."

"정말, 기억나는 게 없나요?"

"없어요."

애송이 경관은 기억만 물고 늘어졌다. 실험실 쥐가 미로를 헤매듯 뭔가 애매한 장면이 계속 이어지고 있었다. 사건이 발생했다면 일단 인적 사항부터 파악해야 하지 않나. 수사의 기본 원칙마저 무시하고 있지 않은가. 나의 답답한 마음을 아는지 모르는지 한인 경관은 질문과 메모를 느릿느릿 이어갔다.

"그러니까 이선생님의 차 앞에서 사고를 당하셨다는 거죠?"

"내 기억은 그것까지예요. 차 앞까지가 전부라고요."

"이선생님께서는……"

그는 잠시 말을 멈추고 메모를 했다. 이선생님이란 호칭을 분명하게 사용하고 있었다. 생각과는 달리 이미 내 신상이 파악된 것이 분명했다. 순간 그의 수첩 사이에 끼워져 있는 것이 내 운전면허증이라는 사실을 알아차렸다. 하긴 내가 한국계라는 것을 파악했기에 한인 경관을 앞세우고 온 것이겠지. 이렇게 기민하게 움직인 것을 보면 심각하거나, 아니면 엽기적인 사건이 벌어진 듯싶었다.

그는 내 호칭을 불러놓고 계속 메모만 했다. 나와의 대화가 너무 앞서갔는지 한참 동안 기록을 이어갔다. 그 틈을 헤집고 잠시 촉수를 안으로 말아넣었던 내 자아가 사태 파악을 위해 뾰족이 고개를 내밀었다. 그가 너무 가까이 앉은 탓인지, 혹은 내 의식의 과잉 탓인지 모르지만 이번엔 시야가 너무 과민해졌다. 귓등 아래의 질감 좋은 목을 타고 흘러내리는 땀방울의 무늬까지 보이는 것만 같다. 짧은 순간, 얼굴을 숙인 채 영문으로 기록해나가던 한인 경관의 표정이 약간 뒤틀어지는 것이 느껴졌다. 그는 자신이 적어나가던 표현의 어느 부분을 지나치며 입가에 퍼지는 웃음을 지우기 위해 애쓰고 있었다.

뭘까, 저 표정은? 나의 예민한 자의식이 작동하려는 순간 내 몸의 지진계가 다시 굉음을 낸다. 작고 의미 없는 단서에 매달려 허둥대고 있는 나를 비웃듯이 그렇게 말이다. 처음 의식을 찾았을 때보다는 강도가 훨씬 약했지만 싸늘한 고통이 다시 아랫도리를 흔들고 지나갔다.

으…… 나도 모르게 찡그렸나보다. 내 고통이 전달된 탓인지 한인 경관의 입 주변을 맴돌던 미소가 사라지며 표정이 진지해졌다. 목을 타고 흘러내리던 땀방울이 짙은 군청색 정복의 목깃에 흡수되며 짧은 순간, 작고 검은 얼룩무늬를 만들었다가 흔적 없이 사라졌다. 옆에 앉은 백인 형사는 가끔씩 한인 경관이 기록하고 있는 수첩과 내 얼굴에 눈길을 줄 뿐 별다른 참여가 없었다.

"아침에 의사에게 설명 들으셨죠?"

사내가 내 얼굴을 외면한 채 질문했다.

"아뇨."

스스로 듣기에도 상당히 무뚝뚝한 대답이다. 아직 헤어나지 못한 내 의식의 몽롱함 때문이었다. 내 의도와 무관하게, 치과 치료를 받은 후 마취에서 덜 풀린 퉁퉁 부은 입술 사이로 발음이 빠져나가듯이, 이성의 통제를 미처 받지 못한 거친 억양이었다. 양미간을 찌푸린 채 왼손으로 어색하게 서걱대고 있던 경관이 순간 움직임을 멈췄다. 기록하는 일이 마치 자신에게 익숙지 않다는 듯이 불안정한 몸짓을 계속 보여왔던 그였다. 짧고 단호한 대답에 놀란 듯 경직된 경관의 시선이 어색한 궤적을 남기며 느리게 내 얼굴로 옮겨왔다.

"아직 설명을 못 들으셨다고요?"

"네, 아직요."

"어젯밤에 병원측과 이야기 나누신 걸로 아는데요."

"글쎄, 그런 기억이 없는데."

병원측과 이야기를 나누었다니, 그런 일은 결단코 없었다. 내 기억 속에는 대화에 대한 약간의 잔상조차 남아 있지 않다. 내 말을 들은 젊은 경관의 얼굴 위로 난감한 표정이 스쳐지나갔다. 하지만 곧 수첩을 펴든 채로, 내 침대 옆 의자에 살집 좋은 엉덩이를 내려놓았던 첫 장면처럼 약간 무표정한 모습으로 되돌아갔다.

20

"어제저녁의 일정을 말씀해주시죠."

"일정이라고요? 무슨 뜻이지요?"

내 질문에 경관의 고개가 옆으로 삐딱하게 기울어졌다.

"사고당하기 전에 무얼 하셨나요?"

"사고라니요? 퇴근 후 아는 사람들과 만나 저녁을 먹고 노래방 간 것이 전부입니다. 근데 내가 강도를 당했나요?"

말을 하는데 다리 전체로 또 한번 진통이 지나간다. 아침에 잠깐 눈 떴을 때보다는 훨씬 가라앉은 느낌이었지만 수십 개의 바늘로 아랫도리를 찌르는 듯 고통스러웠다.

"정말, 아무것도 모르세요?"

"대체 무슨 일이죠?"

대답을 기다리던 젊은 경관이 내 역질문에 약간 당황한 기색을 보였다. 옆에 있는 백인 형사와 상의하려는 듯 그쪽으로 얼굴을 돌리며 주저주저하다 그만 입을 다문다. 어쩌면 내가 그 정도 영어는 알아들을까봐 망설이는지도 몰랐다.

"이게 이선생님 운전면허증 맞죠? 이건 명함이고요."

한인 경관이 수첩 사이에 끼워져 있던 운전면허증을 들어올리며 질문을 바꾼다. 그것은 그의 말처럼 십수 년간 갱신을 거듭해온 파란만장한 내 뉴욕 주 운전면허증이었고, 신문사 로고가 박힌 명함 역시 내 것임에는 분명했다.

"그러네요."

달리 할말이 없어 어정쩡하게 대답하는데 그가 다시 운전면허증을 눈앞에서 거둬간다.

"쓰러지기 전에 뭔가 느낀 건 없으세요? 차 옆에서 사람을 보았다던가."

"마지막 순간, 뒤에서 인기척을 느끼기는 했지만…… 더이상 기억나는 것은 없어요."

더 말할 것도 없이 그게 내 기억의 전부였다. 사람들이 제법 오가는 플러싱의 노던 블러바드에서 별로 떨어지지 않은 골목길이었다. 집에서 그다지 멀지 않은 곳이어서 긴장할 필요가 없는 장소였다. 말만 골목길이지 왕복 2차선에 양쪽으로 주차가 가능한, 제법 공간이 넉넉한 도로변이었다. 단지 내 차가 주차된 장소는 약간 오목하게 아래로 내려가며 꺾어져 있었다. 6차선 큰 도로를 오가는 행인들의 시선과 단절되어 있을 뿐 위험해 보이는 곳은 아니었다. 더군다나 이 지역 주민들의 절반 정도가 동양인이라는 점이 뒷골목에서조차 나를 안심하게 했다. 그런 안일함이 늘 그렇듯 내 뒤통수에 회심의 일격을 가한 모양이었다.

"그때 골목이 깜깜했나요?"

"가로등이 있었고, 환하지는 않았지만, 그런대로 보일 건 다 보였어요."

"그런데 아무것도 못 보았단 말이죠?"

"아무것도요."

경관의 질문이 계속 제자리걸음이다. 같은 곳에서 빙글빙글 돌고 있는 자신의 질문과 내 대답에 그가 답답한 표정을 지었다.

"자택은 운전면허증에 나와 있는 것처럼 플러싱이고요?"

순간 다시 아랫도리로 고통이 몰려오며 나도 모르게 손이 그쪽으로 갔다. 하지만 대화 도중이라 더 확인할 수는 없었다. 나는 그냥 가벼운 고갯짓과 눈을 깊게 감았다 뜨는 행동으로 그 말에 동의했다.

"이 휴대전화, 선생님 것이지요?"

사내가 주머니에서 전화기를 꺼내들었다. 내 고야드 지갑과 흡사한 수제 가죽 케이스를 한눈에 알아볼 수 있었다. 보호막 속에 들어 있는 애플 기기보다 더 값이 나가는 카프스킨 제품이었다.

"그렇게 보이는군요."

중년의 백인 형사는 여전히 아무 말 없이 옆에 앉아 있었다. 사건 현장을 목격하지 못한 피해자 심문에 군이 나서야 할 필요성을 못 느끼는 듯했다. 그냥 말 안 통하는 이방인을 애송이 경관 손에 맡겨놓고도 태평할 정도로 느긋한 인물처럼 보였다.

"매우 특이한 사건이어서 최우선적으로 수사에 들어갈 것 같습니다. 서장이 직접 지시하기도 해서 곧 윤곽이 드러나리라 봅니다."

젊은 경관이 마치 비밀리에 하는 위로의 말처럼 빠르고 나지막하게 말을 이어갔다.

"뭐가 어떻게 된 거죠?"

"드릴 말씀은 아니지만 단순 사건 같지 않네요. 수법도 특이할뿐더러 피해 물품이 없는 것으로 보아 강도일 리도 없고요. 원한 때문이거나 인종 혐오 범죄이거나, 그것도 아니면 사이코패스 짓이겠죠."

그는 더 낮은 목소리로 중얼거리듯 말했다. 마치 같은 한국말을 사용하는 사람에게 시험 감독관이 몰래 귀뜸해주는 듯한 선의의 모습까지 연출해 보였다. 그러나 동족끼리의 우호적인 분위기가 내 불길함을 잠재울 만큼의 위안을 가져다주진 못했다. 그보다는 뜻밖의 충격

을 안겨주는 사건 내용을 단번에 이해하고 받아들이기가 막막하기만
했다.

원한, 인종 혐오, 사이코패스. 이 세 단어가 강렬한 느낌을 안겨주
었다. 젊은 경관이 병실을 떠난 후에도 그가 남긴 경솔한 추측성 대답
이 머릿속을 끝없이 맴돌았다. 그것이 아랫도리의 예리한 고통보다
더 큰 어둠이 되어 내 의식을 덮쳐왔다. 누군가 내 몸에 큰 테러를 자
행했다는 이야기였다.

원한, 인종 혐오, 사이코패스라니. 뭔가 일이 크게 잘못되었구나.
절망적인 느낌이 눈앞에 마구 뿌려진 검붉은 피처럼 선명하게 다가
왔다.

나를 조종하는 자는 누구인가

나는 누군가에 조종당하는 듯 점점 미쳐갔다. 퇴원 이후에 머리를 삐죽 내민 두 자아의 싸움이 극렬하게 전개됐다. 이 주간의 입원 기간 동안 침착한 모습을 보였던 광폭한 자아가 결국 참지 못하고 폭발했다.

"다른 병원, 다른 의사들과는 달라요. 최소 한 달 이상 입원해야 하지만 우리 팀은 환자 스스로 극복하는 데 더 초점을 맞추고 있죠. 쉽지 않은 일이겠지만 퇴원 후 집에서 사 주 정도는 움직이지 않고 견디셔야 해요."

아킬레스건이 이렇게 중요한지 몰랐다. 남은 평생을 불구자로 살 가능성마저 상당했다. 억울하고 기가 막혔지만 가해자조차 알 수 없는 사태를 견뎌내야 했다. 자신의 독특한 치료법을 고집하는 의사 덕분에 일찍 퇴원할 수 있었다. 주말임에도 달려와 바로 수술을 해준 의욕 넘치는 중년의 정형외과 의사였다.

수술은 하반신 척추 마취로부터 시작됐다. 양쪽 모두를 수술하는데 세 시간 정도 걸렸고, 그후 허벅지 위까지 올라오는 초록색 통 깁스를 하고 누워 있었다. 입원 기간 동안 하루에 한 번씩 깁스를 열고 꿰맨 부분을 소독했다. 삼 주째로 접어드는 첫날, 드디어 실밥을 뽑고 퇴원 수속을 밟았다. 하반신 전체를 억압했던 통 깁스를 빼내고 대신에 단출한 무릎 밑 깁스로 바꿔 다시 고정했다.

"칼로 잘린 게 염증으로 인한 파열보다는 간단해요. 물론 이렇게 양쪽 모두 잘린 것은 예외지만 말입니다. 이 병원 안에서도 주치의마다 깁스 착용 기간을 다르게 판단하죠. 깁스를 풀고 난 뒤 병원 시스템 속에서 재활치료를 시키는 게 일반적이고요. 하지만 난 일상으로 빨리 돌아가는 편이 낫다고 생각합니다. 무리하지 않는 범위 내에서 움직이는 편이 차라리 회복이 빠르다고 보는 거죠. 보조기를 차고 직장에 나가는 것이 훨씬 유익하다고 생각합니다. 난 생존을 위해 스스로 움직이는 자연 재활 방법을 선호해요."

턱에 수염을 기른 유대인 의사는 자신감에 넘쳤다. 퇴원 직전에 병원 통역관까지 불러 자세하게 설명해주었다. 이 정도 깊이의 상처 같으면 다른 의사는 입원을 팔 주까지 주장할 수 있지만 본인 생각엔 그럴 필요가 없다는 것이었다. 나 역시 갑갑한 병실에 있기보다는 자연 재활이란 새 치료법의 손을 들어주고 싶다. 퇴원이란 말에 암울함이 한순간 사라지며 희망의 빛이 다가오는 것 같았다.

하지만 뭔가 석연치 않은 점이 나를 끊임없이 괴롭혔다. 성기의 일부와 그 윗부분인 아랫배를 찢어놓았던 칼자국은 별일 아닌 것처럼 흐지부지 지나갔다. 어찌 보면 이게 더 큰 문제인데 왜 쉬쉬하는 걸까. 사태를 축소하려는 경찰을 향한 의혹이 커졌지만 어쩔 수 없었다. 마치 맨해튼 엠파이어스테이트 빌딩이 테러를 당한 듯 성기 가운데에 가로로 깊은 자상이 났다. 하마터면 혈관을 자를 뻔했던 그 위험천만한 상처는 약간의 치료만으로 그냥 넘어가고 있었다. 왜 이 민감한 곳에 칼을 그어댔을까 하는 의구심이 들었지만 더이상 발언하기가 쉽지 않았다. 경찰에서는 의도적이라고 느낄 만큼 아킬레스건 절단에 집중할 뿐 성기에 대한 것은 문제삼지 않았다. 첫날 만난 한인 경관의 감추어진 웃음이 미묘하듯 이 상처에 대한 불길함은 타다 만 석양의 잔상처럼 긴 여운을 남겼다.

그사이에 신문사 사람들이 문병을 왔다. 많은 사람들이 덕담을 나누고 갔지만 내 운명은 전혀 알 길이 없었다.

"이국장, 걱정하지 마라. 언론인 테러가 미국에 있다니. 한국에서도 오래전 이야기 아닌가. 어이가 없는 일이야. 하여간에 꿋꿋하게 일어서라고. 내가 이국장 같은 투사를 좋아하는 건 알지? 일어날 때까지 자리 안 치울 테니 걱정하지 말고."

지사장이 사람들 앞에서 나를 격려했다. 투사로 치켜세우며 초록색 다리 깁스에 사인을 했다. 마치 농담처럼 자리를 치우지 않겠다는 말을 했고, 사람들은 기다렸다는 듯이 일제히 폭소를 터뜨렸다. 그 이후에도 수시로 들이닥치는 방문객들과 기념사진을 찍거나 환담하며 입원 기간을 그럭저럭 보냈다.

나는 휠체어를 타고 퇴원했다. 입원했던 환자가 퇴원하면 환자의 증상이나 부위와 관계없이 휠체어에 태워 내보내는 것이 미국 병원의 관례였다. 하지만 그런 관례와는 상관없이 나는 정말로 필요에 의해 휠체어를 탔고, 집 앞 도로까지 그 휠체어를 신고 왔다. 차출된 젊은 기자 두 명이 나를 전쟁터에서 부상당한 영웅처럼 이층 내 방 침대에 눕혀주고 돌아갔다. 화기애애했던 분위기가 다 가시기 전에 가사도우미로 고용된 파트타임 여성이 불쑥 찾아와 인사를 했다. 새댁처럼 정갈하게 앞치마를 두른 그녀가 잠시 청소하는 사이에 나는 책까지 펴들고 여유를 부렸다. 한국에 그대로 있었으면 안락한 생활을 했을 법한, 품위 있는 중년 여성의 예상치 못한 등장이었다. 그 여성이 맵시 있게 청소하는 중간중간 나에게 보내는 존경의 눈빛마저 은근히 즐겼다.

그리고 거짓말처럼 모든 것이 끝났다. 내가 투사가 된 것 같은 우쭐한 기분은 현관문을 닫고 그녀가 사라지는 그 순간까지였다. 아킬레스건이 잘린 상태에서 혼자 대낮에 남겨지자, 상황은 순식간에 바뀌기 시작했다. 직장 생활에 대한 전망이 자랑스러울 것 없는 원인불명의 테러로 점차 어두워졌다. 쩔뚝거리고 살아야 하는 미래가 브레이크 파열된 자동차처럼 언덕 아래로 굴러떨어지기 시작했다.

처음엔 그냥 잠만 쏟아졌다. 소염제와 진통제, 신경안정제 등이 뒤섞여서인지 눈뜨기조차 어려웠다. 밤낮을 가리지 않고 하루종일 커튼을 친 채 침대에만 누워 있었다. 나에게 일어난 일이 꿈인지 생시인지 알 수 없을 정도로 의식이 풀어져 있었다. 자다가 깨면 약을 먹었고, 또 자다가 깨면 약을 먹고 누웠다. 그사이에 일하는 여성이 소리 없이 밥을 놓아두고 갔지만 식욕이 있을 턱이 없었다. 어쩌다 의식이 살아나 그녀와 눈길이 마주쳐도 왠지 유리벽을 사이에 둔 것 같은 분위기였다. 마음 한구석에서 은근히 기대했던 감정 교환은커녕 싸늘한 냉기마저 흘러넘쳤다.

내가 예민해진 탓일까. 그녀의 눈에서는 번뜩이는 경계심과 알 수 없는 적대감 같은 것이 느껴졌다. 아직 미모가 사라지지 않은 여성이 적은 돈을 받고 방문하는 것도 불가사의했다. 어떤 때는 무슨 이유로 외간남자 혼자 누워 있는 집에 들락거리는 걸까, 하는 의심이 커튼 사이로 스며드는 자동차의 매연처럼 스멀스멀 퍼졌다.

도대체 누가 그녀를 보낸 것일까. 그동안 당연하게 받아들였던 것에 의구심이 밀려들었다. 신문사의 누군가? 주제넘은 인사가 구직 광고를 보고 전화했을 수도 있다. 오지랖 넓은 지사장이 간부들 회의 석상에서 농담 삼아 툭 던졌다면 가능한 일이다. 사건 당일 어울렸던 한인 단체 간부의 선심성 배려도 떠올랐다. 무엇보다 병원 내의 재활의학과나 뉴욕 시 사회복지과에서 보냈을 가능성이 가장 높아 보였다. 이런 추측이 틀렸다면, 기억에는 없지만 나 자신일 수 있었다. 요즘 내 기억을 누가 잘라내는 듯 가끔씩 과거의 부분 부분이 텅 빈 채 나타나곤 했다.

그녀가 청소를 하거나 집안을 정돈하고 나면 흔적이 남았다. 미세하긴 하지만 방안 공기중에는 묘한 향수 냄새가 섞여 있었다. 쿵쿵 냄새를 맡아보면 뭔가, 청초한 식물성 향기라기보다는 육감을 자극하는 동물성 향수 같은 것이 느껴졌다. 첫날 발견했던, 막 마트에서 사온 것 같은 앞치마나 미처 상표도 떼지 않은 청소 기구부터 의심스러웠다.

하지만 그 의심을 이어가기엔 내가 너무 쇠약했다. 가끔씩 그녀의 육감적인 몸매가 그려지긴 했지만 이내 다시 무감각해져갔다.

그리고 또 얼마나 지났을까. 시간 개념이 없어지면서 현실감도 사라졌다. 내가 왜 누워 있는지조차 잊을 때가 많았다. 오랜 시간 몸을 건강하게 보전해왔던 살과 근육들이 빠져나가며 점차 앙상해졌다. 몇 날 며칠인지 알 수 없는 고통의 시간이 지난 후에야 부어오른 발목의 부기가 가라앉는 기미를 보였다. 두 다리를 타고 흘렀던 고통이 줄어들며 진통의 간격이 조금씩 길어졌다. 이런 상처의 회복과는 달리 더 악화되는 트라우마는 눈 밑에 생겨난 다크서클처럼 참혹하게 짙어져가기만 했다. 무력감 때문인지 약 먹는 것이 갈수록 귀찮았고, 또 점점 게을러져 약 먹는 시간을 넘기기 일쑤였다. 약기운이 떨어지고 침대에서 눈을 뜨면 밀려드는 절망감을 나는 감당할 수 없었다. 세상과 단절된 이 믿을 수 없는 몰락에 대한 자각이 갑자기 심장을 예리하게 찌르며 엄습했다. 두 눈에서 흘러내린 눈물이 베개를 적셨지만 그것으로는 부족했다.

불구자가 될 수 있다니. 의사는 회복이 가능하다고 말했지만 믿기지 않았다. 아킬레스건이 절단되어 불구자가 된 조폭들의 이야기가 떠올랐다. 갑자기 쇠약해진 내 육신에 두려움과 불길함이 폭풍처럼 휘몰아쳐왔다. 제대로 걸을 수 없다면 앞으로 어떻게 살아야 할까, 하는 생각에 머릿속이 타들어가는 것만 같았다. 제 한몸 지키기 위해 수단과 방법을 가리지 않아도 살아남기 힘든 이민 사회였다. 사지가 멀쩡해도 사냥이 힘든 상황에서 불구가 되는 일은 모든 것이 끝났다는 의미였다. 내가 상처받은 자들을 깔아뭉갰듯이 그들 역시 나에게 똑같이 할 것 같았다. 이런 감정이 점점 증폭되면서 나 자신을 주체할 수 없었다. 갑작스러운 발작은 그렇게 시작됐다. 나는 벽지를 쥐어뜯으며 소리 없이 흐느꼈다. 그러다가 한순간 손톱이 깨졌고 그 사이에서 피가 흘러내렸다. 너무 아파 침대 시트를 틀어잡고 끙끙거리며 뒹굴었다.

이럴 수가. 그때 전혀 다른 직접적인 고통이 엄습했다. 단말마적으로 쏟아져나오는 비명을 꺽꺽거리며 참아야 했다. 이미 접합된 근육보다 새로 부서진 손톱이 훨씬 고통스러웠다. 적어도 십 분 정도는 손톱의 조그만 갈라짐이 표현하기 힘든 아픔을 가져다주었다.

불운은 한꺼번에 온다던가. 고통 역시 마찬가지라는 것을 나는 자각해야 했다. 갑자기 정신이 번쩍 들며 소리를 내지 않기 위해 손으로 입을 틀어막았다. 깨진 손톱을 입으로 빨며 침대 위를 뒹굴었다. 손톱이 깨지는 육체적 아픔이 사라지자 잠시 숨을 죽였던 정신적 혼란이 다시 몰려들었다. 약을 먹어야 한다는 생각이 들었으나 움직일 수가 없었다.

몸을 움직이려는 의욕 자체가 사라져버린 것이었다. 약과 함께 침대 옆 탁자에 놓인 생수병이 텅 비어 있었다. 이런 답답한 시간을 얼마나 보내야 할지 가슴이 터져버릴 것 같았다. 이미 헤어진 아내와 아들을 생각했지만 소용없는 일이었다.

전처는 낯선 이민 생활에 적응하지 못했다. 우울증을 앓는 그녀를 위자료 한푼 없이 내보낸 꼴이었다. 일 년 후에 전처가 자리잡자 그것을 기회로 아들마저 보내버렸다. 그녀의 간청에 못 이기는 척했으나 나는 자식을 건사할 인간이 못 되었다. 한동안 잊고 살았던 부모의 죽음에 대한 기억이 침대 머리맡에 몰려들었다. 제법 긴 시간 동안 그 기억들을 지워버린 채 아무 관계 없는 것처럼 뉴욕에서 살아왔다. 굳이 따진다면, 아니 정확하게 말한다면 아버지의 죽음은 자연사가 아니었다. 나의 참을 수 없었던 분노와 집요한 증오심이 그의 죽음을 가차없이 앞당겼다. 그 바람에 죄책감에 사로잡힌 어머니마저 너무나 쉽게 생을 마감했다. 그런 기억들이 허약해진 몸과 마음을 숙주로 해서 매시간 전염병처럼 확산됐다.

모든 것이 내가 뿌린 씨였다. 그 대가를 지금 혹독하게 치르고 있는 셈이었다. 내 피붙이뿐 아니라 친구들도, 직장 동료들도, 정보를 주고받았던 취재원들도 모두 내 앞에서 사라지고 없었다. 아는 사람 없는 곳에 버려진 채 혼자 죽음을 기다리는 심정이었다. 아니, 내가 파멸하고 처절하게 죽기를 합심해서 기다리는 것 같았다. 지금 진행되고 있는 나의 몰락을 모두 싸늘한 시선으로 지켜보고 있었다. 무덤 속에서 산 채로 박제가 되고, 미라가 되는 느낌이었다.

다시금 광기가 밀물처럼 몰려왔다. 이마를 벽에 미친듯이 문지르자 좀 시원해졌다. 이렇게 몸부림을 쳐도 남는 것은 아킬레스건 절단뿐이라니. 완전하게 회복될지 알 수 없는 상처만 남은 성기라니. 흐흐흐. 내 것 같지 않은 이상한 웃음소리가 흘러나왔다. 이럴 바엔 차라리 개가 되는 편이 낫지 않겠나, 하는 생각마저 들었다. 창밖 어디선가 컹컹 개 짖는 소리가 들리는 것 같았다. 솟구쳐오르는 감정을 참을 수 없어 흰 회벽을 개처럼 핥으려고 볼을 밀착했다. 스스로를 개라고 생각하고 발광이라도 하지 않으면 정말로 미쳐버릴 것 같았다. 벽에는 손톱에서 나온 피인지 혀에서 나온 피인지 알 수 없는 것들이 붉은 자국을 남겼다.

그런 소동이 가라앉고 나면 다른 자아가 나를 조용히 다독였다. 그래도 아직 살아 있지 않나 하면서. 병원에서 비교적 잘 화합했던 것과 달리 두 자아는 뒤죽박죽 뒤섞였다. 텅 빈 집으로 돌아오자 교대로 얼굴을 내밀며 분열했다.

뒤늦은 고독감이 몰려왔다. 부상당한 채 누워 있는 지금 어느 누구도 내 곁에 없었다. 그동안 일로 만나 소통했던 사람들은 모두 남이었다. 만나서 떠들고 헤어졌지만 진실함은 진작 상실했다. 허약해지자 이야기할 상대조차 없다는 것이 절망스러웠다. 설사 그런 상대가 있다고 해도 고민을 나눌 수 없었다. 이 사실을 도대체 누구에게 어떻게 털어놓는단 말인가. 생의 막다른 골목에 갇혀버린 것 같았다. 피를 흘리며 벌거벗은 채 골목에 서 있는 꼴이었다. 나는 비참하고 더러웠지만 사람들은 내 몰골을 보고 웃고 있었다. 나의 인내가 끝장나며 나락으로 굴러떨어졌다.

약 탓인지, 어이없게도 나는 목까지 맸다. 나의 광폭한 자아가 무한 질주를 감행한 것이다. 너무나 격분한 나머지 앞뒤를 가리지 않고 줄을 찾았다. 커다란 벌레처럼 기어다니며 방과 거실을 난장판으로 만들었다. 벽장에서 빨랫줄 비슷한 것을 발견했지만 낡은 가정집엔 줄을 맬 곳이 마땅치 않았다. 거실 벽에 길게 고정된 철제 옷걸이가 겨우 눈에 뜨일 뿐이었다. 그곳이 그렇게 높아 보일 수가 없었다. 옆에 서 있는 책꽂이를 이용해 이를 악물고 일어섰다. 엄청난 고통이 내 발목과 다리에 모여들었다. 나는 벽과 책꽂이의 틈바구니에 몸을 밀어넣고 억지로 섰다. 의식이 거의 마비된 채 배우가 무대에서 연기하듯 그곳에 허겁지겁 줄을 맸다.

곧 목이 팽팽해지며 정신이 아득해졌다. 아무 생각이 나지 않았고, 그냥 짜릿하고 시원한 기분이었다. 이대로 가는구나, 하는 모호한 느낌과 함께 마지막에 의구심이 몰려들었다. 지금 목을 매고 있는 것이 과연 나 자신인가. 지금 누군가가 나를 지켜보는 것은 아닐까. 의심의 뿌리가 살아 있는 생물처럼 움직였다. 그래, 맞아. 감시 카메라. 이 집 안 어딘가에 그게 설치되었다는 생각을 왜 안 했지. 누군가 이 죽음의 퍼포먼스를 보면서 즐기고 있을지 몰라. 주사기를 들고 있는 간호사와 내 눈 속을 헤집던 의료진, 기록하던 경관, 음식을 갖다주던 여성이 모두 일당일 수 있다. 알 수 없는 약을 먹은 듯 정신이 파열음을 내며 분열했다. 주사약, 처방전, 음식에 몰래 뿌려진 약. 내가 왜 그 생각을 못했지. 뒤늦은 회한이 속절없이 떠올랐다.

그러나 죽음을 향한 그 연기가 그렇게 쉽진 않았다. 어쩌면 그렇게 죽을 수 없다는 사실을 미리 감지하고 있었을지도 모른다. 헌 집 벽에 붙어 있는 철제 옷걸이가 견디지 못한다는 것 정도는 알고 있었다. 쿵 하는 소리와 함께 내 몸이 바닥에 떨어져내렸다. 벽에 고정되어 있던 철제 옷걸이가 간단히 뽑힌 것이었다. 수십 년이 더 된, 또는 그동안 수리를 안 했다면 백 년은 됐을지도 모르는 낡은 거실 벽이었다. 나의 실현 가능성 없는 시도에 수난당한 옷걸이는 한쪽 어깨가 탈구된 채 너덜거리고 있었다.

바닥으로 떨어진 나는 한동안 움직이지 않았다. 아니, 움직일 수가 없어서 가만히 엎드려 있었다. 곧 얼굴이 얼얼해지며 몸통에 금이 간 것 같은 충격을 견뎌야 했다. 온몸을 휩쓸었던 광기가 사라지자 마룻바닥의 찬 기운이 서서히 느껴졌다. 이 상황을 지켜보고 있을 감시자들을 향해 내 마음이 가운뎃손가락을 세워 보였다. 육체의 고통과는 달리 무엇인가에 빚을 갚은 기분이 몰려들었다.

그때 나의 또다른 자아가 교활함을 드러냈다. 적절한 시기에 되돌아와 허망하게 주변을 둘러보았다. 이렇게 죽는다면 너무 억울하지 않나. 인내를 갖고 삶이 어떻게 전개될지 지켜보자고, 제발. 광폭한 자아는 거의 부서질 뻔했던 갈비뼈를 움켜쥐고 저만큼 나가떨어져 있었다. 내 안에 존재하는 광기와 냉혹함은 동전의 앞뒷면에 불과했다. 그것들은 분열의 굉음을 내며 처절하게 충돌했지만 결국 같은 몸통을 가지고 있었다. 주르르. 몇 방울의 의미 없는 코피가 모양 사납게 마룻바닥에 뿌려졌다. 코밑을 오른손으로 감싸면서 무의식적으로 입술 안쪽에 정렬된 치아의 무사함을 확인했다. 어디서나 매력을 발산할 수 있는 내 멋진 치아가, 이 어처구니없는 의식의 탁류 속에서 유실되거나 파손되지 않은 것이 다행이었다.
　차라리 잘된 셈이었다. 자살 소동 이후 두 자아의 싸움이 수면 아래로 가라앉았다. 엄청난 고통이 지나자 밑바닥을 드러낸 감정이 갑자기 무심해졌다. 폭풍우가 지난 후, 나는 아무 일 없었다는 듯이 세상일에 침착하게 대응하기 시작했다.
　애초에 나는 그런 인물이 아니었다. 설사 두 다리를 모두 잃고 실직자가 된다 해도 삶의 포기란 있을 수 없었다. 나란 인간은 목숨을 쉽게 끊는 낭만적이고 나약한 부류들과는 거리가 있었다. 목을 맨 그 황당무계한 행동은 나의 이미지와 전혀 맞아떨어지지가 않았다. 그것은 단지 내가 떠나보낸 자를 위한 하나의 씻김굿인지도 몰랐다. 잠시 내 앞에 머물렀던 관객들을 위한 위험한 쇼였을 뿐이었다. 그들의 동정심을 불러모으고, 나 자신을 용서하기 위한 자작극이었다. 무엇보다 나를 감시하고 있는 자들의 경계심을 풀어줄 필요가 있었다.

"복수해야 한다."

복수는 나에게 필요한 다음 단계였다. 누군지 찾아내어 대가를 치르게 해야 했다. 내 아킬레스건을 모두 절단한 그 이유를 밝히는 것이 지상의 과제였다. 또한 내 성기 위에 칼자국을 남긴 자들의 배후까지 밝혀내야 했다. '복수'라는 단어가 나의 자살 소동으로 더욱 단단하게 새겨졌다. 병마로 허약해진 내 마음에 해일처럼 밀려들어온 것이 과거에 대한 회한이었다. 복수는 엉뚱하게 창궐한 이 치명적인 병을 치유하기 위해 스스로 내린 처방전이었다.

"내가 살아 있는 한 이 고통을 되돌려주리라."

그것은 주문과 같은 것이었다. 흐리멍덩했던 내 의식이 일순간에 깨어났다. 몸과 마음을 추스르고 재정비하기 위해 우선 시간을 벌 필요가 있었다. 상당히 망설여지는 일이었지만 회사에 병가 신청을 이 주 더 연장했다. 이어 가사 도우미의 옷을 입은 채 내 주변을 기웃거리는 정체불명의 여성을 돌려보냈다. 후배에게 전화해 인근 한인 식당에서 설렁탕을 사오게 했고, 한인 마트에서 다음날 먹을 음식을 장봐오라고도 했다.

생존을 위해 다시 움직일 수밖에 없었다. 정형외과 유대인 주치의가 불안정한 나의 마음에 관심을 가졌다. 진통제와 소염제, 신경안정제가 뒤섞인 탓일 수 있다며 약 처방을 달리해주었다. 또 테러당한 피해자에게 흔히 발생할 수 있는 트라우마 혹은 피해망상으로 해석했다. 더 나아가 홀로코스트 피해자 사례까지 언급하며 정신과 의사와의 상담 치료 주선을 약속했다.

이제 이 주말만 지나면 회사에 나가야 한다. 열린 창문 바깥으로 바람이 부는지 블라인드가 흔들렸다. 이층 창문을 통해 내다보이는 저녁 풍경은 단조롭기만 했다. 인구밀도가 높은 플러싱이지만 그래도 집집마다 텃밭이나 꽃밭을 만들어 갖가지 마당 풍경을 연출하고 있었다.

기력이 회복되자 자아분열 현상은 사라졌다. 대신에 현실 적응을 앞두고 걱정과 혼란이 슬금슬금 몰려들었다. 자살 소동의 약발이 다한 듯 일상의 온갖 구체적인 생각들이 유성처럼 몰려들었다. 분한 마음은 물론이거니와 알 수 없는 불안감이 매시간 덮쳐 오감이 더 예민해졌다. 작은 볼일조차 내 맘대로 볼 수 없다는 사실은 악몽 그 자체였다. 어떻게 이런 일이 예고도 없이 불쑥 생길 수 있을까. 온갖 상상력을 다 동원했으나 생각은 늘 그 자리에서 맴돌았다.

침대 밑에는 RX신발이 놓여 있었다. 아직 사용하진 않지만 그 신발의 상징성은 너무나 크게 다가왔다. 근골격계 RX신발은 손상된 아킬레스건이 더 늘어나거나, 뒤틀리거나, 튕기는 것을 막아주는 용도였다. 초정밀 의학이 선물한 그 신발을 신고 다시 걸어다닐 수 있었다. 발 전문의가 제작한 그 신발은 찢어진 내 아킬레스건을 되살려줄 것이었다.

나는 더이상 나 때문에 상처받은 사람들을 떠올리지 않았다. 나는 나였고, 누구도 나를 대신하지 못한다. 쓸데없는 회한이나 반성은 애초에 나와 어울리지 않는 것이었다.

"그래도 이만하길 다행이지."

낡고 세련되지 못한 말이었다. 아랫배와 성기 위에 난 상흔을 내려다보며 혼자 중얼거렸다. 약간만 더 아래로 깊게 내려왔다면 돌이킬 수 없는 참혹한 상황이었을지도 몰랐다. 누군가가 아킬레스건으로 모자라 성기까지 노렸다는 것을 확연히 알 수 있었다. 뒤늦은 자각이 복수심을 더욱 자극했다.

감시자들

집에 앉아 내 삶의 궤적을 곰곰 분석했다. 이럴 수밖에 없는 것은 경찰 수사의 지지부진함 때문이었다. 곧 단서를 찾을 것이라던 뉴욕 경찰의 수사는 두 달 가깝도록 아무런 성과를 내지 못했다.

그 이후 경찰과의 인터뷰를 세 차례나 했지만 사건은 오리무중이 었다. 애송이 한인 경관이 처음 발설했던 세 가지가 결국 핵심이었다. 원한, 인종 혐오, 사이코패스. 이 낱말들을 화두로 나름대로 생각을 엮어나갔다.

나에게 원한을 품은 인물들을 생각해보았지만 쉽지 않았다. 세상살이, 특히 이민 사회에서 타인에게 민폐를 끼치지 않고 살아가기란 불가능에 가까웠다. 오고 가고, 도착하고 떠나가고, 도망 왔다 사라지고 하는 것이 보이지 않는 일상사였다. 잠시 정착하며 한 뼘의 틈바구니를 만들기 위해 사람들이 엮어내는 야합과 억척이 상식과 도리를 대신했다. 신의는 물속에 가라앉은 돌멩이 같았고 배신이 강물처럼 흐르는 곳이었다.

'뒤통수 맞기 전에 차라리 먼저 뒤통수를 쳐라. 그것도 전투 준비가 안 된 채로 새 대륙에 상륙하려는 자들에게. 웃으며 선빵을 날리고 이익을 취하라.'

미주 한인 사회에 숨겨진 속된 이면이었다. 물론 이런 생각을 구체적으로 하며 살지는 않았지만 돌이켜보면 내 행동 역시 다를 바 없었다.

어떤 자들이 나에게 원한을 갖고 있을지 생각했다. 사이가 나빴거나, 나에게 등뒤를 찔렀거나, 나와 경쟁 관계에 있었던 사람들을 하나하나 더듬어올라갔다. 최근부터 삼 년 전, 오 년 전으로 거슬러올라가며 나름대로 분석했지만 더이상의 진전은 없었다.

—범인은 사건 현장을 기웃거린다.

이 단순한 믿음으로 플러싱 뒷골목을 서성였다. 수사를 위해 사건 현장이 보존되기는커녕 아무런 표시도 없었다. 피가 제법 흘렀을 것이 분명했지만 그동안 내린 비에 씻겨내려갔는지 흔적이 없었다. 누군가 내 앞에 나타날 것 같아 한동안 주변을 배회했으나 부질없는 행동이었다.

똑똑.

이런 생각을 하염없이 하고 앉았는데 문 두드리는 소리가 났다. 창문을 통해 이층 계단 난간 쪽을 보니 일층 남자가 과일바구니를 든 채 불빛 아래에 서 있었다. 직장 사람들을 제외하고는 사건 이후 집으로 온 첫 손님이었다. 나는 목발에 겨우 의지해 출입문을 열어주었다.

"바깥에 차가 있는 것을 보고 계시는 것을 알았어요."

사내가 들어오며 겸손하게 말한다. 미국에 들어온 지 십여 년 된 아랫집 남자였다. 얼마 전까지 내가 집에 늘 있다는 사실을 알면서 모르는 척했다. 집주인 체면을 생각한 것인지 모르지만 나의 출근을 확인한 뒤에 일부러 시간을 낸 모양이었다. 나 역시 그 집과 복잡하게 엮이기 싫어서 테러 사건에 대해 내색하지 않았다.

그는 네일 살롱을 운영하고 있었다. 가게는 롱아일랜드 동쪽 끝인 스탬턴 인근에 위치했다. 미국에 입국한 다음날부터 네일 학원에 다니며 손톱 미용과 문신을 배워 자신의 길을 간 독특한 남자였다. 호리호리한 몸매에 여성스러운 목소리가 왠지 게이를 연상케 했다. 하지만 여걸 같은 젊은 아내와 두 딸아이가 있는 것을 보면 그 취향은 아닌 모양이었다. 네일 기술자들을 봉고차로 실어나르기 위해 새벽마다 결기에 가득차 달려나가는 그의 모습은 지금 내 앞에선 찾을 길이 없다.

"사업은 잘됩니까?"

그는 목발에 의지한 나를 슬쩍 외면했다. 나는 그의 안부를 먼저 물으며 편안하게 말을 풀었다.

"사업이랄 것이 뭐 있나요. 이제 시즌에 들어가니까 좀 나아지려니 할 뿐이죠."

그가 송구스럽다는 듯이 내 말을 받으며 주섬주섬 봉투를 내놓는다. 흰 봉투에 가득 담긴 달러는 다음달 치 월세였다. 음식 솜씨가 좋은 그의 아내는 나에게 이 집을 빌려 하숙을 운영하고 있었다. 내가 살고 있는 이층 절반을 제외한, 일층 전부와 남는 방 다섯 개를 돌렸다. 전처와 아들이 빠져나간 뒤 사용하지 않는 그 방에 한국에서 오거나 다른 주에서 온 손님을 받았다. 가끔씩 어학원이나 학교에 다니는 장기 기숙생이 섞여 있어 운영에 안정감을 주었다. 지어진 지 백 년이

된 이 주택은 방공호를 겸한 깊은 지하실을 가지고 있었다. 뉴욕 시를 폭격할 만한 나라가 이 지구상에 있었을까 싶은 그 과거에 방공호가 만들어졌다. 집주인인 나도 몇 번 내려간 적이 없는 그 아이러니한 공간을 이 부부와 딸들이 사용하고 있었다.

"하숙은 요즘 어때요?"

"우리 식구 방세 안 들어가고 식대 빠지는 것만 해도 어딥니까. 욕심 없어요."

사실 뉴욕 시의 허가를 받지 않고 운영하는 하숙은 불법이었다. 하지만 지하실 같은 방을 닭장처럼 만들어 불법체류자로 가득 채우지 않는다면 경찰이나 행정당국이 나서서 제지하진 않았다.

"잘 아시겠지만 솔선수범하는 게 좋아요. 옆집 할머니 신경 거스르지 마시고."

청소, 화단 관리 등을 잘하라는 말이었다. 플러싱 일대 한인 하숙집들은 대체로 주민들의 눈치를 살피고 살았다. 단속은 없지만 불법이기에 이웃과 분쟁이 될 수 있는 요소는 미리 정리해둘 필요가 있었다. 특히 옆집 백인 할머니는 대부분의 그 또래들이 그렇듯이 상당한 심술쟁이였다. 요즘은 기력이 쇠잔해 다소 조용할 뿐이다.

"걱정하지 마세요. 잘하고 있으니까. 애엄마가 붙임성 있고 몸 하나는 튼실하니까 별일 없을 거예요."

사내가 머리를 긁으며 어려운 듯이 말을 받는다. 길게 기른 그의 머리는 뒤로 묶여 어깨 한참 아래까지 내려가 있다. 그러나 그 긴 머리 때문에 사내는 오히려 나이가 들어 보인다. 사내는 독특한 자세로 내가 마치 자신의 보스인 것처럼 연신 머리를 조아리며 말한다. 이곳의 뻣뻣한 뉴욕 한인들 같지 않게 지나치게 친절한 것이 오히려 마음에 걸린다.

그는 왜 자신을 숨기는 것일까. 그의 태도를 보니 새삼 의심의 먹구름이 스쳐지나간다. 늘 입가에 가느다란 미소를 달고 있는 이 기묘한 사내의 정체가 궁금하다. 지금 앞에 앉아 있는 이 남자와는 전혀 다른 젊은 여장군 같은 그의 아내를 떠올린다. 오밀조밀하고 비밀스러운 남편과는 달리 꾸밈이 없고 인상이 서글서글하다. 일찍 결혼한 탓인지 유치원 다니는 딸이 둘 있지만 그녀는 이제 겨우 서른이 넘어 보인다. 너무 젊은 하숙집 아줌마와 여성들의 손톱을 만지는 중년 사내의 불균형이 퍼뜩 마음에 걸린다.

"요즘 이상한 하숙 손님은 없어요? 지난번에 또라이 하나가 들어왔다고 하던데."

"가끔씩 마음에 걸리는 손님이 있긴 한데 어쩌겠어요. 여태까지 무사했으니 앞으로도 괜찮겠죠."

숙박계가 없고 불심검문이 없는 하숙이었다. 이런 감시의 사각지대에 범죄자들이 꼬이지 말라는 법이 없다. 남편이 한 시간 반 거리인 스탬턴 뷰티 살롱에 출근하고 나면 낮엔 젊은 아내만 남았다. 더군다나 하숙에 들어오는 손님들 중에는 부랑인들도 있었다. 하숙이 꽉 차 있으면 좀 나았지만 텅 비었을 때 사내 한두 명만 들어오면 꺼림칙할 수밖에 없다. 그런데도 벌써 삼 년째 별 탈 없이 비싼 월세를 내며 하숙집을 운영하고 있었다. 전처가 이혼 도장을 찍고 집을 나간 지 일 년 만에 들어온 세입자였다. 이들 덕분에 현금 유동성이 확보되어 생활의 궁핍함을 덜었다.

"낮에 가게에서 일하실 때 집이 신경 쓰이진 않나요?"

"그냥 믿고 살아야지 어쩌겠어요. 사람을 감시하고 살 수 있는 노릇도 아니고요."

내친김에 그간 궁금했던 부분을 슬쩍 찔러본다. 십여 살 아래의 젊은 아내와 살고 있는 사내의 대답이 좀 이상하다. 거듭되는 어쩌겠느냐는 그의 후렴구에 아내에 대한 불신이 깔려 있음을 발견한다. 정확하게 말하자면 다음달 월세를 받아야 할 날은 오늘이 아니라 모레다. 내가 쉬는 토요일에 아내 편에 돈을 보내면 될 터인데 굳이 그가 나타난 이유는 무엇일까. 내가 특별한 약속이 없는 한 그의 아내와 한집에서 주말을 함께 보내게 된다고 생각하는 것일까. 과거와는 달리 그 사건을 겪은 이후 나는 내 몸 하나 간수하기도 힘든 상황이다. 나에게 닥친 이 엄청난 사건에 대해 그들 부부에게 정식으로 설명한 바가 없었다. 그런데 과일바구니를 들고 나타난 이 사내가 수상한 낌새를 보이고 있다. 낮시간 동안 백인 여성의 손톱과 발톱을 장식하면서도 나름대로 감을 잡고 감시해온 것일까. 갑자기 허를 찔린 듯 뜨악한 기분과 함께 의문이 꼬리를 물고 이어진다.

그의 네일 살롱은 주말에는 영업을 하고 월요일에 격주로 쉰다. 그가 가게 옆으로 이사 가지 않고 굳이 여기에 사는 이유는 두 가지로 집약된다. 아내가 하숙집을 운영하고 있는 것과 아침마다 봉고차로 실어나르는 기술자들 때문이다. 계절이 바뀔 때마다 수시로 교체되는 기술자들 대부분이 플러싱 한인 타운 인근에 살았고 이곳에서 그들을 태워가야 했다. 불확실한 신분 탓인지 네일 기술자들 중에서 자신의 차로 가게에 가는 사람은 많지 않았다. 기술자들을 차로 출퇴근시켜

44

주는 것이 이 업계의 관례였다.

"요즘에는 몇 명을 태우고 가세요?"

"세 명인데 한 명이 더 필요해요. 시즌이 시작되는데 요즘엔 인력이 엄청 달려요. 인력 운영이 관건이에요."

"기술자들은 여성인가요?"

"네, 모두 여성이에요. 두 명이 한인이고, 한 명은 베트남계죠."

"업계 전망은 어때요?"

"이게 사람 장사인데, 한인들 임금은 계속 올라가고. 중국계, 베트남계 자본 진출은 계속되고. 돌파구가 있어야 하는데 만만치 않아요."

"여름철이 성수기라고 알고 있는데, 그럼 겨울철 비수기에는 어떻게 해요? 다 내보내나요?"

"그래도 한두 명은 데리고 있어야 해요. 손님 없다고 다 내보냈다가 크리스마스나 연말 반짝 시즌에 큰일나요. 또 소문이 안 좋게 나면 그다음 시즌에 사람 잡을 수가 없고요."

그는 쉽게 갈 생각을 하지 않았다. 과일까지 사가지고 온 그의 의도는 무엇일까. 그에 대해 새삼 호기심이 발동한다.

"가만, 집에 먹을 것도 변변치 않은데 가져온 과일 먹으면 어떨까요?"

내 말에 그가 두 손바닥을 뒤집는 독특한 몸짓으로 동의한다. 짚 비슷한 재질로 만들어진 바구니에는 갖가지 과일이 가득 담겨 있다. 파인애플, 사과, 망고, 키위, 아보카도, 바나나, 블루베리 등 크고 작은 먹을거리가 모양 좋게 어우러져 있다. 하지만 한집에 살면서 이런 실속 없는 선물용 과일바구니를 들고 온다는 것이 뭔가 어울리지 않는다.

"칼 있으면 제가 깎죠. 칼 다루는 것이 제 전공이니까요. 물론 소 잡는 칼은 아니고 손톱 다듬는 칼이긴 하지만 칼은 칼이죠."

"칼을 많이 쓰시겠군요. 작업 과정은 잘 모르지만 말입니다."

"평소에 칼이나 가위 같은 걸 잘 갈아두어야 해요. 기술자들이 매일 사용하기 때문에 등한시하다간 손님 다치고 큰돈 들어가기 일쑤죠. 무딘 칼에 오히려 잘 다쳐요. 또 드물긴 하지만 왁싱하다가 화상을 입기도 하고요. 손님들 소송 들어오면 정말 힘들어요."

"하긴 이 동네는 걸핏하면 소송 들어오죠. 저질 변호사들이 잡상인처럼 들끓고 있으니 조심하셔야겠네요."

"하여간에 칼, 가위를 비롯해 온갖 기구들을 날카롭게 갈아두어야 뒤탈이 없어요."

칼을 가져오기 위해 어쩔 수 없이 싱크대 쪽으로 움직였다. 몸이 불편한 것을 핑계로 그에게 부탁하고 싶지 않았다. 이렇게라도 움직여야 재활에 도움이 될 것이란 믿음 때문이었다. 목발을 짚고 일어서자 바닥에 깔린 마루가 삐걱대며 몸을 뒤틀었다. 오래된 카펫을 들어내고 새로 깔아야 하는데 귀찮아서 그냥 두고 있었다. 목을 매다 한쪽이 빠졌던 철제 옷걸이는 제자리에 올라붙었다. 처음엔 탈구된 듯 끔찍한 모습이었지만 원래 벽에 박아넣으니 그런대로 멀쩡해 보였다.

칼을 집어들자 섬뜩한 기분이 들었지만 접시와 함께 그에게 건넸다. 사내는 과일바구니에서 망고 두 개를 꺼낸 뒤 소파 테이블에 놓인 접시 위에서 칼질을 한다. 타원형의 망고를 세우고 씨가 걸리지 않게 날렵하게 베어내린다.

칼날은 조금의 망설임도 없이 몸안으로 스윽 밀려들어간다. 앞으로 한 번, 뒤로 한 번 칼질을 하자 가운데에 뼈처럼 꽉 채우고 있던 씨만 서 있고 양쪽으로 과육이 툭 떨어진다. 내 아킬레스건도 저렇게 간단하게 떨어졌다. 엉뚱한 생각이 오래된 습관처럼 슬며시 고개를 든다. 익을 대로 익어 단풍잎 같은 망고의 외피가 아래로 깔리며, 대신에 연노랑 속살이 접시 위에서 배를 드러낸다. 불길한 기분은 지워버리라는 듯 망고의 향기가 좁은 거실에 은은하게 퍼진다. 사내는 칼끝을 사용해 망고의 몸통에 가로세로 세 번씩 칼집을 낸다. 물론 아래쪽에 붙어 있는 껍질을 베지 않는 것이 불문율이다. 그가 먼저 처리한 망고를 마치 살아 있는 생명체를 집어주듯 나에게 건넨다.

"칼 솜씨가 대단해요."

"히, 괜히 해본 소리예요. 무슨 칼 솜씨가 있겠어요."

"망고를 그렇게 쉽게 손보는 한국 사람은 처음 봐요."

서로 말이 안 되는 소리를 하고 있다. 사실 망고 자르는 한국 사람을 눈여겨본 적도 없다. 그렇지만 칼 솜씨가 예사롭지 않다는 것은 알 수 있다. 자르고 칼집 내는 속도를 보아서는 최소한 횟집 주방장 정도는 한 실력이다. 하지만 사내는 찔리는 것이 있는지 비켜서며 불필요한 변명을 한다.

"망고를 좋아해서 자주 먹어요. 와이프가 특히 좋아해요."

그가 망고의 아래쪽 껍질을 양 손가락으로 밀어올렸다. 망고 속살이 깍두기가 갈라지듯 네모반듯하게 뒤집히며 솟아오른다. 칼집은 망고의 속살 깊은 곳까지 이어져 정확하게 껍질 앞에서 멈췄다. 칼끝이 얕게 들어가 속살이 덜 벌어지거나 조금 더 깊이 들어가 껍질까지 자르면 볼썽사나워진다. 나는 한쪽을 베어 물며 그가 남은 망고 한쪽에 다시 칼질하는 장면을 지켜본다.

그의 손톱에는 꽃문양 비슷한 것이 내려앉아 있었다. 검은색과 은색을 사용해 그린 일본풍의 그림이었다. 칸나의 꽃잎 같은 문양은 달리 보면 세로로 서 있는 태극무늬 같기도 했다. 약간은 기괴한 느낌의 손톱이 붉은색과 노란색으로 어지럽게 뒤섞인 망고 껍질 위에서 어우러지고 있었다. 칼질을 위해 다소 수그리고 있는 그의 귀밑 목덜미에는 난초꽃 비슷한 식물이 문신으로 새겨져 있었다. 귀걸이는 빼고 왔는지 귓불에 난 작은 구멍이 그가 움직일 때마다 언뜻언뜻 불길하게 일그러졌다.

"테이블 위에 칼을 그냥 올려놓아도 되나."

사내가 혼잣말처럼 중얼거린다. 그는 엉거주춤 칼을 든 채 잠시 두리번거린다.

"그냥 접시 위에 놓지 그래요."

"그럴까요? 접시 위에는 칼을 놓지 않는 법이라서."

"그런 법이 있나요?"

"사무라이 법이래요. 친하게 지내는 일식집 주방장한테 들은 건데, 하긴 그놈이 엉터리니까 믿을 순 없지만. 좌우지간 주변에 칼 쓰는 인간들이 많아요. 다들 불안하니까 칼이라도 들고 흔들어야죠."

사내와 나는 말없이 망고의 속살을 베어 물었다. 쏴아, 이웃집 정원에 서 있는 활엽수 잎사귀들이 바람에 흔들리며 소리를 냈다. 이층 창문 블라인드 사이로 매일 보는 주택가의 밤 풍경이 드리워졌다. 사내는 다시 두번째 망고를 베어 나에게 건네주며 문득 생각난 듯이 담담하게 말한다.

"몸은 좀 어떠세요? 사실 저나 와이프는 큰 충격을 받았어요."

사내의 태평한 어투와 분위기에 말려든 것 같은 기분이 들었다. 그의 대범한 얼굴에 전염된 듯, 그가 사건을 알고 있다는 그 사실에 놀랄 수가 없었다. 하긴 한밤중에 그 난리를 쳤는데 몰랐다면 그것이 도리어 이상했다. 자살 소동을 벌였을 때 모르는 척하고 경찰에 신고 안한 것만 해도 고마운 일이었다. 하지만 그런 긍정적인 생각과는 별개로, 쉽게 믿지 마라, 다르게 생각할 수도 있잖아, 하고 다른 자아가 살짝 꼬리를 드러냈다. 침실에서 벽을 쥐어뜯어도 이층 옆방에 사람이 있지 않다면 모를 일이었다. 이 사내의 가족은 모두 방공호나 다름없는 지하실에서 잠을 잤다.

딱 꼬집어 이야기할 수는 없었으나 뭔가 비논리적이었다. 가장 먼저 어울리지 않는 모습으로 나타난 사내에 대한 의심이 솟구쳤다. 범인은 사건 현장을 기웃거린다는 말이 자연스럽게 떠올랐다. 물고 있던 망고를 천천히 씹으며 꼭 킬러처럼 느껴지는 사내의 모습에 다시금 긴장한다. 나의 이런 생각을 아는지 모르는지 그는 서둘지 않고 잔잔하게 말을 이어갔다.

"지난번에 병원에 입원하셨을 때 경찰이 다녀갔어요. 플러싱 경찰서의 그 한인 경관 있잖아요. 이것저것 묻고 가는 통에 사건을 알게 됐지요. 오늘은 이래저래 걱정이 되어 한번 올라와봤어요."

"살다보니 별일이 다 있죠."

할말이 없어 애매하게 말을 잇는다. 그가 머뭇거리다가 어쩔 수 없다는 듯이 다시 입을 뗀다.

"지난번에 일하던 여성은 괜찮으셨나요? 사고를 당하신 몸이라 아내가 올라와 보살펴야 하는데 그러질 못해서요. 제가 아는 분을 소개했는데 일을 잘했는지 모르겠어요."

뭐라고? 나는 하마터면 소리를 낼 뻔했다. 그 미스터리한 여성을 이 사내가 소개한 것이라고? 이 황당한 각본을 어떻게 해석해야 하나. 나는 소용돌이치는 마음을 가라앉히기 위해 어금니를 지그시 물었다.

"아, 난 그것도 몰랐네. 원, 세상에."

나는 별일 아닌 듯 무심하게 받아넘겼다. 그 여성을 보낸 곳은 신문사도, 병원도, 사회복지과도, 한인 단체도 아니었다. 뿐만 아니라 기억할 수 없는 어느 순간에 나 자신이 한 선택도 아니었다. 전혀 엉뚱한 곳의 지시를 받고 여성이 나타난 것이었다. 나의 일거수일투족을 이 사내는 한 점 여과 없이 들여다보고 있었다. 어떻게 이런 이해할 수 없는 일이 벌어질 수 있었을까.

둘 사이에 잠시 어색한 침묵이 흘렀다. 창밖으로 몇 개의 밝은 물체들이 눈에 들어왔다. 가까운 이웃집 불빛에서부터 조금 떨어진 주택가의 불빛까지 십여 개가 점점이 펼쳐져 있었다. 왠지 알 수 없는 불안감이 덮치며 바깥 풍경이 낯설어지기 시작했다. 문득 내가 얕잡아 보았던 꽁지머리 사내가 정체불명의 커다란 존재가 되어 내 앞에 앉아 있었다. 갑자기 생경해진 분위기에 무슨 말을 해야 하나. 엉뚱하게도 오래전 기억 하나가 떠올랐다.

"어렸을 때『선데이 서울』이라고 주간지가 있었죠. 세상의 온갖 가십들이 가공되어 실리는, 믿거나 말거나 흥미 본위의 읽을거리를 마구 뿌리던 주간지 아시죠?"

뜬금없는 『선데이 서울』 이야기에 사내가 멍한 표정을 짓는다. 아마 저 정도의 연배라면, 또 어지간히 공부 안 한 몰골을 보면 그 주간지의 애독자였을 가능성이 높았다. 거기서 읽었던 엽기적인 거세 사건이 갑자기 떠오른 것이다. 시간이 흐를수록, 범인들이 내 생식기마저 노렸다는 사실이 마음에 걸렸다. 이번엔 그가 조용히 망고를 썹었고, 내가 큰일을 벌일 것처럼 낭랑하게 말을 이어갔다.

"기억 안 나세요? 그 『선데이 서울』. 가운데 펴면 비키니 차림의 여자들 컬러 사진이 커다랗게 접혀 들어 있는. 목욕탕이고 이발소고 복덕방이고 예전엔 사무실마다 다 있었잖아요."

"잘 알죠. 어렸을 때 매번 빼먹지 않고 읽었는데요. 필독서 아니었나요?"

사내가 어렸을 적 무용담 늘어놓듯이 한술 더 떴다. 내 속마음을 짐작하지 못한 사내가 망고를 씹다 말고 끼어들었다. 그런 모습을 보며 저 사내를 용의자로 넣어야 할지 말아야 할지 잠시 가늠했다. 칼 잘 쓰는 저 사내에게 어쩌면 숨겨진 의처증이 있을지 모르는 노릇이었다. 아니면 주변 인물까지 고용해 나를 감시하고 있는 사이코패스일 가능성도 배제할 수 없었다.

"이 사건은 『선데이 서울』에나 실릴 만한 이야기죠. 근데 아직 범인이 안 잡혔으니 크게 키울 수 있는 성질은 아닐 테고. 적당한 러브스토리가 있어야 하는데 나도 모르는 내 러브스토리가 있었는지 지금 생각중이에요."

기억을 따라가는 긴 여정

퀸스 118 경찰서는 찾기가 쉽지 않았다. 뉴욕 시에서 흔히 볼 수 있는 자그마한 초등학교 건물과 외형이 비슷했다. 자세히 보면 외부의 불온한 침입자를 막기 위한 도심의 요새 같은 구조였다. 일층 창문이 작고 높게 만들어져 세상과 거리를 두고 있었고, 회색에 가까운 밋밋한 바깥벽 색깔로 은폐된 강력한 출입문 등이 그러했다. 길가에 주차돼 있는 몇 대의 경찰차만 없었다면 그냥 지나칠 만한 건물이었다.

나는 절룩거리며 출입구로 들어갔다. 건물 안에 몸을 밀어넣고도 잘못 온 것 같단 생각을 떨칠 수가 없었다. 정복을 입은 경관들과 경찰서임을 알리는 푯말 'City of New York Police DEPARTMENT'를 발견하고서야 제대로 찾아왔다는 것을 느낄 정도였다. 하지만 정리정돈이 안 된 사무실 풍경과 함께 대문자와 소문자가 뒤섞여 있는 경찰서 푯말부터가 눈에 거슬렸다. 다른 단어들은 첫 알파벳만 대문자로, of는 소문자로만, DEPARTMENT는 대문자로만 되어 있었다. 하나하나 뜯어보면 온통 엉망진창일 것 같은 분위기가 한눈에 그려졌다.

약간은 긴장하고 한편으로는 의욕을 보여야 할 경찰서 출입이었다. 하지만 주차난을 겪고, 숨어 있는 건물을 찾기 위해 한 블록을 돌고 난 뒤라 벌써 기운이 빠지고 있었다. 이런 표기법 오류조차 의심하지 않는 인력들이 수사를 맡고 있다니. 뭔가 개운하지 않은 것이 속에서 올라오며 뉴욕 경찰에 대한 믿음이 줄어들기만 했다. 정복 차림의 알렉스 조 경관을 마주할 때까지 줄곧 이 같은 불신감에 사로잡혀 있었다. 병원과 집, 그리고 커피숍에서 만났던 그였지만 경찰서에서는 처음이었다.

사실 나 자신은 목격자로서 가치가 없었다. 사건 현장에서 가해자를 보지 못한 억울한 피해자일 뿐이었다. 미궁 속으로 빠져들어가는 난해한 사건의 희생자를 굳이 경찰서로 불러들이는 것은 그들 입장에서 부담스러울 수 있었다. 내가 만약 누군가를 보았다면 수천 명의 용의자 사진을 들이대며 등을 떠밀었을 것이다. 지금 내가 나타나서 뭔 소리를 한들 수사에 도움될 만한 상황은 전혀 아니었다.

"몸은 좀 어떠세요?"

알렉스 조 경관이 친한 사람처럼 반겼다. 하지만 내가 의지하고 있는 목발로부터 눈길을 재빨리 거두는 미세한 행위를 통해 수사관으로서 그의 불편함이 드러났다. 흔들리는 그의 눈동자를 보니 사건 해결에 진척이 없음을 직감적으로 알 수 있었다.

"이제 많이 좋아졌어요. 내 주치의는 무조건 걷는 것이 재활이라고 믿는 사람이죠. 목발을 권장하지 않는 의사인데, 한꺼번에 두 다리 모두 다쳤다고 특별히 준다고 하더군요."

내 말에 그가 언뜻 웃음을 보인다. 하지만 약속한 기한 내에 빚을 갚지 못한 채 시치미떼는 사람처럼 어색한 표정이 역력하다. 시간이 두 달 가까이 흘렀는데 용의자 하나 제대로 건져올리지 못한 게 분명했다.

"수사는 진척이 있습니까?"

내 말에 그가 잠시 눈을 껌뻑였다.

"아, 예. 진척…… 어쨌거나 최선을 다하고 있어요."

삼십 세 전후의 한인 경관이 진척이란 말을 더듬고 있다. 부족한 한국어 실력 때문에 진척이란 말이 생경해 그런 건지, 수사가 전혀 진척이 안 돼서 그런 건지 분간이 잘 되지 않았다.

"수사는 하고 있는 겁니까?"

내 입에서 퉁명스럽고 불만이 가득 섞인 목소리가 새어나갔다. 118TH PCT/NYPD라는 황금빛 표찰을 왼쪽 가슴에 달고 있는 젊은 경관의 얼굴이 잠시 경직됐다. 갓난아이처럼 팽팽하고 혈색 좋은 볼과는 달리 약간 시들어 보이는 눈 주변의 근육이 일그러졌다. 적당한 대답을 찾으려는 듯 허공을 향한 눈동자가 흔들리는 것이 얼핏 느낌으로 다가왔다.

"물론이죠. 하지만 아무 증거가 없으니 쉽지 않습니다."

그의 말에 당혹감이 묻어 있었다. 이런 인물이 내 사건의 수사를 맡았다니. 마음속으로는 탄식에 가까운 안타까움이 몰려왔다.

"수사 방향은 어떻게 잡고 있습니까?"

말이 그저 허공에 떠다니는 것 같았다. 웬만한 영어는 원어민 비슷하게 할 수 있지만 병원이나 경찰서, 법원에서는 피하고 싶었다. 여기서 대학원을 나오고 십칠 년이나 살았지만 이런 곳에서 사용하는 전문 용어는 여전히 자신이 없었다. 그것이 원어민 비슷한 수준과 여기서 태어나고 가족끼리 영어를 사용하는 진짜 원어민과의 차이였다. 정식 수사요원이라기보다는 구색용으로 앉혀놓은 이런 경관과 마주해야 하는 나 자신의 비애이기도 했다.

병원에서 함께 보았던 백인 형사는 그 이후로 그림자도 볼 수가 없었다. 어차피 깊이 있는 말을 나눌 수 없으니 만나봐야 시간 낭비일 뿐이었다.

"원한, 인종 혐오, 사이코패스에 초점을 맞추고 있습니다."

처음 만났을 때와 달라진 것이 전혀 없었다. 문득 이들이 수사를 진행하고 있는지조차 의심스러웠다. 이번 사건의 파일이 이미 다른 사건 파일에 파묻혀 어느 책상 밑바닥에서 낮잠을 자고 있을 것만 같았다.

"원한이라면 나와 아는 사람 소행이고, 인종 혐오라면 범인이 나와 무관한 사람이겠군요. 사이코패스라면 어느 쪽이라고 단정지을 수 없는 일일 테고. 물론 모르는 사람일 가능성이 높지만 말이죠."

나는 허탈하게 원론적인 말을 했다. 한인 경관은 뭔가 감출 것이 있는 사람처럼 웅크리고 있었다. 그는 내 얼굴을 바라보지 않고 말을 이어갔다.

"이선생님은 주변에 원한을 가질 만한 사람이 있는지 다시 한번 추려보세요. 인종 혐오라면 다른 사건이 발생하거나, 또다른 사건으로 우연히 걸려들 수 있겠지만 원한 문제라면 사실 저희가 알아낼 도리가 없습니다."

수사 경험이 없다는 것을 스스로 드러내고 있었다. 경관으로서의 카리스마는 찾을 길 없는 한심한 발언이었다. 하지만 수사가 벽에 부딪혔다는 그의 말에는 진솔함이 담겨 있었다.

"원한이라. 이제 와서 어디서부터 시작해야 하지."

그동안 뭐했냐고 소리치고 싶은 것을 꾹 눌러 참는다. 눈앞의 한인 경관의 입가에는 늘 웃음이 맴돌았지만 그것을 믿고 쉽게 대했다가는 큰코다칠 수 있었다. 그는 여기서 태어나고 자란 한인 2세의 특징이 적나라하게 드러나 있는 인물이었다. 한인 2세들은 부모 형제들과 집에서 영어를 사용하지 않는 것은 물론이거니와 문화적 소양이 부족한 경우가 많았다. 멀어진 예술, 문학, 철학 등은 어쩔 수 없는 일이고, 섬세하지 못한 영어 표현이 의외의 결격사유가 되었다. 여기에 동양인들을 얕잡아 보는 덩치 큰 타 인종들과 섞여 살다보면 사소한 오해가 큰 위험을 가져왔다.

그것을 조금이나마 극복할 수 있는 것이 늘 좋은 얼굴이다. 수염을 기른 채 아예 갱같이 행동하거나 아니면 늘 미소를 띠며 살 수밖에 없다. 이런 외형적인 모습은 눈앞에 있는 한인 경관뿐 아니라 나 역시 마찬가지다. 그러나 그 속을 뒤집어보면 분노와 증오심이 마른하늘을 반쯤 뒤덮고 있는 먹구름처럼 늘 울렁거렸다. 웃음이 떠나지 않는 좋은 얼굴 안쪽에는 세상을 향해 앙심의 눈을 흘기는 또다른 자아가 늘 숨을 죽이고 있었다.

"지난번에 말씀하신 마리안 주변을 계속 살피고 있는데 아직 혐의점을 찾을 수 없어요."

알렉스 조 경관이 수첩을 꺼내놓는다. 수사 과정을 성의껏 설명하려는 것인지, 이젠 지지부진한 수사 과정이 생각조차 나지 않는 것인지 알 수 없었다.

마리안이라는 촌티나는 이름의 여성은 윤락녀였다. 프랑스풍의 이름과 연결되는 것은 자그마한 덩치뿐이었다. 볼 한쪽에 주근깨가 수북하게 나 있는 그녀는 그냥 평범한 얼굴을 가진 체코 출신의 여성이었다. 아직 자본주의의 때가 덜 묻어서인지 화대에 노골적이지 않았고, 또 많이 요구하지 않는 것이 무엇보다 큰 장점이었다.

그렇다고 하더라도 내 월급으로 그녀를 쉽게 살 수는 없었다. 전임 대통령 비자금의 뒷조사를 맡았던 선배와 함께 술집을 들락거리다 사귄 여성이었다. 주변 한인들을 통해 각종 풍문, 어울리는 인사들, 출몰하는 장소 등 전임 대동령에 관한 기본 조사에 협조한 터라 대학 선배인 그와의 유흥가 순례는 허물이 없었다.

"여기까지 왔으니 백마는 한번 타야지."

술이 거나해지자 그가 호기를 부렸다. 정권 실세의 추종자인 선배가 공무원이란 신분을 망각하고 있었다.

"형, 뉴욕 온 지 십수 년 됐지만 나도 한번 못 탔어요."

틀린 말은 아니었다. 뉴욕에서 한인 윤락녀는 차이고 넘쳤지만 타인종과의 만남은 그리 쉽지 않았다. 유럽처럼 공창 제도가 없었고, 윤락에 대한 규정이 엄격한 탓이었다. 또 그때는 매달 벌어먹기가 빠듯해 아예 그런 호사는 상상을 하지 않는 것이 편안했다.

"뭐? 어째 그런 일이. 얼마나 팍팍하게 살아왔으면. 서울에서의 패기는 다 어디로 갔나. 허, 이런. 내가 한번 태워주마."

그렇게 시작된 일이었다. 술값과 화대뿐 아니라 선배는 내게 정보비 명목으로 용돈까지 얼마간 주었다. 마리안은 그다지 아름답지는 않았지만 사귈수록 의외의 모습을 보였다. 피부 색깔만 바꾸면 동양인처럼 보일 정도로 조용했고 순수함도 느껴졌다.

그 선배는 돈뿐만이 아니라 내 외도의 뒷배경이 되었다. 그녀는 선배가 CIA, KGB 같은 정보요원이라는 사실에 관심을 보였다. 체코 출신인 마리안은 나와 내 선배가 언젠가 자신을 보호해줄지 모른다는 낭만적인 생각을 가지고 있었다. 자신이 사는 저지시티 집으로 데려갔고, 부엌을 오가며 함께 음식을 해먹었다. 그럴 때면 성적 기대감으로써의 긴장뿐 아니라 백인 여성과 사귀고 있다는 묘한 자부심으로 충만해졌다.

그런 인종적 허영을 뺀다면 그녀는 무늬만 백인이었다. 체코의 시골 마을 출신인데다가 영어는 거의 초보 수준이었다. 그렇다 하더라도 불만은 물론, 둘 사이에 정서적으로 꼬일 것이 없었다. 술과 섹스가 전부인 세상에서는 주어, 동사만 있는 단문과 보디랭귀지만으로 의사소통이 충분했다. 평소 동양 남자에 대한 환상이 있었는지 아니면 고객 관리 차원이었는지는 모르지만 아무튼 그녀는 썩 잘해주었다.

그러던 어느 날 그녀가 훅, 마법 속의 신기루처럼 사라졌다. 서로 말이 통하지 않는 세계를 공유해왔던 그녀와 나의 한계가 드러난 순간이었다. 외형상 뉴욕과 가장 잘 어울리는 백인 여성이었지만 기실 그녀는 불법체류자 신분이었다. 그녀의 입장에서는 불안한 신분 때문에 외국 정보요원의 주변 인물과 만남을 이어왔고 별 도움이 안 되자 신경을 끊은 것 정도였다.

댓츠 잇. 댓츠 올. 물건을 주문할 때 가장 많이 쓰는 말처럼 더이상은 없었다. 그것이 만남의 전부였다. 그러나 선배가 서울로 떠나고 난 뒤부터 오해가 생기기 시작했다. 여자를 관리하는 조직에서 누군가 여자를 빼돌렸다고 생각하면서부터였다. 나 역시 용의자가 됐는지 한두 번 추적당하는 어처구니없는 일을 겪었다. 함께 갔던 선배가 정보요원이란 사실이 조직의 의심을 불러일으킨 모양이었다. 그러나 상대가 상대인지라 패거리들은 쉽게 발톱을 드러내지는 않았다. 불길했지만 별다른 위협이나 신체적 위해를 가하지 않는 상태가 이어지면서 점차 불안감은 사라졌다.

"그 마리안이라는 여성은 조지아에 내려갔었다고 하더군요. 뉴욕에 다시 올라왔다는데 동거남이 생겼다던가, 뭐 하여간에."

말을 듣고 앉아 있는데 얼굴이 화끈 달아오른다. 그 여성과의 관계 때문이라기보다는 '동거남'이란 대목에서 알 수 없는 수치심이 느껴졌다. 주제를 모르고 혼자 착각한 나의 부실하고 볼품없는 몰골이 적나라하게 드러난 것만 같았다. 아킬레스건을 잘리고, 그것도 모자라 거세까지 당할 뻔했다. 이제 와서 흘러간 타 인종 여성을, 그것도 돈으로 산 윤락녀를 헤집는 꼴이었다. 그 동거남이 튼실한 백인 남자일 것 같은 열등감마저 솟구쳐오른다.

뭔가 석연치 않아. 어떻게 그렇게 쉽게 단정지을 수 있나. 모든 것을 의심해보는 내 습관 속에서 의문부호 하나가 머리를 삐죽 내밀었다. 마리안이 되돌아왔다고는 하지만 그사이엔 분명 시차가 남아 있었다. 조직이 사태를 파악하지 못한 채 엉뚱하게 나를 공격했을 가능성이 열려 있지 않은가. 인신매매 조직과 다름없는 그들이 잠잠하게 넘어갈 리 만무했다. 만약에 그랬다면 그자들은 혐의를 벗고 나만 억울한 놈이 된다. 생각이 복잡해지지만 당장 뭐라고 이의 제기 하기가 쉽지 않다.

마리안을 한번 만나보고 싶지만 그럴 수가 없었다. 그녀가 경찰 조사로 인해 조직 내에서 어떤 불이익을 받을 게 분명했다. 만약 그 집단이 추측과 달리 범인이 아니라면 내 몰골은 더욱 우습게 된다. 이런 경우 내 입장에서 보면 비극이지만 남이 보면 블랙코미디일 뿐이다. 답답한 마음에 나도 모르게 머리를 몇 번 흔들어본다. 실제로 흔든 것인지 마음속으로 흔든 것인지 가늠이 되지 않았다. 마리안을 생각하니 기분이 가라앉았지만 늘 그렇듯, 잠깐 사이에 다시 냉담한 심정으로 되돌아온다.

"또 신디는……"

신디라는 이름을 올린 후 알렉스 조 경관이 말을 멈춘다. 칸막이 안에서 나지막하게 나누는 이야기가 강력계 이곳저곳에서 들리는 잡음과 뒤섞인다. 여기저기서 고성이 난무하고 어느 구석에선가 터져나온 술 취한 여자의 우는 소리까지 합세한다. 그 꺽꺽대는 소리가 듣기 싫은지 알렉스 조 경관이 조금 열려 있던 문을 쿵 하고 닫아버린다.

신디는 이 년 전에 사귀었던 여성이다. 그녀는 한국에서 입양되어 아이다호 시골에서 성장한 댄서였다. 그녀가 뉴욕으로 진출한 뒤 사귄 애인이 마피아 중간 보스였다는 점이 문제였다. 그는 한번 앙심을 품으면 십 년 뒤에도 반드시 보복하는 행동형 사이코패스였다. 남들의 눈을 피해서 몰래 관계를 맺을 때 그녀의 말이 그랬다.

그녀를 처음 만난 곳은 스트립 댄서가 나오는 술집이었다. 오래된 브루클린 부두의 창고를 개조한 복합공간이 그 시발점이었다. 의자는 스트립쇼 무대 가까이에만 한 줄로 놓여 있을 뿐 나머지 관객들은 서 있어야 했다. 사람들은 한 손에 술을 든 채 비행기 격납고처럼 거대한 공간에서 몸을 흔들고 있었다. 여성들이 알몸으로 춤추고 있는 몇 개의 스트립쇼 무대에만 불이 밝혀져 있을 뿐 나머지 공간은 얼굴이 겨우 식별될 정도였다. 술 마시는 사람들을 위한 공간은 별도로 있었으나 테이블은 대부분 텅 비어 있었다. 아무튼 가볍게 즐길 수 있는 쾌락의 총집합소였다.

그곳을 안내한 사람은 해산물 유통 체인을 하고 있는 김사장이었다. 공교롭게도 동갑이어서 그즈음 가끔씩 어울렸다.

"저쪽 스테이지에서 춤추고 있는 애 보이시죠. 동양 아이 말예요. 아까부터 보고 있는데 왠지 한국 아이 같아요."

"그러네요."

나 역시 진작부터 보고 있었다. 봉에 매달린 백인 여성들 틈바구니에서 열심히 춤을 추고 있어 자연스럽게 눈길이 갔다. 유난히 높은 킬힐을 신고 있었지만 팔등신이나 구등신인 다른 무용수에 비해 신체적 약점이 쉽게 눈에 띄었다. 한잔 들어간 술 탓일까, 그녀의 짧은 다리와 비키니로 끌어모은 부실한 가슴이 애잔함을 불러일으켰다. 그것이 알 수 없는 울적함과 같은 인종으로서의 친밀감을 동시에 가져다주었다.

"궁금하지 않으세요? 왜 여기서 춤을 추고 있는 건지."

김사장의 약간 들뜬 목소리가 선명하게 들렸다. 음악 소리가 제법 요란했지만 천장이 높고 공간이 탁 트여서인지 그의 말이 잘 들렸다.

"그러게요."

내가 어정쩡하게 말을 받았다. 룸살롱, 안마시술소 등에 진치고 있는 한인 여성들을 의식한 김사장의 말이었다. 뉴욕 인근 지방신문에 심심치 않게 실리는 것 중 하나가 윤락 여성 체포 기사였다. 신문 하단에 게재된 사진만 보아도 절반 이상이 한인 여성이라는 것을 쉽게 알 수 있었다. 한국보다 경제적으로 더 궁핍한 필리핀, 베트남, 인도네시아 여성들의 얼굴은 웬만해선 보이지 않았다. 한눈에 드러나는 동족의 이목구비 또렷한 생김새가 늘 자괴감을 불러일으켰다.

"한번 가까이 가보십시다."

그가 내 손을 잡아끌었다. 어둠 속에서 점차 밝아지는 스테이지 앞으로 다가가자 빈 의자가 바로 준비됐다. 김사장의 달러 덕분에 나는 얼떨결에 귀빈석에 앉게 되었다.

먼저 반기고 가까이 온 것은 백인 무용수였다. 그녀의 가슴에 연신 일 달러 지폐를 꽂아주던 김사장이 나에게 지폐 한 뭉치를 건네주었다. 이 클럽에 오기 위해 미리 준비해둔 것 같았다.

"자주 오시나봐요."

내 말에 그가 손사래를 치며 대답했다.

"가끔씩 거래처 사람들과 오기는 해요. 한국 사람하고 같이 오기는 처음이에요. 알면 몰려올 것 같아서 소문을 안 내요."

호기롭게 노는 그와는 달리 낯선 곳에 온 나는 뭔가 어색했다. 한 손에 그가 준 지폐를 든 채 익숙하지 않은 분위기 속에서 그냥 술만 홀짝거리고 있었다.

"쟤, 맘에 들어요?"

김사장이 동양계를 턱으로 가리켰다. 그녀는 봉에 매달려 자신의 춤동작에만 열중한 채 주변 분위기에는 무심한 듯이 보였다. 손님들이 달러를 들고 있는 스테이지 바깥 경계선까지 나오는 일 자체가 없었다. 신체의 일부를 열어 보이며 춤추고 팁을 받아가는 다른 댄서의 모습과는 달라 보였다.

"글쎄요. 괜찮네요."

그의 질문에 말끝을 흐렸다. 그래서 뭘 어쩌라고, 하는 반문이 담긴 대답이었다.

"오케이. 그러면 저 아이에게 오렌지주스 한 잔 사줘야지."

혼자 중얼거린 뒤 김사장이 히스패닉계의 웨이터를 불렀다. 귓속말로 뭐라고 주문한 뒤 백 달러 지폐와 오 달러 지폐를 각각 웨이터에게 지불했다.

몇 분 후 오렌지주스가 스테이지에 배달됐다. 춤을 추던 그녀의 눈길이 잠시 나에게로 향했다. 그 짧은 눈길이 고객 확인과 감사함의 표시라는 걸 알 수 있었다.

곧 무대의 불이 꺼지며 무용수들이 교체되었다. 나는 안내하는 웨이터를 따라 컴컴한 방으로 들어섰다. 잠시 손잡이가 없는 일인용 소파에 앉아 주변을 둘러보았다. 그곳은 초등학교 교실만한 공간이었고 몇 개의 소파가 드문드문 놓여 있었다. 어둠 속에 한두 명이 의자에 앉거나 서성거리는 것이 희미하게 보였다.

웨이터가 어둠을 헤치며 나타났다. 말하지 말고, 손으로 만지지 말라는 주의사항을 마치 경고의 말처럼 또박또박 알려주었다. 그리고는 보송보송한 타월 한 장을 내 허리춤에 툭 던져놓고 사라졌다. 그 말뜻과 타월의 용도를 생각하면서 나는 소파에 몸을 늘어뜨린 채 앉아 있었다.

얼마나 그렇게 있었을까. 실제로는 오 분이나 십 분 정도였겠지만 낯선 어둠 속에서 마치 한 생애가 지나가는 느낌이었다. 그렇게 호기심 반 황망함 반으로 앉아 있는데 갑자기 눈앞에 그림자 하나가 불쑥 나타났다.

바로 그녀였다. 하지만 예상과 전혀 다르게 그녀는 옷을 입은 채 나타났다. 그녀는 내 앞에서 가벼운 스텝으로 춤을 추다가 머뭇거리지 않고 온몸을 밀착해왔다. 거대한 박쥐 한 마리가 어둠 속에서 날개를 퍼덕이며 나에게 날아드는 느낌이었다. 내 아랫도리를 가볍게 타고 앉은 그녀는 자신의 몸을 이용해 야릇하게 도발해왔다. 곧 출입금지 구역에 잘못 들어온 것 같은 긴장감이 그녀의 춤동작에 따라 어디론가 밀려났다. 그녀의 움직임이 쉴새없이 이어지자 온몸에 감추어져 있던 말초신경들이 비명을 질러댔다. 예상치 못했던 감흥에 얇은 옷 속에 갇혀 있던 감각기관들이 일제히 발기를 하며 내 몸은 쾌락의 물결에 빠져들었다.

불과 사오 미터 떨어진 곳에서도 비슷한 일이 벌어지고 있었다. 하지만 어둠 속이라서 그런지 불분명하게 보였고, 또 분위기 탓인지 그들의 행동에 그다지 신경이 쓰이지 않았다. 어느덧 그녀는 땀냄새가 옷 속에서 퍼져나올 정도로 격렬하게 엉덩이를 움직였다.

그것은 옷 입은 채로 하는 성행위나 다름없었다. 무대에서 보는 것과 달리 그녀의 볼륨감은 상당했다. 발정한 나의 성기를 그녀의 부드러운 아랫도리로 문질러주는 것이 마지막 서비스였다. 바지와 팬티 속에 숨겨져 있는 나의 성기는 몰려오는 쾌락과 해갈할 수 없는 고통에 비명을 질렀다. 하지만 그 정도로 팬티를 속수무책으로 젖게 할 수는 없었다. 어찌 보면 참는 것이 그다지 어려운 일은 아니었다.

윤락 행위에 비교적 엄격한 자본주의 국가의 한계이자 탈출구였다. 궁금했던 백 달러짜리 오렌지주스값이었지만 전혀 아깝지 않았다. 그녀는 그날 말을 하면 안 되는 그곳의 엄격한 규율을 어기며 마지막 일격을 날렸다.

"신디예요."

떠나기 전 내 귀에 속삭인 한마디였다. 온몸을 문지르면서도 참았던 그 한마디를 그녀는 기어이 꺼내고 말았다. 영어가 아니라 낯익은 한국말 한마디가 갑자기 파도를 일으키며 브루클린 부두를 흔들었다. 마치 겨우겨우 참았던 얇은 오르가슴 풍선에 바늘 끝을 살짝 대듯이, 허스키한 목소리가 내 머릿속을 긁으며 빙빙 돌았다.

사정을 했는지 안 했는지 잘 구분이 되지 않는 쾌감이 가늘고 길게 이어졌다. 그 모호한 느낌에 잠시 타월을 쏠까 말까 망설이다가 그냥 일어섰다. 그날 김사장에게 받은 달러 뭉치조차 그녀에게 팁으로 주질 못했다.

그 이후 몇 번 더 김사장과 함께 그곳을 출입하며 나는 점점 더 대담해졌다. 그리고 어느 순간 그녀와 나는 함께 한계를 넘었고, 열린 공간에서 맛보는 최상의 희열에 몸부림쳤다.

그녀가 기억하는 이름은 '순이'였다. 미순인지 점순인지 알 수 없지만 자신을 순이라고 부르던 것만은 또렷하다고 했다. 어렸을 때 대전 고아원에서 아이다호로 입양된 그녀는 성인이 될 때까지 한국 사람은 단 한 명도 보지 못한 채 성장했다.

감자의 생산지로 유명한 아이다호였다. 그곳은 외지인이나 신규 이민자들을 거의 볼 수 없는 미국 내의 벽촌이었다. 그녀는 댄서가 된 이후 그곳을 떠나 뉴욕에 올 때까지 모국어를 잊지 않고 가슴에 품고 살았다.

낯선 대도시에서 만난 그녀의 애인은 만만치 않았다. 뭔가 수상한 낌새를 알아차린 그 시칠리아 출신의 마피아는 신디를 어딘가로 보내버렸다. 자신이 위험하다는 메시지를 남긴 채 그녀가 사라짐으로써 일순간에 모든 것이 끝났다. 그 이후 누군가 나를 계속해서 노리고 있다는 불길한 느낌이 들었으나 그뿐이었다. 그녀와의 만남은 영화 〈신 시티Sin City〉의 한 장면 같았지만 그 달콤한 맛은 한입만 먹고 남겨둔 열대 과일처럼 두고두고 지워지지가 않았다.

"그 신디라는 여성은 지금 잘살고 있답니다."

수첩 속에 눈길을 준 채 한인 경관이 심드렁하게 말한다.

"아, 그래요."

그녀가 어둠 속에서 격정적으로 도발했던 장면이 언뜻언뜻 떠오른다. 옷 입은 채로 나눈 유사 성행위가 왜 더욱 기억에 남는지 모를 일이었다. 수백 명이 문밖에 있는 열린 공간에서의 규율 어긴 정사는 강변에서 쏘아올린 거대한 축포와도 같았다. 하지만 그 기묘한 섹스는 자취 없이 사라지고 지금은 모든 것이 어둠 속에 잠겨 있다. 이제 나에게 남은 흔적은 과거에 흘러 지나간 환상의 한 장면처럼 아무런 실체가 없다. 그녀와 나눈 기억조차 수사의 시작과 함께 형벌과 같은 것으로 변해버렸다.

분노의 파편

건물들 틈바구니로 맨해튼이 빼곡하다. 그 사이로 출렁이는 곳이 강과 바다가 합류하는 하구에 해당한다. 십층에 자리잡은 신문사 편집국에서는 이스트 리버 건너의 로어 맨해튼이 비스듬히 보인다.

9·11이 얼마 전 같은데 벌써 십 년 이상이 훌쩍 지나갔다. 그 역사적 테러 현장을 그토록 생생하게 목격할 줄 몰랐다. 그날 출근해 편집국으로 들어갔을 때 사람들은 모두 창에 붙어 있었다.

"헉, 이차장, 저것 보세요."

후배 기자가 나를 보자 팔을 잡아끌며 자기가 섰던 자리를 양보했다. 그가 굳이 손가락으로 가리키지 않아도 눈앞에서 펼쳐지는 상황이 한눈에 들어왔다. 맨해튼 세계무역센터 북쪽 건물이 검은 연기를 내뿜고 있었다.

"뭐야, 불이 났어?"

"몰라요. 비행기가 건물에 충돌했다는데."

"비행기가 건물에 충돌하다니. 뭔 소리야. 그럴 리가."

"글쎄 말예요. 믿기지 않는 이야기인데 사실이래요."

잠시 넋을 잃은 채 서 있는데 여객기 한 대가 다시 낮게 비행하는 것이 보였다. 이번에는 멀쩡한 남쪽 건물로 순식간에 파고들며 검붉은 화염을 토해냈다. 머리카락이 쭈뼛 일어섰고, 믿을 수 없는 사태에 온몸이 부르르 떨렸다. 눈을 의심할 수밖에 없는 너무나 황당한 풍경이어서 이게 실제 상황인지 확인하기 위해 고개를 흔들어보았다.

"으악!"

"억, 저게 뭐야?"

창가에 모여 있던 사람들 사이에서 비명소리와 탄식이 일제히 쏟아져나왔다. 그 소란을 뚫고 사회부장이 거칠게 소리질렀다.

"야, 사진부, 지금 뭐해. 찍고 있어?"

"예, 찍고 있어요."

뒤쪽 창문에서 가파른 외침이 들린다. 모두 출근 직후라서인지 얼떨떨한 얼굴로 정신없이 셔터를 눌러대고 있다.

편집국 벽면에 설치된 대형 TV가 속보를 내보냈다. 조금 전에 사람들이 다함께 목격한 장면을 반복해 돌리고 있다. 오 마이 갓, 오 마이 굿니스, 오 마이 갓. CNN 앵커의 울부짖는 소리가 반복해서 귀를 때렸다. 이번엔 뒷짐을 지고 서성이던 편집국장이 소리를 지른다.

"야, 오늘 데스크 회의고 뭐고 일단 취재부터 해. 사회부, 경제부, 문화부 할 것 없이 전부 달라붙어. 이건 전쟁이야."

이건 전쟁이야…… 하는 말이 귀에서 맴돌았다. 그의 간단명료한 말처럼 전쟁은 그렇게 눈앞에서 시작됐다. 미국의 생식기와 아킬레스건이 공격을 당하자 망설임 없이, 거의 자연발화에 가깝게 불이 붙은 것이었다. 매서운 복수의 칼날이 아프가니스탄과 이라크로 차례차례 옮겨갔다. 탈레반이 공격당했고, 후세인이 모래성처럼 순식간에 무너졌다. 그러나 정작 진범으로 지목된 빈라덴은 오랫동안 생존했고, 쉽게 끝날 것 같았던 전쟁은 질기게 이어졌다. 그동안 온갖 유언비어와 자작극 이야기가 흘러다녔다.

무엇이 사실이고, 무엇이 진실인가. 정확하게 알 수는 없지만 눈앞에서 벌어진 일은 미국이 테러를 당했다는 것이었다. 내가 뉴욕 한복판에서 아킬레스건을 잘린 뒤 생식기까지 공격당했듯이 말이다. 하지만 나는 아직 범인이 누구인지, 무슨 연유로 나를 공격했는지조차 알지 못한다. 그 십여 년 동안 나는 차장에서 편집국장으로 진급하며 안팎으로 많은 적을 만들었다. 도대체 어떤 자들이, 어떤 의도로 나에게 이런 엄청난 테러를 가한 것일까.

잠시 생각에 잠겨 있는데 사회부장이 중간보고를 해온다.

"아벨라 의원이 또 한글 간판에 대해 트집을 잡고 나왔어요."

"왜 또 그래?"

나는 시계를 흘깃 보았다. 건너편 벽에 걸린 둥근 벽시계 속의 두 바늘이 오후 두시를 막 지나고 있었다. 내가 끔찍한 사고를 당한 지 벌써 십 주가 흘렀으나 달라진 것은 전혀 없었다. 신문사는 내가 테러의 표적이었던 사실조차 잊어버린 듯 입을 꾹 닫은 채 불분명한 태도를 취했다. 그동안 공식적인 입장 표명이 없는 상태여서, 외형적으로는 모든 것이 수면 아래에 잠겨 있었다. 내부적으로 어떤 움직임이 있을 법했지만 보이지 않는 손에 제어를 당하는지 상황은 계속 오리무중이다. 이제 고통이 거의 사라진 상태라 병원에서 처방해준 근육 강화 약을 하루 한 번 복용할 뿐이었다.

사회부장의 보고는 아침 회의 시간에 없던 내용이다. 하지만 아벨라 의원이 또 한글 간판을 트집잡았다면 충분히 이야깃거리가 된다.

"한인 타운 간판 중에 영어가 빠진 게 또 눈에 띈 모양이죠."

아직 내용을 완전히 숙지하지 못한 듯 사회부장이 애매하게 대답한다.

"그 영감 아직 안 죽었어요?"

경제부장이 대화에 끼어든다. 토니 아벨라 뉴욕 주 상원의원은 퀸스를 지역구로 하는 토박이로 한글 전용 간판을 보면 참지 못했다. 식당인지 슈퍼마켓인지 약국인지 알 수 있게 영어를 함께 사용하라는 것이 그의 주장이었다. 다분히 지역 내에 사는 백인, 스패니시, 흑인 표를 겨냥한 정치적 행보였다. 하지만 몇 년에 한 번씩 꼬박꼬박 터뜨리는 것을 보면 그 농간에 걸려들고도 간판을 바꾸지 않는 한인들의 고집 역시 대단했다.

"한글 간판 지적한 것이 얼마 만이야?"

"글쎄요, 한 이삼년 됐나. 찾아봐야겠네요."

사회부장이 컴퓨터 파일에서 자료를 찾기 위해 의자를 돌린다. 잠시 대화가 끊어지고 편집국 안에는 다시 침묵이 흐른다. 기사 마감이 제법 남은 탓에 주류 언론의 기사를 앞에 두고 번역을 하거나 취재원들과 전화 연락을 시도하는 소리만이 간간이 이어진다.

삼십여 명의 기자와 편집진이 근무하는 사무실이었다. 이 정도면 서울의 대형 신문사와는 비교할 수 없지만 그렇다고 시골 동네 신문사 규모는 아니다. 광고국, 판매국까지 합치면 백 명을 넘어서고 매출 액이 서울의 중견 신문사 수준은 된다. 금융 위기 이전까지만·해도 미래가 크게 보장되진 않았지만 한인 직장 가운데서 대우가 괜찮은 편이었다. 그러나 서브프라임 모기지 사태 이후부터 급격하게 흔들리기 시작해 지금은 걸핏하면 사람들을 솎아낸다. 게다가 긴축 재정으로 위에서부터 아래까지 허리띠 졸라매기에 바쁘다.

내 사고에 대해 지사장은 매우 걱정스럽단 얼굴을 했다. 하지만 내가 나 자신조차 믿을 수 없듯이 그의 속내는 파악이 안 된다. 늘 그래왔듯 이민 사회 특성상 그가 언제 돌변해 나를 쳐낼지 전혀 알 수 없는 일이었다. 신문사 체면과 사회적 파장 등을 이유로 그동안 사건을 대외비에 붙여왔던 것이 마음에 걸렸다. 침묵이 길어질수록 미주 본사에서는 색안경을 끼고 사건을 바라볼 가능성이 높았다.

적당한 때를 기다리고 있을 것이다. 아마도 소문 없이 날려버리기 위해 기회를 엿보고 있다고 생각하는 편이 정확하리라. 나만 허망하게 아킬레스건을 다칠 게 아니라 나 역시 지사장의 아킬레스건을 잡아야 했다. 지푸라기라도 잡고 싶은 심정으로 그런 바람을 가져보지만 뭔가 힘이 쭉 빠진다. '아킬레스건이 절단되고 거세당할 뻔했던 편집국장'은 내가 생각해도 진절머리가 난다. 어떤 놈들의 소행인지조차 알 수 없다는 것이 고통을 가중시킨다. 사건의 용의자를 함부로 지목할 수 없는 답답함이 이중 삼중으로 가슴을 짓누른다. 온 동네를 돌아다니며 이놈 저놈 수사하다보면 나만 웃음거리로 전락할 뿐이었다. 하다못해 수상한 아랫집 사내와 내 집 가사를 도왔던 의문의 여성조차 용의선상에 올리지 못하고 있는 상태다. 어쩌면 지금 범인이 바라는 대로 사태가 흘러가고 있는 게 아닐까.

저릿저릿한 것이 나도 모르게 아랫도리로 손이 간다. 처음엔 발뒤꿈치가 당기고 아프더니 그 느낌이 위로 타고 오르는 것 같다. 왠지 오줌 방울이 꽉 잠겨 있지 않은 수도꼭지처럼 조금씩 흘러나오는 착각마저 든다. 그런 기분 나쁜 느낌과는 달리 실제로 멀쩡한 경우가 대부분이다. 어떤 때는 육체적인 아픔이 구체적으로 느껴져 참혹한 기분이 들기도 한다.

매 시각 끊임없이 신경이 거슬렸지만 또 잠깐 참으면 지나갔다. 머릿속에 남아 있는 괴로운 잔상과 두려움이 트라우마로 작용하고 있을 뿐이었다. 요즘은 슬슬 성적 욕구불만까지 고개를 쳐든다. 텅 빈 집에서 혼자 생활하다간 완전히 돌아버릴 것 같다. 퇴원 후 인사불성이 되어 목까지 맸던 것이 어제 일처럼 느껴진다.

"토니 아벨라 의원이 한글 간판에 딴죽을 건 게 2012년이에요. 꽤 됐네요. 2006년에도 있었던 것 같은데 아직 그 자료는 못 찾았어요."

잠시 눈을 감고 어지러운 마음을 가라앉히고 있는데 사회부장이 다시 말을 걸어온다.

"그 영감 단골 메뉴인데 이번 턴은 꽤 됐네. 첫 딴죽이 2006년이라, 벌써 그렇게 됐어? 그땐 그 영감 시의원 시절이었나. 그새 많이 컸어."

대꾸를 하지만 모든 게 허무하게 느껴진다. 명색이 언론인이라고 초라하게 앉아 큰소리나 날리고 있다. 주류 사회를 호령하는 상원의원을 두고 많이 컸다고 헛소리나 지껄이다니. 갑자기 입안이 깔깔해지며 소태 씹은 듯이 쓰다. 우울증 같은 정신질환이 오는 것은 아닐까. 사건 이후 땅이 꺼지듯이 수시로 기분이 푹푹 가라앉는다.

"육칠 년 전에는 대형 한글 광고판 앞에서 회견을 하며 소란을 떨었어요."

경제부장이 대화에 끼어드는데 이번엔 종아리가 시큰한 느낌이 든다. 사실 증상이 없었지만 감각에 특별한 기억이 각인되었는지 고통스러움이 끊이지 않고 찾아온다. 하지만 이런 후유증 때문에 괴로워하는 얼굴을 회사 내에서 노출해서는 곤란하다. 아무렇지도 않은 듯 두 팔을 머리 뒤로 돌려 깍지를 끼며 반문했다.

"그때는 왜 그랬지?"

"한인 콜택시 회사가 노던 블러바드에 대형 한글 간판을 내걸어 문제가 됐잖아요. 그게 기사화되어 뉴스데이에 실리고, 나중에 그 간판이 내려졌을걸요."

"아니, 한글 간판이라고 내릴 수 있나? 그건 좀 이상하잖아."

손이 종아리로 내려가려는 것을 억지로 참으며 말했다.

"광고판은 엉뚱한 이유로 내려졌어요. 그때 광고한 한인 콜택시 회사가 무면허 업체라는 게 밝혀졌거든요. 그와 별개로 당시 중국계 시의원이었던 존 리우와 시민협회까지 나서고 해서 시끄러웠잖아요. 기억 안 나세요?"

"이거 영, 기억이 가물가물하네. 아벨라가 딴죽 거는데 존 리우는 왜 나서? 그거 맞는 거야?"

"그때 시민협회가 요청해서 존 리우가 나섰잖아요. 플러싱 일대 한인과 중국계 업소들의 간판을 조사하는 일까지 벌어졌었고."

"그래서 어떻게 됐어? 존 리우가 아벨라의 편을 들었단 말이야?"

"존 리우는 아벨라에게 엿을 먹이려고 그랬겠죠. 조사해보니 구십 퍼센트 이상이 영어 문구를 적어놓은 것으로 밝혀졌어요. 그 결과를 토대로 존 리우는 간판의 영어 표기 문제는 커뮤니티에서 권고해야 할 사항이지 절대 법적 제재로 해결할 사안이 아니라는 입장을 밝혔지요. 그때 양쪽에서 성명서를 발표하고 서로 이슈화하다가 별반 실익이 없으니 유야무야됐어요."

"그때도 존 리우가 도와주었어."

중국계 존 리우는 한인 사회에 굉장히 우호적이다. 물론 표 때문이기도 하지만 2006년 맨해튼에서 펼쳐진 월드컵 거리 응원도 그가 아니었으면 무산될 뻔했다. 거리 응원이란 독특한 문화를 이해하지 못한 뉴욕 경찰의 반대 때문에 난관에 봉착했었다. 당시 시의원인 존 리우가 한인들의 앞자리에 서서 응원하는 덕에 진행될 수 있었다. 의리의 사나이 존 리우는 그 이후 승승장구해 뉴욕 시 감사원장 자리까지 진출했으나 몇 년 전부터 금전 문제에 말려 휘청대고 있다.

"그때 이후로 한글 광고판과 간판 문제는 끊임없이 플러싱 커뮤니티의 논란거리가 되어왔지요."

"한인들 반응은 어땠지?"

소리가 멀어졌다 가까워졌다 하는 느낌이었다. 몸이 어딘가 고통스러운데 어디가 잘못된 것인지 알 수 없었다. 존재의 위태로움을 겪은 사건 이후에 삶의 뿌리가 뒤흔들리는 극심한 후폭풍이 덮쳐 마음과 정신에 균열이 갔다. 억지로 버티고 있지만 육체적으로 심하게 무너지는 것을 느끼고 있다.

"광고판에 한글 광고를 하는 것이 전혀 불법이 아니지 않느냐. 그런데 계속 문제를 삼는 것은 인종차별이 분명하다. 그렇게 불끈 화를 내는 한인들도 많았지만 미국 사회와의 동화를 강조하는 한인들은 다른 의견이었죠. 타민족 주민들의 정서를 고려하는 게 좋지 않냐, 하며 영문을 쓰지 않는 업체들을 나무라기도 했어요. 하여간 한인들 사이에서 의견이 복잡하게 엇갈렸어요. 그 와중에 한 한인 단체는 주정부로부터 한인 업소들의 간판을 교체하는 지원금을 따냈죠."

찌릿. 팔을 하늘로 향해 쭉 펴주는 동작을 하는데 다리가 땅긴다. 재활을 위해 시간이 나면 앉아서도 틈틈이 운동을 했다. 하루종일 일하고 집에 들어가면 피가 안 통해서인지 발이 붓고 붉은색을 띠고 있었다. 침대 아래쪽에 이불을 접어놓은 뒤, 그 위에 다리를 올려 심장보다 높게 해주면 다시 정상을 찾았다. 그렇다고 회사에서 그럴 수는 없었다. 지원금을 따냈다는 말에 좀 과장된 제스처를 쓴다.

"뭐? 완전히 봉이 김선달이야. 크, 다민족 사회의 등을 쳤어. 그것 보면 미국 사회가 아직 허술한 구석이 많아. 어디든 파면 수맥이 있다니깐."

"한인들이 머리는 비상해요. 영어 안 쓰고 버티는 것도 대단하고요."

"그런데 이번엔 어떻게 된 거야?"

"간판에 영어 표기 의무화 법안을 상정한 뒤 회견을 한 거예요."

"응? 영어 표기 의무화 법안이라고? 미국에서 영어 표기 의무화 법안을 주 상원의원이 상정했다? 어쨌거나 재미있는 사건이구만. 내용이 뭐지?"

말을 하면서 내가 왜 이렇게 말이 많아졌을까, 하는 생각을 한다. 사실 지금이 마감 시간은 아니지만 기사를 차근차근 준비할 단계다. 편집국장이 부장들을 데리고 이렇게 시간을 낭비해서는 안 되는데 중단이 안 된다. 아니 중단하고 싶지가 않다. 불안감 때문일까.

"법안은 영어가 아닌 외국어로 표기된 상점 간판을 대상으로 하고 있어요. 외국어로 된 모든 내용을, 그 외국어와 같은 크기의 비율로 영어와 병기하라는 것이 골자죠. 쉽게 말하자면 영어를 너희 모국어 크기만큼 간판에 집어넣으라는 거죠. 이 규정을 위반할 경우 처음 적발되면 이백오십 달러, 중복 적발되면 최대 오천 달러의 벌금을 부과하겠다는 겁니다."

"그래서, 한인 단체들은 뭐래? 반응 없어?"

벌써 작성된 기사가 들어온 모양이었다. 어느새 사회부장이 컴퓨터 화면을 보며 대답하고 있다. 정치부가 없는 한인 신문사인지라 편집국장과 가장 가까운 곳에 사회부장 책상이 있었다.

"한인 직능단체협의회측에서는 '간판은 업소의 주된 홍보 장치다. 한인 밀집 지역에서는 타민족보다 한인 고객을 상대로 운영하기 때문에 영어보다 한글 비율이 높을 수밖에 없다'라며 '따라서 지역적인 특색을 반영해 영어와 외국어 병기 비율을 자율에 맡겨라'라고 주장하고 있어요."

엄밀하게 말한다면, 영어가 미국의 공용어는 아니다. 뉴욕은 물론 거의 대부분 지역에 공용어 지정이 정치적으로 억제되어 있었다. 가끔씩 보수적인 지방 소도시 의회에서 영어를 공용어로 추진하겠다는 기사가 나오면 시끄러울 수밖에 없다. 이민 단체, 인권 단체, 언론 등에서 정치 이슈화하는 것도 알고 보면 제법 심각한 이유가 있다. 관공서, 대형 병원 등에서 비영어권 사람들을 위해 늘 통역사를 의무적으로 두어야 하는 관행을 벗겠다는 말이다. 당연히 공공기관의 경비를

줄이는 것은 물론, 미국에 살기 위해서는 영어를 확실히 배우라는 정치적 강요가 바탕에 깔려 있다. 내가 병원에서 눈을 떴을 때 한국말을 하는 경관이 나타난 것은 미국의 다민족국가 원칙과 일맥상통한다. 병원에서 환자의 증세를 한국인 통역관을 통해 세심하게 설명해주는 것은 의사들이 친절해서가 아니라 연방법에 근거한 것이다. 이민 1세대의 경우 웬만한 영어 실력으론 의사들의 전문적 의견을 정확하게 알아듣기 힘들다. 미국에서 십 년, 이십 년, 혹은 그 이상 살아도 병원에 가면 대부분 영어가 바닥에 떨어졌다. 그것이 바로 병원에 통역사가 절실하게 필요한 이유다.

"아벨라 의원이 지나치게 영어 간판에 집중하다보면 역풍을 맞을 수 있을 텐데."

뉴욕 시의 다섯 개 행정구역 중 규모가 큰 것이 퀸스다. 그 지역을 분석한 자료에 의하면 집에서 영어를 사용하지 않는 가구가 절반이 넘는다. 전 세계 민족과 전 세계 언어가 난무하는 인종 용광로가 바로 미국이고, 또 뉴욕이 그 중심지나 다름없다. 용광로라는 단어는 오래전에 지나간 낡은 말이긴 하지만 언어적 측면에서 따져본다면 아직 유효했다.

"아벨라 의원은 법안이 필요한 이유에 대해 장황하게 늘어놓고 있어요. 긴급 상황이 발생할 경우 소방관이나 경찰이 간판을 읽어야 발빠르게 대응할 수 있고, 여러 민족별 커뮤니티가 각자의 언어로 서로 벽을 쌓는 것을 허물어보겠다는 논리죠. 단속 기준을 분명하게 하기 위해 표기 비율을 오십 퍼센트로 하겠다고 주장해요. 한인들이나 중국인들 표를 의식해서인지 이 규정은 새롭게 설치되는 간판에만 적용하겠답니다. 또 한 업소가 여러 개의 간판을 사용하고 있을 경우 메인 간판에만 규정을 적용하도록 법안을 수정할 것이라는 말까지 흘리고 있어요."

"백인들 표를 의식해 한글 간판을 공격하면서 피해는 최소화하겠다는 건가."

내가 왜 이럴까 하는 생각이 다시 든다. 말을 중단해야 하는데 그것이 안 되고 있다. 요즘 소변이 정확하게 제어가 안 되듯 말이 제어가 안 된다. 아킬레스건 수술 이후 생겨난 기묘한 현상이다. 이미 약 먹는 것을 중단했는데 왜 이렇게 중언부언 말이 많아졌을까. 정신과 상담 예약 확인 연락이 왔는데 이번엔 정말 의사를 만나고 싶다.

"당연히 그렇겠지요. 간판에 영어 표기 의무화 법안이 발효될 경우 이 년의 유예기간이 있고요. 규정 위반 벌금을 부과하기 전 경고장을 발부하도록 법안 내용을 개선하겠다고 미리 밝히고 있어요."

사회부장이 늘 그렇듯 성실하게 답변한다. 미국에서 경제학을 전공한 경제부장에 비해 영어가 다소 부족하긴 하지만 가장 믿을 만한 데스크였다. 겸손한데다 상사인 나를 진정한 보스로 모시는 것 같아 제법 만족감을 주는 인물이다. 게다가 아직 나이가 어려 당분간 내 자리를 넘볼 것 같지 않다. 이것 역시 내가 그를 아끼는 중요한 이유 중 하나다. 누구든 나에게 위협이 된다면 조용히 밀어내는 것이 내 생존 철학이다.

"한인들도 웬만하면 영어 공부 좀 하지. 어지간히 버티네."

"예전에 온 노인들이 요지부동이에요. 영어를 배우기보다는 영어를 안 쓰고 사는 방법을 터득했으니까요."

미국에 살며 영어 안 쓰고 사는 방법을 터득한다? 하긴 그렇다. 얼마 전 뉴욕타임스는 영어 못하는 이민자가 소득이 더 높다는 기사를 내보낸 적이 있다. 모순 같지만 일리가 있는 말이다. 영어를 못해 남의 밑에 들어가 푸대접 받으니 차라리 내 사업 하겠다고 나선다. 영어 잘하는 사람 고용하면 되니 영어가 모자라 사업 못할 것이라는 생각은 선입견에 불과했다. 사실 길 가는 흑인 아이까지 영어는 다 잘하니 사람 쓰는 일이 그리 큰 문제가 아니었다. 그러다보니 오히려 영어 못하는 사람의 소득이 높은 기현상이 미국 사회에서 발생한 것이다.

하긴 신문사에도 그런 인간들이 가끔씩 보인다. B 같은 인간이 그중 하나인데 그는 사업을 벌일 만큼의 용기조차 없었다. 편집부장 겸 부국장직을 맡아 일하다 그만둔 지 이 년이나 지난 지금까지 빌빌거리고 있었다. 뒤늦은 나이에 와이프 따라 얼떨결에 이민 와서 현지 적응에 실패한 대표적인 중년이다. 물론 B의 회사 적응에 찬물을 뿌린 것이 나였지만 그렇다고 죄책감을 느낄 이유는 손톱만큼도 없다. 이민 사회라는 지구 반대편의 낯선 혹성에 와서 살아남는 것은 온전히 자신의 몫일 뿐이다.

이런 생각을 하는데 갑자기 그에게 의구심이 들었다. 내가 만약 집단 따돌림을 견디지 못하고 그만둔 그 B라면? 그의 입장에서 보면 원한을 가질 만한 일이 적지 않았다. 혹 이번 사건과 무슨 연관이 있는 것은 아닐까? 그를 용의선상에 올려야 하는 걸까. 아랫집 네일 살롱 주인에 이어 근거 없는 의혹이 살며시 고개를 쳐든다. B뿐 아니라 신문사 내에도 나에게 원한을 가질 만한 인물이 있을 법했다.

잠시 생각하는 사이에 대화가 중단됐다. 다들 말이 길어진 탓에 낭비한 시간을 보충하느라 일에 몰두하는 듯이 보인다. 나도 다시 일을 하는 척하며 컴퓨터를 들여다보고 있지만 사실 모든 것이 혼란스럽기만 하다.

친한파로 분류되는 아벨라 상원의원이었다. 그런 그가 매년 한글을 걸고넘어지는 이유는 도대체 무엇일까? 우리가 피상적으로 생각해온 다민족 사회에서의 정치적인 이득이 목적일까? 언어가 바로 권력이란 말이 있다. 자신의 권력이 미칠 수 없는 미로가 눈앞에 존재하는 것에 대한 분노는 아닐까. 그런 생각이 백인들 사이에 퍼져 있다면 매우 위험한 일이다. 자신들에게 문호를 개방하지 않고 버티는 민족에 대한 적개심이라면 심각하게 검토해보아야 한다.

이라크에 대한 공격도 따지고 보면 분노의 파편이었다. 석유 때문에 이라크를 공격했다는 주장은 미국의 석유 재벌들이 별 재미를 못보았다는 점에서 설득력을 잃어가고 있다. 그보다 국제 정치학계에서는 부시 행정부의 주류였던 네오콘neocons의 미국적 가치 확산을 유력한 가설로 받아들이고 있다. 여기에 종교적 열정과 과격한 수단을 가리지 않는 근본주의적 성격, 그리고 9·11 이후 확산된 애국주의의 화학적 결합에 대해 의심의 눈초리를 보내고 있다.

다시 두 다리 사이로 찔끔, 하고 오줌이 새는 것같이 느껴졌다. 왜 아킬레스건을 다쳤는데 온 다리의 근육이 오작동을 일으키는지 알 수 없었다. 그럴 때마다 나에게 테러를 가한 상대에 대한 증오심이 가슴을 쥐어뜯고 싶을 정도로 사납게 끓어오른다.

시선을 잠시 창으로 돌린다. 창문 바깥으로 달라진 맨해튼이 일렁인다. 이스트 리버 앞쪽 건물에 커다란 성조기가 걸려 있는 탓이었다.

그 뒤로 새로 지어올린 프리덤 타워가 화려한 자태를 뽐내며 은회색 빛을 반사하고 있다.

'강한 새가 멀리 본다.'

9·11 이후에 실감한 말이었다. 세계무역센터 테러 이후 전쟁의 불꽃이 예감됐다. 어디로 어떻게 튈지도 한눈에 알 수 있었다. "높이 나는 새가 멀리 본다"는 말은 대학 시절부터 애용했던 소설의 한 구절이었다. 높이 나는 것은 바로 강자가 된다는 것임을 살면서 터득했다. 제3세계의 변두리에 있는 것보다 개발도상국 사람들이, 개발도상국 사람들보다는 선진국 사람들이, 선진국 사람들보다는 강대국 사람들이 세상을 더 멀리 볼 수 있다. 또 같은 한국 사람들 중에서도 힘없고 가난했던 과거의 사람들보다는 훨씬 영향력이 커진 최근의 한국 사람들이 더 멀리 본다는 말이 된다. 사내에서는 기자보다는 차장이, 차장보다는 부장이, 부장보다는 국장이, 또 국장보다는 지사장이 더 멀리 봐야 했다. 멀리 보기 위해서는 강한 새가 되어야 했다.

그날 세계무역센터 테러를 그렇게 생생하게 목격하게 될지 몰랐다. 출근한 지 한 시간이 채 되지 않아서 남쪽 건물이 붕괴됐다. 다시 삼십 분 후에 북쪽 건물이 붕괴되며 빠져나오지 못한 수천 명이 생목숨을 잃었다. 이를 기억하자고 프리덤 타워라고 이름 붙였지만 증오심은 보이지 않는 곳에서 계속 흘러다니고 있다. 지금은 완공되어 타일과 대리석으로 벽면이 치장되어 있지만 그 아래에 묻혀 있는 내용은 전혀 달랐다. 완공 전 빈 콘크리트 벽면에는 인종 혐오 낙서가 만개했다. "내쫓아라" "거세하라" "복수하라" 등의 구호가 심심찮게 발견됐다. 이방인과 유색인종을 향한 백인들의 분노가 아직 가라앉지 않은 채 음습한 곳에서 똬리를 틀고 있었다. 이들 역시 내 테러 배후에 숨어 있는 강력한 용의자들이었다.

아메리칸 홀리

진정한 고립이란 바로 이런 것일까. 오래전부터 두려워했던 일이 실제로 나에게 닥쳤다. 조직에서 완전히 소외당한다는 게 어떤 것인지 알지 못했다. 막연하게, 기분이 좀 나쁘고 불편하겠지, 라고 생각해왔다. 지나온 내 모습과 행동이 선했다고는 말할 수 없다. 알 수 없는 분노와 적개심 때문에 늘 누군가를 도마 위에 올려놓았다. 조직을 요리하다보면 늘 희생양이 필요했고, 그것은 색다른 맛을 내는 매우 유용한 재료였다.

불과 몇 달 사이에 사태는 역전되었다. 지금은 내가 알몸이 되어 모두가 보는 앞에서 도마 위에 올라 있다. 절단된 아킬레스건을 회복시키고 살아남기 위해 절뚝대며 필사적으로 돌아다녔다. 일부 사람들은 그것을 기회로 내 뒤에서 온갖 유언비어를 만들며 야유하고 있었다.

생각할수록 머릿속이 새까맣게 변한다. 분노와 배신감에 뇌세포가 줄어들며, 눈앞에 서릿발 같은 어둠이 내린다. 남에게 집단 따돌림을 당한다는 것이 이렇게 무서운 일인지 정말 몰랐다.

'도대체 어떤 놈일까? 어떤 놈이기에 이렇게 교묘하게 함정을 판 거지?'

아무리 생각해도 범인을 짐작할 수 없다. 무엇 때문에 이런 범행을 저지른 것인지 생각할 때마다 머리가 터져버릴 것 같았다.

지난 주말 오전에 정신과 전문의와의 면담이 있었다. 사회보장국이 특수범죄 피해자들을 위해 마련한 프로그램이었다. 담당 의사는 홀리 슈나이 병원의 한인 1.5세인 닥터 고였다. 어렸을 때 남미로 이민을 갔다가 다시 미국으로 유학 온 독특한 인물이었다. 한국어는 물론 스페인어와 영어를 구사하는 덕분에 환자들에게 꽤 인기가 있는 의사였다. 그와 만나기 위해 잠시 정신과 대기실에서 기다리고 있었다. 지난 번엔 나의 자살 시도에 대해 이야기를 나누었다.

"다른 특별한 고민이 있었나요?"

그가 자살 시도에 대해 직접적으로 질문해왔다. 꽤 심각한 문제인데 아무렇지 않은 듯 정공법을 구사했다. 내가 백인 환자였다면 이렇게 예의 없이 질문했을까. 자격지심에서 나온 불쾌감이 스멀거렸지만 겉으로 드러나지 않게 수위 조절을 했다.

"왜요? 테러당한 것은 자살 사유가 안 되나요?"

"물론 아킬레스건을 절단당했다는 것은 엄청난 고통이겠지만요."

나의 반발에 그는 태연자약하다. 그의 눈은 내 볼멘 태도에 개의치 않고 오히려 친밀감마저 내보이고 있었다.

"그렇죠. 아킬레스건 때문은 아니겠지요. 사실 그 정도로 자살한다 면 미국에 살 자격이 없죠."

"그럼 다른 이유가 있었다고 생각하세요?"

"죽지 않는다는 것을 나 스스로가 알고 있었겠죠. 낡은 벽에 꽂혀 있는 옷걸이에 목을 맸으니까요. 그게 빠질 것은 충분히 예상되는 일이었죠. 지어진 지 백 년은 된 집이니 말예요."

"무슨 말인지 알겠어요. 그럼 자신에게 고통을 주기 위해서 시도했다는 말씀인가요?"

"그럴 수도 있고요. 씻김굿이라고 들어보셨죠? 죽은 이의 영혼을 깨끗이 씻어주는 행위 말예요. 이승에서 맺힌 원한을 풀고 극락왕생하기를 비는 굿을 말하는데 좀 다르게 차용해본 거죠."

닥터 고의 표정이 진지했다. 마치 새 이론을 발견한 뒤 표정을 감추고 있는 과학자 같은 모습이었다.

"씻김굿의 한 형태였다는 겁니까?"

"글쎄요. 그 씻김굿과는 형태가 다르지만 하여간에 죽은 사람을 위해 굿을 한 거라고 보아야지요."

"죽은 사람들이 나타났어요?"

"퇴원한 뒤 매일 약을 먹고 자다 깨다를 반복하다보니 헛것이 보이더군요. 돌아가신 어머니, 아버지, 이혼한 뒤 버지니아로 간 아내와 아들 등등이요."

"그럼요. 그럴 수 있지요. 몸이 쇠약해지면 온갖 것들이 떠오르는 법이죠."

"고국을 떠나버렸다는 죄책감도 있고요. 스스로에 대한 자괴감과 몰려오는 외로움에 질식할 것 같았죠. 나약해지는 나 자신을 추스르는 일종의 퍼포먼스라고나 할까요. 이른바 산 자를 위한 씻김굿이었던 셈이지요."

"그래서 효과는 있었나요?"

"물론이죠. 이전에 흐트러진 마음을 많이 수습했죠."

"흥미로운 사실이군요. 온갖 복잡한 마음을 떨쳐버리고 새 출발 하는 계기로 만든 건가요?"

"그런 셈이죠. 나를 위한 자작극쯤으로 해석하면 되겠네요. 죽을 마음은 애초에 없었으니까요."

그에게 털어놓은 것은 나의 안전을 담보하기 위한 것이었다. 자칫 잘못하면 한밤중에 수시로 경찰이나 병원에서 전화를 걸어올 수 있는 일이었다. 지금 생각해도 그 답변은 현명했던 것 같다.

잠시 그런 생각을 하고 앉아 있는데 닥터 고가 모습을 드러낸다. 접수대에 인터폰으로 연락하지 않고 직접 문을 열고 나와서 손짓을 한다. 손바닥을 하늘로 향한 뒤 손가락들을 자기 쪽으로 당기는, 한국식 손짓과 정반대인 미국식 손짓이다.

방안은 블라인드 때문인지 햇살이 순해 보인다. 토요일 오전의 태양이 하늘 높은 곳으로 좀더 올라간 탓일까. 창문 한쪽 옆으로 어렸을 때부터 친숙한 나무가 우뚝 서 있다. 아메리칸 홀리는 한겨울 눈 속에서 빛나는 빨간 열매가 인상적이다. 동백나무처럼 잎사귀가 넓적하지만 사철 푸름을 잃지 않는 상록활엽수다. 호랑가시나뭇과의 그 나무를 수없이 그렸지만 실제로 보는 건 처음이다. 크리스마스카드에 자주 등장했던 그 잎사귀가 손에 잡힐 듯 가까이에 있었다. 이 아메리칸 홀리의 잎사귀는 동백과는 달리 긴 육각형이고, 모서리마다 뾰족한 침을 내보내며 경계심을 늦추지 않고 있다. 지금은 홀리 슈나이 정신

병원을 지키는 보초처럼 창문을 강건하게 막아서고 있다.

저 나무와 인연이 맺어진 것은 언제부터일까. 오래전 미국에서 온 카드나 실seal을 원본으로 해서 한때 유행처럼 저 나무의 잎사귀를 그리기 시작했다. 크리스마스카드 살 돈이 없던 시절에는 물감이나 크레파스로 그리고 제작한 수제품들을 친구끼리 주고받았다. 이제 더이상 그릴 일이 없는 오늘 저 아메리칸 홀리가 내 앞에 있다니 이상했다.

"편하게 몸을 뒤로 젖히세요. 의자를 조금 옆으로 틀면 누울 수가 있어요. 편하게 누워서 이야기하다 가세요."

방에 들어가자 닥터 고가 친구처럼 대해준다. 엉거주춤하게 있으니 그가 다가와서 의자를 돌려 반쯤 눕혀준다. 천장이 멀어지며 내가 점점 작아지는 느낌이 든다.

"잘 쓰지 않는 의자라 편안하실지 모르겠네요. 시원한 것 한 잔 드릴까요?"

나보다 몇 살 연하일 것 같다. 젊지도 늙지도 않은 어정쩡한 나이지만 의사로서는 한창일 듯싶었다. 그는 왜 동양계가 적응하기에 만만치 않은 정신과로 진로를 잡았을까. 잠시 엉뚱한 생각을 하고 있는 사이에 내 손엔 서늘하면서 동시에 부드러운 재스민차 한 잔이 쥐어졌다.

"이런 장면을 영화에서 많이 봤어요. 환자가 누운 채로 정신과 의사와 편안하게 이야기 나누는 장면 말예요."

내 말에 그의 얼굴에 작은 파문이 생긴다. 엷은 웃음이 지나가는 것처럼 느껴졌지만 정확하지가 않다. 적절하게 통제된 자연광을 등지고 앉은 탓일까, 이상하게 그의 모습이 몽환적으로 떠 있다. 혹시 내가 정신과에 있다는 사실 자체가 마음을 들뜨게 하는 것은 아닐까.

"오늘은 주말이잖아요. 이선생님이 마지막 환자이시고."

그의 말이 평온하게 다가왔다. 내가 차 한 모금을 홀짝 넘기는데 그가 말을 잇는다.

"어젯밤에 야간 당직 근무를 했어요. 아침에 별다른 스케줄이 없고 해서요."

뜻밖의 설명이 날아왔다. 미국에서는 신문사조차 밤새워 근무하는 경우가 드문데 의사가 밤을 새우고 또 환자를 진료하다니 이해가 되질 않는다.

"이 병원에 정신과 병동이 따로 있나요? 야간 당직 근무를 다 하다니요."

"응급실 근무를 해요. 마약 환자들이 많아서 정신과 의사 두 명이 조를 짜서요. 군대로 치면 정신과는 전투병과죠. 가끔 위험한 일이 벌어지기도 해서 경호원까지 두 명 있는걸요. 겨울철에 노숙자들이 밀려들면 그 사람들을 사회보호시설에 넣어줘야 하고요. 재난 구조도 우리의 의무죠. 한국 의사들과 그런 점에서 차이가 좀 나겠죠."

하긴 내 경우 역시 재난을 당한 피해자의 뒷수습일 수 있겠다. 한국어를 하는 의사까지 찾아 많은 시간을 할애하기까지 하는 사회 시스템이었다.

"어떠세요. 밤에는 잘 주무세요?"

"네, 그럭저럭요."

"여러 가지로 힘드시겠어요."

"사람들하고 거리가 생긴 것 같아요. 뭐, 그전에도 그렇게 가깝진 않았지만, 이젠 서로 벽을 쌓고 살아가고 있는 것처럼 느껴져요. 따돌림을 당하는 느낌이죠."

"그럴 땐 어떻게 대처하시죠?"

닥터 고 역시 의자를 젖히고 길게 눕는다. 환자를 편안하게 하려는 의도보다는 왠지 자신이 편해지려는 것 같다. 야간 당직을 마치고 환자를 보는 것은 감동스럽지만 그의 근무 태도를 지적하고 싶다. 미국 정부가 돈을 내주는 진료라서 그런가. 그의 여유로운 태도에 냉소적인 기분이 슬그머니 밀려올라온다.

"그런 상황에 적극적으로 대처해야 하나요? 그냥 화가 나고 절망적이고 바보가 된 것 같은데 대책이 없으니 한심하지요."

"사람들 사이에서 그런 일은 흔하잖습니까. 남을 고립시킨 뒤 공유하는 정보를 차단하고 실수하게 내버려두거나, 우유부단하게 만든 뒤 멍청이로 몰아가는 행위가 비일비재하잖아요. 지금 그런 단계까지 가신 것은 아니죠?"

"단순하게 거리를 둔 정도로 생각하고 있는데 그건 정확하게 알 수가 없어요. 회사 안에 의도를 가지고 공격하는 적이 존재할 수 있고, 그들과 함께 움직이며 생각 없이 이리저리 휘둘리는 부류가 공존하겠죠."

"만약 그런 사람이 있다면, 왜 그런다고 생각하세요?"

"첫번째는 인간성 문제인데 인간 자체가 그렇게 태어난 모양이죠. 남 잘되는 것을 못 보잖아요. 또 나와 다른 것을 못 봐주고. 좀 모자라는 것도 못 봐주고. 남 헐뜯으면 재미있고 가끔씩 성취감마저 느껴지잖아요. 두번째는 자신의 이익 때문인데 누군가를 몰락시키며 자신의 위치를 찾으려고 하죠. 이건 적극적인 의도를 가진 사람들이고요. 소극적인 사람조차 남 소외시키는 데에 가담하면서 자신의 안전을 확보하죠. 힘없는 사람들은 자신이 따돌림당하지 않으려고 누군가를 왕따시키잖아요."

"쾌감과 이익, 생존을 위해 남을 따돌린다는 말인가요?"

"다른 이유도 있겠지만 크게 보면 그렇지 않을까요. 힘없는 자들이 전투형 빅 마우스를 따르는 것은 따지고 보면 자신의 안전 때문이죠. 타인으로부터 공격을 당하지 않으려는 안보적 측면에서 보자면 말이죠. 집단공격이란 불의를 감추고 자신의 정당성 확보를 위해 상대방의 약점을 부풀리고요. 공격이 정의란 이름으로 포장되다보면 눈덩이처럼 커지고 그때는 사태 수습이 어려워지죠. 조직 내의 개인과 개인의 행동 또한 크게 보면 다를 바가 없어요. 정치 조직들이 집단적으로 저지르는 사실 왜곡, 모함 등의 행태가 교묘하게 또 고루고루 뒤섞여 있어요."

"그동안 소외된 적이 있으세요? 지금 근무하는 곳에서요."

"아뇨."

"어떻게 그리 확신하세요?"

"늘 주도권을 잡고 살아왔다고 생각하거든요."

"그게 어떻게 가능하죠?"

"조직 내의 터줏대감 격인 빅 마우스 몇 명만 내 편으로 만들고 있으면 그리 어려운 일이 아니죠. 살얼음판 같은 직장 내 빅 마우스들은 단순히 입만 싼 게 아니고 나름 정보력과 파워를 가진 사람들이죠."

"그런가요? 그럼 그동안 다른 사람을 소외시킨 적은 있으세요?"

이럴 땐 어떻게 말해야 하나. 그는 내 정신과 의사이니 솔직하게 이야기하는 편이 좋을 것 같다. 뭐, 굳이 자신을 감출 필요는 없지 않을까. 정부 돈이긴 하지만 그에게 돈 내고 상담받는 것 아닌가. 이번 기회에 나도 정신분석을 한번 받아보는 것이 좋은 경험이 될 듯싶다. 약간 난감한 그의 질문에 직설적으로 이야기하려고 마음먹는다.

"당연하죠. 소외시키고 무력화시키다보면 대부분 조직을 떠나더라고요. 여긴 뜨내기 이민자들로 북적대는 곳이고, 능력 모자라는 인간들이 잘났다고 설치는 경우가 많죠. 인간 잡초들이 벌이는 한심한 짓들이 비일비재한데 그걸 그냥 보고만 있을 순 없잖아요. 가끔씩 벌초 겸해서 정리를 해주는 편이었다고나 할까요."

말을 하는데 그가 나를 흘깃 보는 것이 느껴진다. 정신을 분석하든 치료하든, 맘대로 하라는 자포자기의 마음이 든다.

"그 사람들 기분이 어떨지 생각해보신 적은 있나요?"

"부끄러운 게 없는 인간들이었죠. 이민 사회라는 것이 무조건 머리부터 밀고 들어오는 것들로 꽉 차 있잖아요. 우선 먹고살아야 하는 것이 최우선인 인간들이니까, 좀 소외된다고 상처받았을 것 같지도 않고요."

내 생각은 분명 그랬다. 낯선 곳에서 생존을 위해 날뛰는 자들이었다. 그런 인물들이 소외를 좀 당했다거나 상처받았다고 해서 동정한 적은 없었다. 그동안 오로지 자신의 발판을 마련하기 위해 눈치 없이 날뛰는 자들을 정리하는 차원에서 어떤 역할을 해온 것은 사실이다. 남을 죽이는 비밀 조직은 아니었지만 회사 내에 그런 기류가 선명하게 존재했다. 뉴욕 사회에 적응할 실력이 없는 존재들은 백 미터 밖에서도 알아볼 수가 있었다. 한국에서 한가락 했던 자신의 과거에 연연

하는 인간들을 조직 전체가 교묘하게 엿 먹이고 있었다. 적어도 지사장 급으로, 그것도 한국 본사에서의 지위를 확보한 자들만 조심하면 되는 일이었다. 이를테면 B와 같이 어설픈 능력을 내세우며 뉴욕에서 채용된 인사 중에 시건방진 것들이 그 대상이었다. 나와 경쟁 관계가 될 수 있는 그들을 가시밭길로 인도하는 것은 식은 죽 먹기였다.

"소외당하는 것이 조직 생활에 영향을 주나요?"

"생존이 절박한 자들은 어느 정도는 참죠. 하지만 다른 먹고살 만한 것이 있는 자들은 대부분 어느 날 훌쩍 사라지죠."

그런 일들은 대부분 성공했다. 내가 찍은 상대는 대부분 외톨이거나 아니면 이곳 물정에 어두운 중고 신참들이다. 어두운 극장에 중간에 들어와 방향감각을 못 잡고 헤매는 자들의 다리를 거는 일은 쉬웠다. 내가 하지 않아도 증오심으로 가득찬 인간들에게 동기부여만 하면 누구든 재미 삼아 딴죽을 건다. 자기 신세를 모르고 걸어들어오던 멍청이들은 누구에게 당하는지 모르는 채 계단 앞까지 굴러간다. 그리고 잠시 후 불이 들어오면 그는 초라하고 더러운 차림으로 바닥에 앉아 있었다. 뉴욕에서의 직장 생활을 우습게 생각한 자들의 최후는 그렇게 시작되었다.

그건 정해진 규칙이 없는 짜릿한 게임이었다. 조직의 이익에 보이지 않게 역행하는 현대판 암살 조직이랄까. 회사라는 조직은 새 사람들의 능력을 흡수해 발전하고 싶어하지만 그 안에서 일하는 기존 사람의 입장은 달랐다. 새로운 경쟁자들을 밀어내거나 도태시키는 것이 무엇보다 자신의 안위를 위해 중요했다. 서로의 이익을 향한 위험한 연결고리가 보이지 않게 작동하고 있었다.

내겐 인사고과라는 전가의 보검이 있었지만 그것만으론 성이 안 찼다. 일 년에 한 번 평가하는 정식 재판에서 채점 방식으로 유죄 판결을 내리는 것은 회전율이 낮았고 재미가 덜했다. 하지만 보이지 않는 손을 작동시켜 꼴 보기 싫은 상대방을 몰락시키는 행위는 통렬했다. 그 은밀한 사냥에 참여하는 잔챙이 조역들은 필요에 따라 수시로 바뀌었다. 이에 비해 내가 비장의 무기로 아끼는 공격형 빅 마우스 주역 몇 사람은 늘 정해져 있었다.

"지금은 어떠세요? 회사 출근이 많이 괴로우세요?"

"무척 기분 나쁘고 불쾌해요. 뭔가 머릿속이 복잡해지고, 만사가 귀찮아지면서 갑자기 상황이 왜 이렇게 되었나 싶고요. 하지만 그 엿 같은 인간들을 생각하면 속이 부글거려요. 후배라는 것들이, 그동안 많이 봐주었는데 나보고 또라이라고 해요. 뒤에서 헐뜯는 것들을 잡아 껍질을 확 벗겨버리고 싶은데 그럴 수 없으니 답답하죠."

정신과 의사 앞에서 내 말투가 참을 수 없을 정도로 거칠다. 내가 아닌 다른 사람이 이야기하고 있는 것 같다. 그런가. 다른 사람이라기보다는 어쩌면 이게 내 본질이 아닐까. 가시를 비늘처럼 부드럽게 감추고 살아가는 것이 평소의 내 모습이었다. 그 외형적인 처신이 오랫동안 내가 조직 안에서 해온 이미지 조작의 핵심이었다. 이런 숨겨진 내 본심은 회사 내에서 힘을 가지면서 은연중에 드러났다. 내가 지난 사건으로 부상을 입자 원한을 품은 일부 인간들이 그것을 기회로 이빨을 드러내고 있었다.

"요즘 그것이 가장 괴로우세요?"

"점점 괴로워지고 있는 상태죠. 그것이 정말 괴로운 것인지 실감하지 못하지만 가급적 그렇게 생각하려고 해요. 앞을 가리고 있는 안개를 뚫어보기 위해 좀 논리적이고 섬세해지려고요. 지금은 어떤 인간이 내 몸에 칼을 댔는지도 알 수 없는 상태잖아요. 놈은 뒤에서 낄낄거리고 있을 텐데 가늠조차 할 수 없으니 피가 거꾸로 솟는 일이죠. 끔찍한 일을 당한 뒤 이런 인격적인 피해까지 계속해서 가중되니."

말을 하는데 분노가 치밀어오른다. '인격적인 피해' 운운하며 의사 앞에서 신파조로 이야기하는 자신이 짜증스럽다. 그가 경찰이고 내가 가해자나 범인이라면 재미있게 두뇌 게임을 할 수 있겠는데, 이게 뭔 짓인지 모르겠다. 도대체 어떻게 된 일일까. 누가 이 상황에 나를 몰아넣었나.

"범인을 알 수 없다는 것이 많이 혼란스러우신가요?"

그가 굴곡 없이 안온하게, 번역체의 문장으로 말을 한다. 외국에서 오래 생활했음을 알 수 있는 대목이다.

"아무래도 그렇죠. 만약 면식범이라면 왜 그런 짓을 저지른 건지 궁금하기도 하고요."

"뭔가 감 잡히는 것이 있으세요?"

"아뇨. 하지만 이 대화가 도움이 될 수 있겠죠."

"어떤 면에서 도움이 될 수 있을까요?"

"일단 논리적으로 생각해본다는 점에서요. 비논리적인 것을 논리적으로 생각해보는 것이 의미 있잖아요. 누가 나를 가장 증오했을까, 하는 것을 추론해보는 거죠."

"증오했다고, 이런 일을 저지를 수 있나요?"

"실제로 일어났잖아요. 그리고 나 역시 매일 누군가를 죽여버리고 싶은걸요. 닥터 고는 그런 적 없어요?"

"글쎄요. 그런 감정은 사건 이후에 생겨난 것인가요? 아니면 오래된 건가요?"

내 마음의 병을 진단해보려는 그의 얕은 속셈이 들여다보였다. 그의 진지한 표정이 그걸 보여주지만 생각을 깊게 하고 싶지 않다. 내가 어떻게 대답한들 무슨 차이가 있을까 싶어 그냥 편안하게 술술 이야기한다. 늘 감추고 있던 마음을 드러내면 기분을 좋게 해줄 처방을 내려줄 것만 같다.

"기억할 수 없을 정도로 오래된 감정이죠. 한국을 떠나기 전에도 이미 돼먹지 않은 자들에게 살의를 느꼈고, 미국 생활에서는 더 말할 것 없지요. 더 확대 재생산되었다고나 할까요. 닥터 고는 정말 그런 생각이 안 들어요? 난 인간의 본성처럼 느껴지는데요."

"다른 사람도 그럴 거라고 생각하세요?"

닥터 고의 음성이 더욱 부드러워졌다. 듣는 사람이 화낼 수 있는 내용을 잘 정돈된 음색으로 교묘하게 피해간다.

"어, 그런 생각 안 하세요? 누구나 그런 생각 하고 사는 것 아닌가요? 단지 완벽한 방법을 찾지 못하거나 실행할 용기가 없을 뿐이지."

"그렇다고 누굴 죽이는 건 아니잖아요. 그런 생각을 갖고 있는 것과 실제로 행동하는 것은 다르지 않나요?"

"닥터 고는 처치해버리고 싶은 인간이 있고, 완벽한 방법이 있다면 어떻게 하시겠어요?"

"상당히 난해한 질문이군요."

"그럼 수위를 좀 낮춰, 손봐주고 싶은 인간이 있고, 수렁에 빠뜨릴 방법이 있다면 어떻게 하시겠어요?"

"그건 더욱 난해한 질문이군요."

"누군가를 용서하는 것은 그를 향한 분노의 감정을 내려놓음으로써 자기 자신에게 자유를 주는 거라는 말이 있잖아요. 달라이 라마가 그 비슷한 말을 한 것으로 기억하는데 그런 어리석은 생각이 널리 퍼진다면 좋은 일이잖아요."

"왜 그게 어리석은 거지요? 전 핵심을 잘 짚었다고 생각하는데. 아닌가요? 그 멋진 말을 적어두었다가 써먹고 싶을 정도인데요. 널리 퍼진다면 좋은 일이라는 그 표현은 반어법인가요?"

닥터 고의 질문을 들으며 기분이 좀 좋아졌다. 밤샘 당직 근무를 마친 정신과 의사에 대한 불신이 사라지는 느낌이었다. '피곤한 정신과 전문의와 함께하는 정신 치료'가 둘 사이에 놓인 중요 화두 중에 하나였는데 그가 돌파하고 있었다.

내 말을 경청한 뒤 나온 섬세한 대응이었다. 달라이 라마의 말 주변에서 맴돌고 있는 닥터 고의 모습에 우쭐한 기분까지 밀려들었다. 어눌한 한국어로 열심히 쫓아오다 함정에 빠져 휘청대는 모습이다. 그런 언어의 미로에서 헤매는 정신과 의사를 바라보며 알 수 없는 우월감마저 생겨났다. 언제부터인지 닥터 고와의 대화가 게임 비슷하게 흘러가고 있었다. 한국어 구사 능력이 탁월한 내가 상당한 우위에 놓인 것이 분명했다. 언어가 바로 권력이란 말이 실감됐다.

"용서한 뒤에 미움과 증오의 마음을 내려놓으라고요? 그것이 그 마음으로부터 벗어나게 하는 진정한 자유를 가져다준다고요? 성경에서 말하는 사랑의 뒷면이 바로 전쟁이라는 것은 잘 아시죠? 지고지순한

신에 대한 사랑이 이교도에 대한 학살로 이어지는 것 말예요. 그것이 바로 동전의 앞뒷면이라는 것을, 서양문명에 짓눌린 사람들이 함부로 말하지 않지만 잠재의식적인 공포로 받아들이고 있는 것 아닌가요? 차라리 전쟁을 해버리는 편이 솔직한 것 같아요. 적이라고 생각하면 등에 칼을 꽂는 거죠. 망설이지 않고요. 되지도 않는 어설픈 용서보다 미움과 증오를 내려놓기에는 효과가 그만이죠. 쓰러지면 밟아버린 뒤 돌아보지 않는 게 솔직하지 않나요? 아주 간단해요. 미움, 증오, 사랑, 용서 따위의 쓸데없는 마음의 짐도 얼마든지 쉽게 내려놓을 수 있고요."

내 말을 듣는 닥터 고의 표정이 모호했다. 멍한 것 같기도 했고 심각한 것 같기도 했다. 평소에 가려져 있던 장막을 걷어낸 듯 마음이 후련했다.

"등에 칼을 꽂는다는 것은 공공의 적에 대한 언론의 역할을 이야기하는 건가요? 신문사에 근무하시니까, 그렇게 해석해도 되나요?"

말을 하는 그의 표정이 난감한 듯이 보였다. 큰 점수 차로 앞서가는 농구 경기의 선수처럼 나는 의기양양하게 즐기고 있었다.

"아뇨. 공공의 적, 그런 사명감 따위의 이야기를 하는 것이 아니고요. 그렇게 먼 이야기가 아니라 살면서 만나는 인간들 이야기죠. 눈앞에 보이는 경쟁자들, 말 안 통하는 자들, 눈치 없고 모자라는 것들, 뒤늦게 나타나서 제 영역 넓히는 자들이 그 대상인 셈이죠. 대책 없이 등을 보이고 있는 어리석은 인간들에 대한 징계이고요. 등에 칼 맞아 싼 자들이 뉴욕 바닥에 좀비처럼 돌아다니고 있잖습니까?"

더욱 오만한 나의 드리블에 당황해하는 기색이 역력하다. 자유자

재, 이럴 때 쓰는 말인가. 잠시 방심한 탓에 교만한 마음마저 흘러넘쳤다.

"그런가요? 지금 자신의 마음을 위악적으로 표현한 것은 아닌가요?"

"그럴 리가요. 그동안 위선적으로 사회생활을 해왔고 지금이 모처럼 솔직한 상태죠. 정신과 의사에게 할말을 못하면 본전 생각이 날 것 같아서요."

그의 얼굴에 미소가 번진다. 어, 이건 아닌데 하는 생각 때문에 역전까지는 아니지만 몇 점의 점수를 허용한 것 같은 기분이 든다. 본전 생각이란 말은 의사 앞에서 쓸 말은 아니었지만 사실 진지한 표현이었다.

"그렇죠. 정신과 의사에게 할말 못하면 시간 낭비, 돈 낭비 하는 것은 맞죠."

그의 말에 이번엔 내가 피식 웃는다. 돈 잘 벌기로 소문난 미국 의사 앞에서 부질없는 이야기를 하고 있다. 지금 정신 치료를 한답시고 시간 내서 찾아와 애매한 소리나 해대는 내 모습에 어이가 없다. 할 수만 있다면 미국 정부에 요청해 병원으로 흘러들어가는 그 돈을 내게 달라고 하고 싶다. 왠지 방향을 잃고 걷어찬 멍청한 자책골로 다시 몇 점을 잃은 것 같다. 자본주의 체제의 아킬레스건인 빈부의 차이, 그 계급 서열로 그가 거저먹고 들어갔다. 나의 자격지심으로 이제 점수가 비슷해졌을까.

그의 눈길이 습관처럼 책상 위로 슬쩍 이동한다. 자신 쪽으로 향하고 있는 시계를 곁눈질한 것이리라. 하지만 심각한 부분에 진입했기 때문에 대화 끊기가 그리 쉬울 것 같지가 않다. 내가 그의 마지막 환자라면 지금부터 연장전인 셈이다.

"삶이 전투적이었다고 해석해도 됩니까? 이민 사회의 특수성으로 이해하면 어떨까요?"

그가 자꾸 좋은 쪽으로 분석하려 한다. 이번엔 슬며시 짜증이 나려고 한다.

"그럴 수도 있겠지요. 먹을 것이 부족한데 계속 낯선 사람들은 밀려들고. 쉽게 도전하고 쉽게 사라지는 하루살이 생활이 이민 사회 속성인 것이 분명하죠. 하지만 서울에서의 삶도 지금과 다를 바가 없었어요. 돌아서면 남을 헐뜯고 기회가 되면 등에 칼질하는 사회였다고나 할까요. 뭐, 그 속에서 먹고 먹히는 싸움을 하며 그렇게 살아온 것이죠."

다만 서울에서의 전투는 느리게 진행되었을 뿐이다. 비슷한 배경에 체면, 양심, 동료애 등이 어우러져 피아 구별이 쉽지 않았다. 개인적인 정서와 호감 이전에 계파, 학연, 지연 등이 뒤엉켜 다소 복잡한 양상이었다. 그것에 비해 세상의 막장과 다름없는 이곳의 전투는 텃세와 주도권에 근거를 둔 싸움이었다. 다른 나이, 다른 경력의 사람이 나타나 자기 경력이나 경험을 주장하면 곧 보이지 않는 방어막이 형성되었다. 뉴욕에 정착한 지 비교적 오래된, 다시 말해 현지화된 사람들이 만들어내는 분노의 부글거림이 들려왔다. 곧 조직 내에서 도전세력이 될 중고 신입사원들은 조만간 벌거벗겨지고 난도질당하게 되어 있었다. 서울 본사에서 지사장이 날아와도 토착화된 현지 직원들 편에 서 등을 돌릴 수밖에 없었다. 그런 독특한 흐름을 모르는 인간들이 나가떨어지는 것은 어찌 보면 당연한 수순이었다. 사실, 이민 사회에 새로 진입한 인간들을 제압하는 행위가 앞서 자리잡은 현지 직원들의 안전을 보장하는 것이기도 했다. 하지만 나의 내면 풍경을 섬세하게 그린다면, 그런 안전 보장 따위보다는 등에 칼 꽂고 짓밟는 수순에 상당한 쾌감을 느끼고 있었다. 어떤 인간을 왕따시켜 날려버리는 것은 나의 분노와 증오심의 열기를 내리는 치료제였다. 사냥터에서 맛보는 이 짜릿한 쾌감을 어쭙잖은 윤리나 양심 따위의 이유로 포기할 수는 없다.

"그런 치열함은 모든 사람들이 공유하고 있는 건가요?"

닥터 고가 다시 질문을 던졌다. 내 사냥터와 전혀 상관없는 사람 앞에서 생각을 여과 없이 펼친다.

"불을 조금만 지피면 공유가 가능해요. 대부분의 사람이 분노와 증오심 속에서 살아가지 않나요? 이 지역 사람이 저 지역 사람에게, 없는 사람이 가진 사람에게, 이념과 사상이 다른 사람들이 서로 부딪치고 북적거리죠. 그 속에서 슬쩍 불을 댕기는 게 바로 정치미학이 아닐까요? 어떤 인간을 사냥해버린다는 것이 아름답잖아요. 그 속에서 쾌감을 느끼며, 또 권력마저 챙기는 것이 인간 본연의 모습이죠."

"누군가를 소외시킨다는 말인데, 그건 정의롭지 못한 일 아닐까요? 하긴 이렇게 진행되면 이야기가 끝이 없겠군요. 이야기를 좀 좁혀보죠. 그런 것들이 쌓이면 혹 원한 같은 것이 생기지 않을까요? 누군가 상처받는다면 그 상흔이 남는 것이고."

치열한 대화중에 그가 잠시 말을 끊었다. 자신의 역공이 나에게 상처를 줄까봐 망설이는지도 몰랐다. 너에게 당한 그 누군가가 너에게 칼질을 한 거야, 너의 몸에 말이야. 이렇게 이야기하고 싶은 것인지도 몰랐다. 창밖에 바람이 부는지 아메리칸 홀리의 잎사귀들이 흔들린다. 내려진 블라인드 바깥 편에서 무수한 그림자가 불온하게 일렁이는 것이 느껴진다.

큰 소득이 정해진 결론처럼 다가왔다. 아는 자가 개입한 사건이라는 확신이 다시금 몰려왔다. 이와 함께 닥터 고가 은근히 감추고 있는 나에 대한 경멸과 환자에 대한 우려가 떨떠름하게 감지된다. 하지만 내 주위에 나로 인해 상처받은 자들이 득실거린다는 엄연한 사실을 자각했다는 것이 포만감으로 이어졌다.

"왜 그 생각을 심각하게 하지 않았을까요. 분노와 증오심이 나의 전유물이 아니었다는 것을요. 어쩌면 사건의 열쇠를 찾은 것 같아요."

내 말에 닥터 고가 아니라는 듯 손을 젓는다. 대화가 잘못 진행되었다는 자각 때문에 당황하는 모습이 언뜻 보인다.

"위험한 추론 아닐까요. 그렇게 단정짓는 건 너무 위험해요."

분열, 숨겨진 이야기

익숙해지려면 아직 멀었다. 조금 들이마신 탓인지 정신이 여전히 멀쩡하다. 제법 강렬한 음악이 쿵쾅거리며 실내에 울려퍼지고 있다. 환각 파티는 이웃집 시선 때문에 벽을 진동하는 약간의 음악을 제외한다면 그리 요란하지 않게 펼쳐졌다. 이번엔 좀더 세게 빨아당겨 폐 깊숙이 밀어넣는다. 핑 돌면서 일순간 벽과 천장이 아득하게 멀어지는 느낌이다. 낭비하고 싶지 않은 의지가 내 무의식 속에 남은 탓일까. 입안과 호흡기에 담아두었던 하얀 연기가 입술 사이에서 조금씩 퍼져나간다.

크랙이다. 코카인 가루와 베이킹소다를 섞은 후 가열해 만든 마약이었다. 이따위 것을 하다니. 순간 나에 대한 참을 수 없는 모멸감이 스친다. 하지만 곧 온몸으로 퍼지는 신선한 쾌감에 기분 나쁜 감정들이 홍수에 쓸려내려가는 흙먼지처럼 사라진다. 평소에 거부해온 마약이었으나 사건 이후 심경의 변화가 일었다. 사라진 희망 대신 채워줄

만한 것이 필요했고, 대학 동창을 통해 이들 틈바구니에 어렵사리 끼어들었다. 내 아킬레스건 절단 사건이 동정심을 불러일으키며 자신들의 금지된 영역을 허용한 것이었다.

급속하게 밀려든 쾌감이 조금씩 줄어들며 점차 정신이 산뜻해진다. 늘 하는 습관처럼 나를 둘러싸고 벌어지는 최근의 사건들을 정리하기 시작했다. 그동안 누가, 언제, 어디서, 무엇을, 왜, 어떻게, 라는 육하원칙조차 잊고 살았다.

기사를 작성하자면 '누가, 언제, 어디서, 무엇을, 어떻게'는 있다. 지인들과 술을 마시고 귀가하던 이모씨가 지난 며칠 뉴욕 시 노던 블러버드 뒷골목에서 아킬레스건을 절단당했다, 라는 것이 요지다. 여기서 '왜'에 구멍이 나 있다. 원한, 인종 혐오, 사이코패스 등으로 추측될 뿐이다. 또 피해자인 '누가'는 있지만 가해자인 '누가'는 빠져 있다. 지난 몇 달간 여기서 한 발짝을 더 나아가지 못했다.

그러나 닥터 고와의 대화에서 실마리를 찾은 것 같다. 대부분의 범죄가 면식범에 의해 저질러진다는 것은 상식이었다. 알고 보면 그런 기본 상식에 제대로 대응을 못해온 셈이었다. 마약을 피우면서도 그 생각을 지우지 못했다. 어떻게 매 순간 이 생각에만 몰두하고 있는지 이런 내가 답답하기만 했다. 미궁 속을 끝없이 빙빙 도는 이 사건에 대한 집착으로 폐인이 될 것 같다. 이럴 바엔 차라리 마약이라도 해보자고 나선 것이었다.

"빈방 많으니까 너도 알아서 해."

친구 놈이 파트너 여성의 손을 잡고 일어서며 나지막이 말했다. 둘은 반쯤 다리가 풀린 채 이층 계단을 어기적거리며 올라간다. 코카인이 없으면 섹스조차 하고 싶지 않다는 중독자였다. 아내와 이혼하고 난 뒤 몇몇 중독자들과 어울려 자기집에서 마약 파티를 벌였다.

"내가 아는 여자 중에 가장 이상한 여자를 소개시켜줄 테니까 한번 즐겨봐."

녀석이 며칠 전 파티에 초대하며 나에게 한 말이다. 물론 약값이나 여잣값으로 꽤 많은 현금을 그에게 지불했지만 그가 장삿속이 아니라는 것은 알고 있었다. 가장 이상한 여자라는 말에 구미가 당기긴 했으나 사건 이후 모든 게 불안하고 자신이 없었다.

"내가 어떻게 여자를. 너, 내 처지를 몰라서 그러냐? 놀리는 거 아니지?"

내 말에 그가 너털웃음을 터뜨렸다. 전화 저편에서 숨넘어가는 소리가 들리는 것 같았다. 이미 코카인을 빨고 있을지도 몰랐다.

"야, 이 미친놈아. 내가 할 게 없어 그런 장난을 치겠냐."

"나보고 어떡하라고. 요즘 무릎을 잘 못 써. 보조기 차고 쩔뚝거리는데 꼴사납잖아."

"그걸 말이라고 하냐? 무릎 못 쓰면 네가 누워 있으면 되잖아. 더 재미있겠는데."

"그래도 그렇지, 처음 보는 사이인데 어떻게 그럴 수 있어? 아, 정말 말하기 자존심 상하고 구질구질하네."

"이런 미친놈을 봤나. 걱정하지 마라. 약 좋다는 게 뭐냐. 그 여자에게 미리 네 사정을 이야기했으니 알아서 할 거다. 약 잔뜩 준다는 말에 기다리느라고 눈이 짓물러져 있을 텐데. 그리고 취향이 이상하니 너에게 관심을 가질 수도 있어. 그게 아니라도 약이면 뭐든 하게 돼 있어. 별걸 가지고 다 자격지심이네, 쯧."

어쨌거나 파티에 참여했고, 나는 그중에 짧고 화력이 좋다는 크랙을 피웠다. 친구 놈에 이어 또 한 쌍이 약간 기묘한 자세로 계단을 올라간다. 얼핏 보기에도 남자는 이미 발기해 있고 여자 역시 반쯤 젖어 있는 것 같다. 남자는 튀어나온 성기 때문에 걷는 자세가 구부정하고, 여자는 발정난 암캐처럼 몸을 퍼들거리며 따른다.

넓은 거실의 소파에는 나와 한 여성만이 거리를 두고 비스듬히 앉아 있다. 또 거실의 한쪽 구석에 놓인 안락의자에는 한 쌍의 남녀가 이미 몸을 겹친 채 연기를 내뿜었다. 남자의 무릎 위에 여자가 깊숙이 몸을 밀어넣고 있는 폼이 흡사 남자의 하체를 타고 앉아 즐기고 있는 것처럼 보였다. 그들의 기묘한 자세 때문에 오래전 신디와 즐겼던 브루클린 부두의 스트립 댄스 술집이 떠올랐다.

얼마나 지났을까. 크랙을 피우다보니 잠시 주변 상황이 잊힌다. 내 파트너로 소개된 여자 역시 무슨 상념에 사로잡혔는지 입을 거의 열지 않았다. 마약이 없었으면 서로 어색하고 민망해 벌써 헤어졌을지 모르는 상황이었다. 하지만 여자가 나에 대해 무슨 생각을 하는지 알 길이 없었고, 굳이 알 필요도 없었다.

또 한번 깊숙이 흡입한다. 상쾌한 기운이 온몸의 세포까지 싸악 퍼진다. 마약에 손대기 시작한 사람들이 왜 마약을 끊지 못하는지 이제는 알 것 같다. 잠시 힘을 빼고 세상에서 멀어져 소파 위에 편안하게 늘어진다. 문득 자기 아내와 한 점 혈육인 아들을 학대한 한 사내가 떠오른다.

이런 때 하필 그 사내라니. 평소에는 기억하고 싶지도 않은 아버지였다. 한평생 술에 절어 살다가 마지막엔 마약으로 죽은 인간이었다. 약간 미소 지은 마지막 얼굴이 오래전 일인데도 생생하게 떠오른다. 크랙이 마치 마술처럼 그 생생함을 불러다주었다.

왜 임종 때 모습이 몇 시간 전의 일처럼 다가오는 것일까. 세상을 비웃는 것 같은 그 미소를 발견한 순간 나는 내 의도가 무산되었음을 알았다. 과도한 모르핀이 피를 타고 온몸을 순환하며 그에게 최후의 쾌감을 안겨주었기 때문이었을까. 죽는 순간 지옥에 떨어지는 고통을 맛보게 하고 싶었는데 내 시도가 너무 성급했다.

아버지는 폭군이었다. 술만 들어가면 집에서 폭력을 휘둘렀고, 어머니의 몸은 언제나 상처투성이였다. 초등학교 이후 내가 기억하는 아버지는 인간의 탈을 쓴 한 마리의 거대한 짐승일 뿐이었다.

나를 향한 매질도 가끔씩 있었다. 뭔가를 잘못했거나 그것이 아니더라도 사소한 꼬투리를 잡아 윽박질렀다. 어렸을 적에는 아버지가 인상을 한 번만 써도 혼이 다 달아날 정도였다. 아버지가 술에 취해 들어온 날은 무서워서 잠을 이룰 수가 없었다. 만취했을 때는 골목으로 달아나 어둠 속에 몸을 숨긴 채 조용해지길 기다렸다.

어느 날 그가 던진 숟가락에 머리를 맞았다. 저녁 밥상머리에서 날린 숟가락이 내 머리를 찢어놓았다. 그날은 술을 안 마시고 나타난 그와 모처럼 저녁을 함께하는 중이었다. 퍽. 수박이 깨지는 것 같은 소리가 났다. 나는 이유도 잘 모른 채 잠시 어리둥절해 앉아 있었다. 머리가 깨진 아픔이나 특별한 감정은 느껴지지 않았다. 나는 그냥 넋이 나간 상태로 화가 난 아버지를 물끄러미 올려다보았다. 그때 내 두려움의 근원이었던 생물이 나를 향해 도끼눈을 뜨고 있다가 슬며시 고개를 돌렸다. 무엇 때문일까. 안도감이 몰려오는데 더운 액체가 이마를 타고 주르륵 흘러내렸다. 어머니의 뒤늦은 비명이 밥상머리를 때렸다. 하지만 회초리로 맞는 것보다는 차라리 이게 낫다는 생각을 하며 그날 나는 편하게 잠이 들었다.

지금도 정수리 한가운데를 헤집어보면 하얗게 흉터가 남아 있다. 상처 부위가 이마와의 경계선까지 좀더 아래로 내려왔다면 가르마를 탄 모양새가 될 뻔했다. 그 이후에도 나를 향한 손찌검이 여러 번 있었지만 어쨌거나 시간은 흘렀다.

알코올중독자였던 그가 나락으로 떨어진 것은 내가 고등학생 때였다. 간 이상으로 가끔씩 쓰러지는 모습을 보였지만 그는 여전히 소주를 끼고 살았다. 심심찮게 피를 토하고 바닥을 기어다니던 모습이 또다른 실망감을 안겨줄 뿐이었다. 힘이 빠지자 어머니를 향한 손찌검은 사라졌으나 그를 향한 나의 증오심은 줄어들지 않았다.

아버지는 병마의 고통이 몰려들자 술을 끊겠다고 뒤늦은 선언을 했다. 이어 어머니에게 의지해 주체할 수 없는 몸을 이끌고 성당에 나갔다. 하지만 그가 신을 받아들였는지는 의심스러웠다.

"네 아버지가 울면서 회개하더라."

헉. 어머니의 어리석은 말에 나는 거의 돌 뻔했다. 여전히 방에는 소주병이 숨겨져 있었고 그의 불량스러운 눈빛은 달라진 것이 없었다. 자신이 절벽으로 몰리니까 위선을 떨고 있는 게 한눈에 보이는데 아둔한 여성은 판단을 못했다.

알코올성 간경화증은 곧 간암으로 발전했다. 건강할 때에는 가족들의 눈물을 뽑더니, 병마에 시달리면서는 가족들의 고혈을 짜냈다. 할

아버지로부터 물려받은 약간의 재산마저 병원비로 서서히 쏠려들어
가기 시작했다.

금방 끝날 것 같은 목숨이었다. 하지만 그것은 우리를 밤새도록 괴
롭혔던 그의 주사酒邪처럼 쉽게 끝나지 않았다. 돌이켜 생각해보면 그
다지 길지 않은 시간이었지만 당시에는 매일매일이 악몽 같았다. 수
술이 이어졌고, 고통 때문에 이른바 모르핀이라고 불리는 아편 주사
가 처방되었다. 아버지 몸에 투입된 진통제 덕분에 투병 과정이 처음
엔 조용했지만 곧 부작용이 나타났다.

쉴새없이 바늘이 꽂히자 약발이 사라지기 시작했다. 아편 투여량이
점점 늘어났고, 동시에 투여 간격은 갈수록 짧아졌다. 이번엔 그가 고
통을 빌미로 빨리 주사를 놓아달라고 가족들에게 광기를 보였다. 알
코올중독에서 마약중독으로 이어진 것이었다. 동네 병원 의사의 처방
으로 구입할 수 있는 물량은 턱없이 적었다. 어머니는 물론 나까지 부
족한 약을 구하기 위해 백방으로 뛰어다녔다.

나는 고작 스무 살의 대학 2학년생이었다. 몇 번의 심부름을 다니
며 갈등과 분노는 점점 커져갔다. 어두운 뒷골목에서 구한 모르핀 주
사약에 치를 떨었다. 아버지를 처리해야겠다는 생각이 절박하게 다가
왔다. 마침내 증오심과 생존 문제가 한꺼번에 몰려든 것이었다.

"머리에 피도 안 마른 젊은 놈이 벌써 약 하나. 내가 이 장사로 벌
어먹긴 하지만 말세야."

"아버지 병 때문이래. 암인데 약이 모자란대."

마약 상인들이 내 뒤에서 보이는 측은지심은 견디기 힘들었다. 아
버지 때문에 내가 경멸하는 사회악으로부터 오히려 동정을 받아야 하

는 처지로 전락했다.

그날 약을 들고 방으로 들어가자 아버지가 부스스 눈을 떴다. 내가 들고 있는 약 봉투를 보자 해골처럼 비쩍 말라붙은 얼굴에 바로 화색이 돌았다. 팔에는 링거 바늘이 꽂혀 있었고, 남은 링거액이 그다지 많지가 않았다.

"약 구했냐?"

나는 아무 말 없이 약상자를 열었다. 투명한 주사액 앰풀들이 가득 들어 있었다.

"그래, 수고했다. 좀 많이 놔줘. 요즘에 약이 영 맹물인지 찔끔 놔봐야 얼마 안 간다. 확 놔봐라."

나는 서랍을 열고 작은 하트 모양의 절단용 사금파리를 꺼냈다. 유리 앰풀의 가느다란 목을 원시시대의 돌촉 같은 절단기로 부러뜨리고 주삿바늘을 넣었다. 마약 상인들에게 사온 앰풀은 병원에서 가져온 앰풀의 양보다 두 배는 족히 되어 보였다. 얼마 남지 않은 링거액에 일회용 유리 용기에서 뽑은 모르핀을 주사했다.

모르핀이 스며들자 아버지는 곧 잠이 들었다. 그의 손톱들은 험하게 깨져 있었고, 여기저기에 피가 엉겨 있었다. 늘 그렇듯 모르핀을 기다리다못해 방문까지 긁어댄 모양이었다. 나는 계속해서 앰풀의 가느다란 목을 부러뜨렸고, 그것들은 아버지의 몸속으로 모두 들어갔다.

"뭐하는 짓이고?"

방으로 들어온 어머니가 빈 앰풀들을 보고 놀라 말했다. 아버지 못지않게 병색이 완연한 어머니는 소리조차 지르지 못했다. 단지 지푸라기처럼 힘없이 방바닥에 털썩 주저앉았을 뿐이었다. 나는 세상을 비웃듯이 미소 띤 아버지의 마지막 얼굴을 뒤로한 채 담담하게 방을 나왔다.

살인의 증거들은 어머니 손에 치워졌다. 암 환자의 죽음에 어떤 의심이나 이의 제기가 있을 수 없었다. 약 처방 때문에 찾아가곤 했던 동네 병원 의사는 귀찮은 듯 책상머리에 앉아 사망진단서를 발급했고, 그 간단한 행위로 모든 것이 끝났다.

장례는 조용하게 치러졌다. 그가 세상에서 저지른 시끄러운 패악에 비하면 그의 저승행은 차라리 호사스러웠다. 2대 독자인 아버지의 사망으로 집안에서 남자들의 저열한 고함소리와 비명소리가 끊겼다.

안 좋은 일과 우중충한 일은 무리지어 온다고 했던가.

"너랑 같이 살 수가 없다."

몇 달 후 어머니가 어렵게 입을 열었다. 양심에 찔린다고, 초점 없는 눈을 방바닥으로 향한 채 혼잣말처럼 덧붙였다. 심약한 어머니는 정신이 불안정했고 아버지의 죽음에 대해 죄책감을 떨치지 못하고 있었다. 시간이 흐를수록 그녀의 과대망상 증세는 더욱 심각해져갔다.

"맘대로 해."

퉁명스러운 목소리가 내 입에서 튀어나왔다. 하나뿐인 자식인 내가 할말은 아니었으나 그런 허약한 어머니에게 이미 지쳐 있었다. 나 스스로가 살인자라는 생각을 심각하게 해본 일이 없는데 그녀 혼자 괴로워하고 있었다. 어차피 가는 길을 조금 앞당긴 정도에 불과했다. 더군다나 환자의 고통을 줄여 임종이 편안하지 않았는가.

이제 와서 양심에 걸리다니. 어머니와 나에게 준 고통에 비하면 아무것도 아니었다. 오히려 너무 순하게 보내버려 그의 죽음이 성에 차지 않을 정도였다. 아버지는 마지막 순간까지 자신의 운명을 받아들이지 못했다. 증오심과 앙탈도 모자라 고통을 핑계로 쾌락까지 누리다 갔다. 교활하고 자기중심적인데다가 최후에는 약한 얼굴로 위선까지 떨었다. 그야말로 인간의 추잡한 맨얼굴을 그대로 보이고 간 아버지였다.

마음대로 하라는 내 말에 어머니는 한풀 더 꺾였다. 그녀는 성당에 나갈 정신적 기력마저 잃고 두문불출했다. 결국 어머니는 자신의 말대로 모든 것을 팽개친 채 고향으로 내려갔다. 나와 거리를 두는 것으로 아들과 자신에 대한 징계 절차를 밟아갔다.

그리고 일 년 뒤 그녀는 이승에서의 모든 인연을 끊고 사멸했다. 삶에 대한 저항력을 상실한 어머니의 죽음은 사실 간단한 것이었다. 허약한 정신적 뼈대가 세상의 무게를 견디지 못한 채 그대로 무너져내렸다. 무생물의 급속한 풍화작용 같은 그 죽음에 어떤 내막이 숨겨져 있든 그것은 모두 곁가지에 불과했다. 세상을 견딜 수 없을 만큼 생에 대한 그녀의 의지가 부족했던 것이 실제 이유였다.

그녀의 부음을 들으니 가엾은 여인에 대한 연민이 잠시 밀려왔다. 이와 함께 마음의 다른 한편으로는 억눌렸던 응어리가 풀리는 해방감이 느껴졌다. 허약한 여인이 간직했던 비밀까지 한줌의 재가 되어 사라졌기 때문이었다.

그때는 어리석게도 카뮈의 『이방인』을 읽고 공감했다. 주인공 뫼르소와 나 자신을 동일시하며 어머니의 죽음에 무덤덤한 척했다. 하지만 나는 뫼르소만큼 둔감하고 시대착오적인 인물이 아니었다. 훨씬 더 복잡한 내면과 인간에 대한 불신이 가득차 있는, 이를테면 이곳 뉴욕에서 흔히 볼 수 있는 사악한 신인류에 가까웠다.

싸구려 마약인 크랙을 피우며 잠시 아버지와 동질감을 느끼고 있었다. 그는 일평생 알코올중독자로 살다가 끝내 마약중독자로 생을 마감했다. 하지만 자신의 그런 한심한 외적인 측면과 달리 자기집에서는 왕으로 군림했다. 집안을 정글로 만들었고 몸을 함부로 굴리다 병들어 쓰러진 다음에 후계자에게 밀려났다. 아버지 핏속에 모르핀을 과다 투여한 행동은 정글의 자연법칙과 크게 다를 바 없었다.

쿵쿵거리던 음악 소리가 가늘어졌다. 신나는 분위기에서 은밀한 분위기로 어느새 바뀌었다. 처음 거실에 있었던 여덟 명의 남녀는 하나둘 방으로 사라졌다. 텅 빈 공간에 이제 남은 것은 오로지 그 여성과 나뿐이었다. 삼십대의 평범한 그녀는 흰 가루를 직접 코로 빨아당겼다. 그녀는 잠시 눈을 감고 있다가 얌전히 다시 들이마시곤 했다. 둘이 파트너로 정해졌지만 그녀와 나는 무심한 듯이 각자의 생각에 잠겨 있었다.

아버지가 즐겼던 아편은 중국 제국까지 몰락시킬 만큼 역사가 유구했다. 하지만 내가 흡입하고 있는 이 크랙은 생겨난 지 겨우 삼십 년 정도밖에 되지 않았다. 크랙은 1980년대에 만들어졌다. 보통 코카인은 불에 쬐면 타버리기 때문에 일반적인 방법으로 피우는 데 적합하지 않다. 그러나 이 크랙은 불을 붙일 수 있기 때문에 약효가 코카인에 비해 짧지만 강하게 지속됐다. 효과가 짧으므로 사용 빈도가 늘어나는 악순환을 가져오긴 하지만.

크랙은 베이킹소다를 섞은 덕분에 마약 시장에 일대 변화를 몰고왔다. 그냥 가루 형태의 코카인보다는 가격이 훨씬 싸서 빈민촌 흑인들에게 퍼지기 시작했다. 크랙의 등장으로 코카인 가격이 내려가자 이 신종 마약은 암흑가의 풍경까지 바꾸어놓았다. 흑인 빈민가에 확산되며 판매 이권을 둘러싸고 결성된 흑인 갱단들이 곳곳에서 기승을 부렸다. 크랙이 시류를 타고 크게 유행했지만 아직까지 마약의 제왕은 변함이 없다. 소파 한쪽에 다소곳이 앉은 여자가 흡입하고 있는 코카인이다.

"이거 한번 하실래요?"

문득 여자가 말을 걸어온다. 결은 부드럽지만 끝이 촉촉하게 갈라진 묘한 허스키의 음색이다. 그녀의 음성이 약간의 메아리를 남긴 채 내 귓바퀴 위를 미끄러지듯이 천천히 한 바퀴 돈다. 처음 만났을 때 인사를 나누며 몇 마디 했는데 이름에 대한 기억이 없다. 생면부지의 사람처럼 낯설기도 했고, 오래전부터 알고 지낸 친한 사이 같기도 했다. 그녀를 향한 내 의식이 허공을 향해 풀풀 날아오르는 연기처럼 갈피를 못 잡고 오락가락한다.

듣고서 바로 잊었던 그녀에 관한 기억을 애써 모은다. 그랬다. 이 파티를 주최한 동창 놈은 그녀를 집 없는 천사라고 귀뜸했다. 무슨 일인지 뉴욕 바닥을 전전하며 복잡하게 살고 있는 여성이었다. 안마시술소에서 일한 적이 있지만 그 사실을 굳이 부인하지 않았다. 할아버지 같은 늙다리 백인들의 변태 행위에 지쳐 뛰쳐나왔다고 했던가. 마구 몸 굴리기는 싫고, 그렇다고 음식점 서빙이나 채소 다듬는 노동을 할 만큼의 강단은 없다고 했다.

"그럴까요."

한참 만에 내 대답이 나가자 여자가 나를 향한다. 가느다란 팔을 뻗어 코로 흡인하기 좋게 동그랗게 만 지폐를 건네준다. 유리 테이블 한쪽 위에는 밀가루처럼 보이는 백색 가루가 뿌려져 있다. 그 흰 가루들은 흡사 작은 밭이랑처럼 앙증맞은 분량으로 나뉘어 있다. 그중 내 쪽에서 가까운 왼쪽 두둑을 따라가며 코로 깊숙이 빨아들였다. 말로 표현하기 힘든, 흐뭇하면서도 청명한 기분이 온몸에 퍼진다. 잠시 마음을 추스른 나는 여자에게 돌돌 말린 지폐를 다시 건네주었다. 그녀는 나와 반대로 오른쪽 부분의 백색 가루를 으흐흐흡 하는 특유의 소리와 함께 맛있게 빨아당긴다.

시간이 아주 느릿느릿 흘러갔다. 여자와 나는 교대로 백색 가루를 들이마시며 교감을 나누었다. 여자가 준 지폐를 들고 소파에 머리를 누인 채 잠시 늘어져 있었다.

뉴욕 지폐의 구십 퍼센트 이상에 코카인 성분이 남아 있다는 말은 과장된 것이 아니다. 지금처럼 코카인을 흡입하는 데에 사용된 이 지폐는 멀쩡하게 펴져 현금인출기로 들어간다. 그곳에서 다른 돈으로 성분이 옮겨가고, 그 돈을 뽑은 일반인이 다른 돈과 섞고, 그 돈이 다시 현금인출기로 돌아가는 악순환의 결과다.

다시 지폐를 건네주자 여자는 지폐 대신에 내 손을 친근하게 잡는다. 그녀의 얼굴을 보진 않았지만 그녀가 미소 짓고 있는 것이 느껴진다. 당신의 몸은 내가 책임질게요, 하는 무언의 의사 전달이다. 그녀가 두 다리가 없는 불구이거나, 에이즈 환자이거나, 아니면 암수술로 유방이 모두 없다 하더라도 이 순간 아무 관계가 없다. 오랫동안 잊고 있던 생체의 감각들이 푸드득 하고 감았던 눈을 뜬다. 생의 한순간을 넘어가려는 절박감에 가슴이 벅차오른다.

아무리 마약 때문이라지만 그녀가 고맙다. 지폐는 테이블 위에 놓아둔 채로 절뚝대며 걸음을 옮겼다. 그녀가 이끄는 대로 밀폐된 공간을 향해 숨막히는 항해를 시작했다. 그녀는 집안 구조를 이미 아는 듯이 일층에 있는 구석방으로 자연스럽게 나를 잡아당겼다. 나는 손을 잡힌 채 그녀의 뒤를 따라가며 스토커처럼 뒤태를 훔쳐본다. 좀 넙적해 보였지만 탄력 있는 엉덩이가 청바지 속에서 율동하고 있었다. 방문 앞에서 그녀의 발걸음이 멈칫하자 내 몸이 중심을 못 잡고 미끄러져 그녀에게 밀착된다. 그녀의 작은 행동 하나에 정전기가 생기듯 온몸의 솜털이 일제히 일어선다. 방문이 열리자 갇혀 있었던 어둠이 잠시 걷히며 작은 침대가 모습을 드러낸다. 갑자기 여자의 것인지 내 것인지 알 수 없는 숨소리가 열기를 몰고 온다. 방문이 닫히자 기다렸다는 듯이 그녀가 돌아서며 온몸을 붙여온다. 둘 사이에 흐윽 하는, 마치 비명과 같은 신음 소리가 동시에 터져나온다. 갑자기 아랫도리 근육이 한곳으로 집중되며 의식이 더욱 희미해진다.

아직 무너질 때가 아니다

아까부터 변기에 앉아 있다. 화장실에 갈 때마다 일부러 앉아서 볼
일을 봐야 한다는 것은 여간 성가신 일이 아니다. 하지만 요즘은 조금
씩 스스로를 보이지 않게 진화시키고 있다.

화장실에서 몸과 마음을 가다듬었다. 다리를 들어올린다든가 벌을
서듯이 팔을 하늘로 높게 들어올린다든가 하는 운동 자세를 취하곤
했다. 그중 변기에 앉아 바닥에 내린 다리를 문 쪽을 향해 쭉 뻗어주
는 동작은 여러모로 유익했다.

아킬레스건 재활을 위한 운동이었다. 뿐만 아니라 허벅지 안쪽 근
육을 강화하면 생식기 능력까지 보강된다는 의사의 조언이 더해졌다.
요즘 그녀와 뼈와 살이 타는 밤을 보내며 한동안 잊고 있었던 생활의
기운을 되찾고 있다. 변기에 앉아 다리를 앞으로 길게 펴고 있다보면
묘한 쾌감 같은 것이 느껴졌다.

인대가 뼈와 뼈를 이어준다면, 건腱은 근육과 뼈를 이어주는 조직

이다. 비복근이라는 근육은 아킬레스건을 통해 발뒤꿈치 뼈에서 허벅다리 뒷면 아래쪽까지 이어져 있다. 그것이 수술과 기나긴 깁스 과정에서 위축되며, 다쳤던 부분에 문제를 일으켰다. 근육의 양이 줄어들면서 역으로 비복근의 길이가 짧아진 것이었다. 또 전체적인 길이가 짧아지다보니 무릎이 당기고 구부러질 수밖에 없었다.

일반적으로 육 개월 정도 받아야 하는 재활운동이었다. 그것을 야심만만한 유대인 의사는 단 한 번의 테스트로 끝냈다. 초음파 검사를 위해 아킬레스건에 젤을 발라서 돌렸고, 물리치료실에서 온열치료로 근육과 건을 이완시켰다. 경사진 방에 들어가 벌서듯이 벽에 기댄 채 서 있기도 했다.

"한번 해보니 이해가 되시죠? 난 이 지루한 과정은 생략합니다. 재활운동은 스스로 알아서 하세요. 보조기 착용이나 RX신발 신는 것 잊지 마시고요. 먹고살기 위해 눈물을 흘리며 움직이면 되는 겁니다. 남에게 의지하지 않고 스스로 노력해야 재활이 된다는 건 더 설명 안 해도 아시죠? 대신에 생활 속에서 많은 동작을 해야 합니다. 문을 통과할 때 만세 부르고, 변기에 앉으면 두 다리 들어올리고 하는 것을 일상화해야 하고요. 특히 관절 가동 범위가 어느 정도 회복되면 무릎을 펴지게 해주는 대퇴사두근 강화 운동을 매시간 해주어야 합니다."

다리를 들고 변기에 앉아 있기란 쉽지 않았다. 고통스러웠지만 하면 할수록 묘한 즐거움이 느껴졌다. 아킬레스건이 펴지는 것은 물론 성기에서 항문으로 이어지는 근육이 강화되는 느낌이었다. 유대인 의사가 시범 보인 여러 가지 동작 중에서 가장 편하게 할 수 있는 것이었다.

여기에 더해지는 작은 부수입 하나는 다른 사람의 대화를 들을 수 있다는 것이다. 신문사가 입주해 있는 사무실은 오래된 건물이어서 화장실 공간이 넉넉했다. 다리를 마음껏 뻗을 수 있는데다가 문 아래쪽이 한 뼘쯤 뚫려 있었다. 다시 말해 소변 보러 들어오는 사람들이 조금만 시선을 아래로 가져가면 변기에 누군가 앉아 있는 것이 보이는 구조였다. 아래쪽 뚫린 공간으로 앉은 사람의 신발 앞부분 정도는 볼 수 있어, 은밀한 대화를 피하거나 아니면 모르는 척 고의적으로 소문을 흘리는 것이 가능했다. 나는 아까부터 변기에 앉아 다리를 올렸다 내렸다 하며, 이런저런 생각에 잠겨 있었다.

조금씩 무너지고 있는 느낌이었다. 그 시작이 언제부터인지 선을 그을 수 없으나 주변이 움직이고 있었다. 뭔가를 귀띔해주는 사람이 나타나거나, 혹은 내가 감지할 수 있는 상황이 아직 펼쳐지지는 않았다. 하지만 너무나 조용한 신문사 안 공기가 예사롭지 않다는 것 정도는 불안하게 감지됐다. 사건이 발생한 지 벌써 여러 달을 훌쩍 넘기고 있으나 드러난 것이 전무한 상태다. 요즘은 수사를 하는 것인지조차 의심스러웠지만 그렇다고 경찰을 닦달할 수는 없다.

테러 피해자가 편집국장이라는 것이 이상했다. 편집국장이라면 신문사의 야전군 사령관에 해당하지 않는가. 신문의 기사나 논조 때문이라면 사전에 경고나 선전포고가 있어야 했다. 그동안 누군가가 튀어나와 자신의 분노와 억울함을 표현해주길 내심 기다렸다. 그러나 아무리 인내하며 기다려도 개미 한 마리 나타나지 않았다. 도전자가 없는 텅 빈 경기장에 혼자 서 있는 황당한 기분이 이어지고 있었다. 지루해하는 관객들 사이를 걸어나와야 하는 참혹함이 긴 여운을 남기고 있을 뿐이었다.

이것은 불길한 징후였다. 어떤 표현 없이 공격을 했다면 사건의 내용이 달라질 수 있다. 언론에 대한 분노라기보다는 신문사 업무와 관계없는 개인적인 원한에 불과했다. 공명정대, 불편부당해야 할 편집국장이 사사로운 원한이나 쌓고 다니는 꼴이었다. 보수적인 교민 사회의 풍토로 보자면 신문사 이미지에 큰 손상이 가는 일이다.

여기에 더해 테러당한 자에 대한 부정적인 시선이 일반화되는 느낌이다. 묘한 눈총을 받으며 자리에 앉아 있는 내 모습이 영 어색하기만 하다. 생각과 의심이 많아지면서 성격이 변하는지 점점 더 예민해졌다. 혼자 있으면 오래된 습관처럼 찾아오는 분노와 증오심 때문에 잠을 잘 이룰 수가 없었다. 어쩌다 잠들어도 숙면이 어려웠고, 밤새도록 자다 깨기를 반복하기 일쑤였다. 심심찮게 어지러운 꿈까지 찾아왔다.

이상한 일이었다. 현실에서는 다리가 잘리는 기억과 그 순간의 고통이 각인되지 않았는데 꿈은 달랐다. 누군가가 내 근육을 절단하면 그 두려움이 심장에서부터 느껴졌다. 마치 경련이 일듯 심장 주위가 파르르 떨리며 온몸이 싸늘하게 식었다. 컴컴한 어둠 속에서 손이 불쑥 나와 쓰러진 내 다리를 단단히 잡았다. 나는 혀가 말리는 충격 속에서 온몸이 무기력하게 경직되었다. 짧은 침묵의 시간이 지나면 어느새 흉기로 썩둑, 소리까지 내며 잘라냈다. 가끔씩 가로등 불빛을 뒤에 둔 채 얼굴 윤곽을 희미하게 드러내기도 했다. 어디서 본 듯한 낯익은 그 모습이 오히려 감당할 수 없는 두려움을 안겨주었다. 그런 악몽을 꿀 때마다 식은땀이 온몸에 흘러넘쳐 이불을 적셨다. 표현하기 힘든 답답한 상황이 조금씩 풀리면 나는 어딘가로 도망치기 위해 몸부림을 쳤다. 조금씩 몸이 움직여지고 얼어붙었던 혀가 해빙되면 겨우 숨통이 트이는 기분이었다. 어린 시절로 되돌아간 듯 억지로 한두 마디 비명소리를 낼 수 있으면 다행이었다. 내가 낸 소리에 놀라 겨우 눈을 뜰 수가 있었다.

무슨 목적으로 테러를 가한 걸까. 꿈이 반복될수록 고통과 두려움보다는 분노와 증오심이 커져갔다. 범인을 반드시 찾아 그 대가를 몇십 배, 몇백 배로 치르게 해주고 싶었다. 가능하다면 범인의 정신이 멀쩡한 가운데서 종아리를 도려내고, 온몸의 껍질까지 한 겹 한 겹 벗겨내야 직성이 풀릴 것 같았다. 누구인가를 떠올려보려고 헛된 노력을 해보지만 모든 것이 물거품처럼 사라졌다.

도대체 어떤 새끼야. 나의 몰락을, 이렇게 숨죽이며 기다리는 이유가 뭐야. 도대체 목적이 뭐야. 목이 터질 듯이 마구 소리치고 싶었지만 그럴 수 없었다. 나 자신과 신문사의 체면을 위해 최대한 조용하게 수사가 진행되어야 했다. 테러를 당한 것만 해도 억울한데 자칫 잘못하면 불명예까지 뒤집어써야 했다.

"얼마나 양아치처럼 하고 돌아다녔으면 그 꼴을 당해."

투사는커녕 양아치로 전락했다. 평소에 원한을 가졌던 인간들이 쉬쉬하며 안 좋은 이야기를 퍼다 날랐다. 참기 힘들었지만 진원지를 알아내기가 쉽지 않았고, 그 소문이 사실이 아니라고 밝힐 수도 없는 노릇이었다. 만약에 경쟁 상대가 이런 꼴을 당했으면 나는 어떠했을까. 온갖 수단과 방법을 가리지 않고 소문을 퍼뜨리고, 그를 매장하려 달려들었을 것이다. 내가 스스로 느끼기에 이 정도면 뒷담화는 심각한 수준으로 확산되었다고 보아야 한다.

어차피 이 비열한 이민 사회에 동지 따위는 없었다. 적의 적을 이용하는 것일 뿐 함께 생사를 같이할 부류들은 아니었다. 수많은 인간들이 내 등뒤에 칼을 꽂으며 웃고 있을 것이 분명했다. 좁은 교민 사회에서 이 정도의 가십거리가 다른 한인 신문에 실리지 않은 것만 해도 다행이었다.

동지를 떠올리다니, 어처구니없는 발상이다. 냉정하게 보자면 같은 업무 담당자는 모두가 숨어 있는 적이다. '적도 동지도 없다'는 말조차 적당치 않은 곳이었다. 일단 경쟁 상대가 되면 끝까지 적이 될 가능성이 높았다. 좁은 우물을 두고 다퉈야 하기에 주변의 인물들조차 언제 돌아설지 몰랐다. 이곳 교민 사회는 한국 사회의 축소판이나 다름없다. 다른 점이 있다면 사회가 급조된 만큼 일의 진행에 군더더기가 없을 뿐이었다. 서울의 경우, 알던 사람을 배신하기 위해선 여러 단계를 거쳐야 했다. 마음의 갈등에 이어 나름대로의 명분 쌓기, 적과의 동침 등의 과정을 밟아가지만 이곳에서 그런 요식행위 따위는 사치다. 한번 밀려나거나 쓰러지면 그 조직에서 도태되기 때문에 행동이 보다 직선적이다. 디아스포라들이 모여 만든 한인 사회가 섬과 같이 좁은 곳이기에 벌어지는 행태다. 소설 『파리대왕』에서의 피 터지는 싸움이 그리 멀리 있는 일이 아니었다.

그런 생각들을 두서없이 하고 있는데 문 열리는 소리가 들리더니 인기척이 난다. 바깥에서 들리는 말에 귀를 기울이며 들어올렸던 다리에 더욱 힘을 준다. 편집국장, 어쩌고 하는 소리가 들리는 것 같아 온몸이 더욱 긴장되었다.

"편집국장 바뀔 때 되지 않았나?"

"왜, 바뀐다는 말 있어?"

치사했지만 잠시 장난기마저 발동한다. 누가 어디서 들은, 무슨 이야기를 할지 궁금했다. 방금 취재 나갔다 들어온 기자 둘이 나란히 서서 오줌을 누고 있었다.

"대외적으로 창피해. 황당하고. 이건 뭐, 상상할 수 없는 일이잖아."

나에 대한 이야기가 나오니 바짝 긴장이 된다. 가뜩이나 예민하고 궁금한 부분인데 솔직한 말을 들을 것 같은 기분에 가슴이 방망이질을 친다. 그전에는 이런 증세가 없었는데 요즘엔 조금만 긴장해도 마음이 너무 쉽게 흔들렸다.

"사람들이 뭐라고 해?"

"나가면 사람들이 그걸 노골적으로 물어봐. 너희 신문사 편집국장 아랫도리가 털렸다는데 멀쩡하냐고."

내 이야기를 하고 있는 것이 분명하다. 예상을 하고 있었지만 막상 들으니 얼굴에 열이 오르는 기분이다.

"그래서?"

"별일 아니라고 이야기하지. 근데 안 믿는 거야. 누가 다니며 이미 나발 불었나봐."

"그렇다고 사람 다친 게 잘못은 아니잖아."

볼일을 다 보고 손을 씻는지 수돗물 쏟아지는 소리가 들린다.

"그렇긴 해도, 인간 자체가 원래 또라이잖아."

"하긴 그래. 원래 준사이코패스였지."

몇 달 전 화제가 됐던 『준﹡사이코패스』라는 책이 떠올랐다. 매사

추세츠 종합병원 로널드 슈턴 박사의 저서가 관심을 모으며 주류 신문에 기사화됐다. 준사이코패스는 만성적으로 냉담하고, 상황 조작에 능하다. 반사적으로 거짓말을 하며 남을 이용하고 죄책감 따위는 느끼지 않는다……

신문에 게재된 이 기사를 재미있게 읽었다. 그때는 스스로와 비교하며 혼자 웃기까지 했다. 그래서 어쩌라고, 멍청한 인간들을 제외하면 대부분이 그렇지 않나, 하며. 성공적이고, 매력적이며, 호감도 높은 인물 중에 준사이코패스가 많다고 했다. 정치인, 사업가, 기업체 간부 등 이른바 잘나가는 사람들 가운데에 특히 많고 본색을 숨기고 있어 쉽게 드러나지 않을 뿐이라고 분석했다.

그 책은 준사이코패스에 대해 잔혹한 잣대를 들이대고 있었다. "그들이 잘나가는 이유는 특정한 상황에선 쓸모가 있기 때문이다. 자신의 필요를 충족하기 위해서라면 수단 방법을 가리지 않는다. 무슨 짓이든 하고 자신의 이득을 위해 다른 사람은 일고의 가치도 없다고 여긴다. 오로지 자신에게 최선인 것에만 매달린다. 전쟁터의 병사가 적을 죽이지 않으면 자신이 죽고 만다는 식이다."

그렇지 않은 사람이 있는지 오히려 반문하고 싶었다. 그렇게 따지면 나는 당연히 준사이코패스이지만, 내 신분에 대한 부족함이 메워지지 않았다. 한인 신문사 편집국장 정도의 직책으로 잘나가는 자리라고 말할 수 있을까, 하는 생각이 들었다.

그 기사는 "문제는 겉으로는 드러나지 않는 준사이코패스들이 곳곳에 숨어 있다는 것이다. 이들은 정상적인 상태와 정신병 사이의 회색빛을 띠고 있다. 감옥에 보낼 정도로 극단적이지 않으면서 주위 사람들에게 막대한 해악을 끼친다. 임상 진단으로 식별이 되지 않은 채 잠재적 인간 흉기로 거리를 활보한다"라고 결론 내리고 있었다.

그때 준사이코패스에 대한 적대감 따위는 없었다. 스스로의 어쭙잖은 사회적 지위에 대한 안타까움이 떠올랐을 뿐이었다. 어떤 놈이라도 더 밟고 올라가고 싶은데 그럴 수가 없다는 것이 한이 될 뿐이었다.

편집국장 다음 자리는 지사장이었으나 거의 넘을 수 없는 벽이다. 미국에서 현지 채용된 자리는 능력 유무를 떠나 차례가 거의 돌아오지 않았다. 서울 본사의 국장급 간부 중에서 자녀들 교육 문제로 미주 지사 자리를 원하는 사람들이 대부분 꿰차고 들어왔다. 나처럼 젊은 시절 유학 온 뒤 뉴욕에서 취직해서 차근차근 성장해온 사람은 이미 신분부터 자격 미달이었다. 본사 출신이 성골, 진골이라면 현지 채용에 해당되는 나는 그냥 굴러먹던 개뼈다귀였다. 하지만 진골조차 못되며 서울에서 기자 생활 했네, 하고 나서는 자는 대부분 자격지심에 가득찬 개뼈다귀들이 던진 짱돌을 맞았다. 이곳에서 잔뼈가 굵은 사람들은 나름대로의 독특한 자존심이 있었다.

잠시 변기에 황망하게 앉아 '준사이코패스'에 대한 기억을 되살리고 있는데 다음 말이 더욱 복장을 친다.

"불구 되더니 이젠 완전 사이코야."

젊은 기자 둘이서 나를 정신적 불구로 만들었다. 뿐만 아니라 준사이코패스에서 완전 사이코패스로 '승격'시키고 있다. 이제 너희 둘은 죽었다, 웃으며 조금씩 조금씩 밟아주마, 그렇게 다짐을 하며 올렸던 발을 풀어 아래로 조용히 내려놓는다. 하지만 테러 사건을 전후로 해서 나의 위치가 달라진 것이 엄연한 사실이다. 정작 위태로운 것은 저

둘이 아니라 나라는 생각이 전광석화처럼 스쳤다.

"이미 끝났다는 걸 사람들이 다 아는데, 그 사실을 저만 모르나봐."

"놔둬. 몰라야 파멸이 찬란하지."

이제 두 목소리의 주인공이 누구인지 알 것 같다. 물소리가 났지만 목소리가 아주 선명하게 들렸다.

"기자들 사이에 편집국장이 언제 갈릴지를 놓고 맞추기 내기까지 걸렸다는데."

"화무십일홍이란 말이 왜 있겠어. 그렇게 냉혹하고 교활해도 끝은 있기 마련이란 뜻이겠지."

"바나나 새끼."

마지막 한마디를 남기고 두 사람이 문을 열고 나선다. 화장실에는 어처구니없는 침묵이 감돌고 있다. 변기에 앉아 있는 나는 도대체 뭔가. 나를 겉은 노랗지만 까고 보면 하얀 바나나에 비유하고 있다. 얼굴 노란 자신의 주제를 모르고 백인 마인드로 설친다는 야유였다. 기가 찰 노릇이었다. 불끈 솟아오르는 기분을 가라앉히며 어금니를 사리물었다.

왕따. 싸늘하게 떠오르는 한 단어다. 여태까지 사내 여론을 주도하며 카타르시스를 즐겨왔다. 마음에 안 드는 인물들을 골라 기술적으로 가차없이 왕따시켜왔는데 이번엔 내가 당할 차례였다. 그럴 순 없어. 다른 놈의 뒤통수를 때릴 수는 있어도 내가 맞을 수는 없다. 안타까운 마음에 속이 다 울렁거렸다. 내가 사이코패스여도, 또 소시오패스여도 상관이 없지만 이렇게 뒤통수를 맞고 주저앉는 것은 용납할 수 없다.

분한 마음이 솟구치며 이마에서 땀방울이 찐득하게 흘러내려온다. 아버지에게 밥상머리에서 맞았던 숟가락보다 더욱 가혹하다. 그동안 밟고 올라서기 위해 수단과 방법을 가리지 않고 적들을 죽여야 했다. 그런데 지금 알 수 없는 오류의 늪에 빠졌다. 진정한 적은 과연 누구인가. 누군지 알아야 죽이든 말든 할 것이 아닌가. 화장실에서 편집국장을 헐뜯거나 하는 애송이 기자들을 적으로 돌리는 건 너무 허무한 일이었다. 본질을 알 수 없는 안타까움이 증오심과 뒤섞여 부글거렸다.

화무십일홍. 화려한 꽃도 때가 되면 진다는 그 말이 귀에 맴돈다. 사건 이후 육체적 쇠락은 물론, 조직생활을 통해 어렵사리 쌓아올린 모든 것이 모래성처럼 무너지고 있다. 서울에서 잠시 몸담았던 한 잡지사 기자직을 떠나 유학길에 오른 어려웠던 시절이 떠올랐다. 몇 년간의 고생 끝에 대학원을 겨우 마쳤으나 미국 주류 사회는 쉽게 문을 열어주지 않았다. 얼굴 노란 소수민족으로, 사회적 약자의 설움을 씹으며 기약 없이 떠돌던 기억이 새로웠다. 그러다가 겨우 자리잡은 신문사에서 잡초처럼 질기게 살아왔는데 이렇게 대책 없이 주저앉아야 하다니. 기운이 쭉 빠지며 눈물이 쏟아질 것만 같았다.

주변의 정적을 확인한 뒤 바지를 올린다. 휘청, 문을 열고 나서는 순간 누가 발목을 잡아당기듯이 아킬레스건에 제동이 걸리는 바람에 중심을 잃는다. 화장실 칸막이 기둥에 어깨를 겨우 기대며 어렵사리 균형을 바로잡는다. 불완전한 걸음걸이로 저벅저벅 걸어나와 수도꼭지를 돌리며 잠시 거울을 응시한다.

괜찮다. 아직은 괜찮다. 거울을 보며 안도한다. 그곳에 아직은 멀쩡해 보이는 한 사내의 얼굴이 떠 있다. 동양인치고는 준수한 사내가 상체를 조금 숙인 채 시선을 고정하고 있다. 웃는다. 가볍게 웃어본다. 거울을 보며 표정 연기를 연습하듯 얼굴에 가벼운 웃음을 만든다. 자신보다 강한 사람 앞이거나 자신을 감춰야 하는 자리에서 필요한 부드럽고 친절한 미소 말이다.

쉽지 않다. 복잡한 심정 때문인지 왠지 어색하다. 정신을 집중하고 다시 웃는다. 거울을 보며 얼굴에 웃음을 만들어본다. 지금 이 상태에서는 어색하겠지, 하며 시선을 앞으로 고정한다. 그런데…… 놀랍게도…… 완벽해 보인다. 거울 속 사내는 당연히 딱딱한 얼굴이어야 하는데 자신의 생각과 달리 그렇지 않다. 필요할 때 늘 그렇듯 여전히 부드러운 표정이 살아 있다. 이번엔 얼굴에서 웃음기를 싹 지워본다. 한순간, 부하들을 주눅들게 했던 시퍼런 기운이 온 얼굴에 퍼져간다. 그래, 아직은 무너질 때가 아니다. 이번엔 다시 한번 거울을 향해 싸늘하게 미소 짓는다.

뉴요커

맨해튼 빌딩의 숲은 그 밀도 면에서 으뜸이다. 오래전 중국이 자랑하는 상해 푸동 지구를 다녀온 적이 있었다. 미래 도시 같은 그곳의 빌딩들은 새로 세워져 신선했으나 손으로 꼽을 만큼 듬성듬성한 것이 마치 영화 세트장 같았다. 하지만 이곳 맨해튼 거리는 건물들이 가로세로 빽빽하게 들어차서 어디 한 곳 빈틈이 없다. 뿐만 아니라 인적 드문 뒷골목마저 잘 살펴보면 역사와 의미를 내포하고 있었다. 건물 하나하나마다 나름대로 건축가의 고민과 석공의 장인정신이 빛났다. 골목 안쪽의 빌딩들 역시 아름다운 조각들이 외벽에 장식되어 답답한 숨통을 틔워준다.

39번가를 따라 서쪽으로 달리다보면 작은 섬유 가게들이 보인다. 9번 애비뉴를 가로질러 링컨 터널로 진입하기 전쯤에 한인들의 숨결이 느껴지는 곳이 있다. 그 골목에 지금까지 남아 있는 흔적 중 하나가 '미주 제봉'이라는 작은 간판이다. 물론 32번가 한인 타운은 온갖 한글 간판들로 뒤덮여 있지만 그것과는 다른 의미가 있다. 수많은 한인 이민자들이 생존하기 위해 땀과 눈물로 재봉틀을 돌렸던 삶의 현장이기 때문이다. 오래전 기자 시절에 흔히 밑바닥부터 시작하는 이민 생활을 취재한 적이 있었다. 이 길을 오르내리며 잠시 그 생각에 잠겼다.

하지만 내가 찾고 있는 사무실의 주인은 다른 세계의 인간이다. 또 하나의 용의자인 필립 윤 변호사. 이런 성스러운 노동 현장 가운데에 그의 사무실이 버젓이 자리잡고 있다. 지금은 필립 윤의 젊은 와이프가 홀로 남아 그 빈 둥지를 미스터리하게 지킨다. 아까부터 이 길을 오가며 주인이 사라져버린 사무실을 찾고 있었다. 마침 운 좋게 떠나는 자동차가 있어, 빈자리에 주차를 하며 안내 팻말을 살핀다.

다행히 두 시간 거리 주차가 가능한 지역이다. 좁은 공간에 차를 겨우 밀어넣은 뒤 핸들 잠금장치를 채운다. 자동차에서 내리기 전에 향수 몇 방울을 가볍게 뿌린다. 무인 주차권 판매기에 카드를 집어넣고 시간을 다시 확인한다. 무료 주차가 가능한 저녁 일곱시까지는 한 시간 사십 분이 남아 있다. 주차권을 뽑은 뒤 아우디 문을 열고 운전석 계기판 위에 티켓을 올려놓는다. 서머타임 때문에 맨해튼에 어둠이 내리려면 한참은 더 기다려야 했다.

"웬일이세요. 국장님이 여길 다 방문해주시고."

필립 윤 변호사의 새 안주인이 사무적인 어투로 인사를 한다. 삼십대 중반쯤 되었을까, 화장기 없는 얼굴이 여전사처럼 단단하고 강해 보인다. 지난해 한인 모임에서 첫인사를 잠깐 나누었을 때만 해도 사근사근한 느낌이었다. 그런 새색시 같은 기억은 온데간데없이 사라지고 변한 모습으로 내 앞에 앉아 있었다.

"내 라이벌이야. 뉴욕에서 무서운 게 없는 사람이지."

필립 윤은 자기보다 한참 어린 나를 친구처럼 소개했다. 머리카락을 완전히 밀어버린 머리에 흰 파나마모자를 쓴 변호사였다. 한창 유행인 중년 백인의 민둥 머리에 루스벨트 대통령이 즐겨 쓴 모자로 자신의 개성을 살린 모습이다. 필립 윤은 한국서 직수입한 새 와이프 앞에서 나와 서로 허물없는 사이라는 정치적 제스처를 썼다. 하지만 수단과 방법을 가리지 않고 나를 못 죽여 안달이라는 것 정도는 잘 알고 있었다.

새 와이프에 관한 이야기는 이미 만들어져 있었다. 명문 여대 출신으로 대학에 출강하던 중에 필립 윤을 만났다고 했다. 그러나 낯선 사람의 애매한 과거 학력이나 경력은 그다지 믿을 만한 것이 못 되었다. 모국과 떨어져 있다는 이유로 학력, 경력을 조작하고 거짓말하는 사람들이 제법 있었다. 낯선 곳에서 과거를 세탁하는 뜨내기들이 범람하는 바람에 다들 색안경을 끼고 살폈다. 그중에서도 특히 판별하기가 쉽지 않은 여대 출신은 더욱 의심을 받을 수밖에 없었다. 바닥이 좁아 조금 지나면 이래저래 들통났지만 당사자들은 전혀 사실이 아닌 듯 다들 시침을 뚝 떼고 버텼다. 사람들은 그런 것까지 미리 감안해 명문 여대는 전문대로, 대학 출강은 학원 강사나 유치원 보조교사로 강등시켜 생각했다. 더군다나 필립 윤과는 스무 살 이상의 나이차가 있었기 때문에 그녀의 주장은 더욱 신빙성이 약했다. 그런 의구심에도 불구하고 남자들끼리의 술자리에서 한동안 그녀는 화제의 대상이었다. 에어로빅 강사처럼 쭉 빠진 몸매에 힘이 넘쳤고 미모가 범상치 않은 탓이었다. 필립 윤이 밤에 어떻게 견딜까, 하는 엉뚱한 측면에서 사내들의 호기심을 자극했던 여성이었다. 아무튼 그녀는 부풀린 듯이 보이는 명문 여대 학벌과 무관하게 충분히 손님을 끌 만한 요소를 갖추고 나타났다.

"맨해튼에 볼일이 있어서요. 나온 김에 한번 인사나 나누려고요."

"어쨌거나 오는 사람이 별로 없었는데 반갑네요. 신문사는 많이 바쁘시죠?"

그녀의 말투에는 감정이 섞이지 않았다. 나와 필립 윤이 견원지간이라는 것을 모르는 것일까. 그렇지만 서로 재판까지 거칠게 주고받은 사이인데 모른다는 것이 이상하다. 그녀의 태도에는 내가 미처 간파하지 못한 뭔가가 있다.

"이젠 그다지 바쁜 것이 없어요. 시시콜콜한 일에서는 손 뗐고요. 취재는 젊은 기자들이 다 하고 저야 구경이나 하죠."

나는 의미 없는 일상에 대해 건성건성 거짓말을 섞었다. 그녀에게 가급적 좋은 인상을 주기 위해 진솔한 척하며 말을 이어갔다.

"그게 더 힘들지 않나요? 남을 관리 감독하고 전체를 운영하는 게 진짜 일 아닌가요?"

여자가 사회를 잘 아는 듯 함부로 떠벌린다. 그녀에게 빙빙 돌려 이야기할 필요가 없다는 생각이 든다.

"여러 가지로 힘드시죠? 윤변호사님은 지금 어디 계세요?"

"펜실베이니아 어디였는데…… 제가 위치나 이름은 잘 몰라요. 여기서 자동차로 세 시간쯤 달렸나. 아, 그 영화배우 있잖아요. 한국 여성하고 사는 흑인 액션 배우. 뱀파이어하고 싸우는 영화에 나온 사람.

꽤 유명한데. 그 왜, 세금 문제로 잡혀들어간."

"웨슬리 스나입스 말인가요?"

"맞아 맞아, 내가 이렇다니까. 그 젊은 웨서방이 교도소 선배래요. 길치여서인지 몇 번을 갔었는데 어딘지 잘 모르겠어요. 운전하는 사람이 따로 있으니까."

그 배우가 갇혔던 곳은 피츠버그 북쪽에 있는 매킨 연방 교도소였다. 나도 오래전 우연찮게 구경 삼아 한 번 가본 적이 있었다. 타 주에서 마약을 잘못 들여오다가 잡힌 지인의 친구 때문에 운전수 역할을 했었다. 80번 고속도로를 타고 주말 밤을 망치며 운전한 끔찍한 기억이 아직 생생하다. 그런데 이 여성은 연방 교도소를 앞에 내세우며 슬쩍 거짓말을 하고 있다. 세 시간 거리라면 펜실베이니아 한가운데 있는 앨런우드 연방 교도소일 가능성이 높다. 뉴욕 시에서 가려면 모두 80번 고속도로를 타고 가야 한다는 점이 같긴 하다. 그녀는 유명 배우인 웨슬리 스나입스와 남편이 마치 가까운 사이인 것처럼 '웨서방'이라며 한발 더 나간다. 웨슬리 스나입스는 이미 석방되어 뉴욕 거리를 슬금슬금 돌아다니는데 엉뚱한 소리를 하고 있다.

"알겠다, 어딘지. 거긴 거물들이나 가는 곳이죠."

"거물은 무슨."

거물이란 내 말에 그녀는 기분 나쁜 것 같지 않았다. 으쓱하고 올리는 어깻짓에는 '그럼, 당연히 거물이지' 하는 무언의 몸짓이 담겨 있었다.

"동네 잡범들은 업스테이트에 있는 주 교도소로 가죠. 연방 교도소로 가는 것을 보면 거물은 거물이죠."

나는 다시 그녀를 부추겼다. 내 사건과의 연관성을 알아내기 위해서는 어쩔 수 없었다.

"재판을 삼 년이나 한 걸 보면 말 다 했어요. 변호사를 상대로 어떻게 삼 년이나 물고 늘어질 수가 있나요. 여기 경찰이나 검찰은 정말 징그러워요."

"맞아요. 할 일이 없는 건지 뭔지, 한번 수사에 들어가면 끝까지 가요. 하여튼 지겹고 끔찍한 사람들이죠."

"난 재판중인지도 모르고 결혼까지 했으니. 참 기가 막혀서. 어째 이런 일이 다 있을까요."

"처음엔 간단하게 끝날 것으로 예상했잖아요."

"하긴, 그 양반조차 이렇게 될 줄은 꿈에도 짐작을 못했겠지요."

낯선 사람에게 심각한 말을 하는 그녀는 짐짓 태평한 얼굴이다. 젊은 나이에 한국으로 되돌아가지 않고 눌러앉은 저의가 더욱 궁금해졌다. 그녀는 텅 빈 맨해튼 사무실을 차지하고 앉아서 변호사 사무장 역할을 하고 있었다. 필립 윤이 남기고 간 업무는 밑에 있는 여직원 두 명이 알아서 하고, 돈이 오가는 일을 맡아서 하고 있을 것이 분명했다. 필립 윤의 전처럼 정해진 그녀의 역할이 한눈에 보였다.

"윤변호사님은 어떻게 지내신대요? 저하고 티격태격한 일도 있고 해서 더 신경이 쓰이네요. 제가 형님처럼 생각했었는데."

"글쎄 말이에요. 제가 보기엔 법 없이 살 수 있는 분이었는데."

나는 따귀를 맞은 것처럼 정신이 얼얼했다. 감방에 간 변호사가 법 없이 살 수 있다는 말을 태연하게 하고 있다. 그녀의 늙은 새 남편은 무수한 신규 이민자들을 등쳐먹은 인간이었다. 물론 합법적인 절차를 통해 변호사 수임료를 받은 것이 더 많겠지만 그에게 억울하게 뜯긴 사람이 한둘이 아니었다. 오랜 기간 이루어진 그의 이민 사기 행각은 분명 변호사로서 도가 넘어도 한참 넘는 것이었다. 이런 말을 멀쩡하게 하는 것을 보면 그녀는 여기 실정에 어두운 것이 확실했다.

"원래 이민 업무라는 게 잘되면 그만이지만 못 되면 멱살 잡히는 거죠."

"글쎄 말예요. 업주들이 비겁해요."

취업 비자를 통한 이민은 스폰서가 필요하다. 더 말할 것도 없이 고용주가 있어야 취업 비자가 성립하는 것이고, 취업 비자를 내는 당사자나 채용하는 고용주가 변호사를 찾아와 위임하는 것이 상식이고 관례다.

하지만 필립 윤은 반대 코스를 밟았다. 자신이 스폰서를 확보한 뒤 취업 비자를 원하는 사람을 찾았다. 이십 년 전만 해도 만 달러 이하했던 스폰서 가격이 2000년대 들어서면서 급상승했다. 모국의 살림살이가 나아지면서 이민 보따리가 자연 풍요로워진 탓이었다. 십 년 전부터는 삼사만 달러에 서류를 만들어주며 이민 변호사들은 전성기를 맞았다.

"예전엔 좋았죠. 이민국에서도 취업 비자는 대충 해주었고."

십여 년 전만 해도 취업 비자에 대한 단속이나 검증이 아직 허술한 시기였다. 필립 윤은 소수민족에 대해 정보가 부족한 이민국의 허점을 틈타 스폰서를 남발하기 시작했다. 식당, 슈퍼마켓, 세탁소, 네일 살롱 등 영세 업주는 변호사가 주는 몇천 달러를 받고 스폰서 역할을 맡았다. 취업 비자를 받은 업소에서 일을 하면 간단했지만 문제는 그런 업소들이 인건비를 지불할 여력이 없는 소규모 가게라는 데에 있었다. 물론 취업 비자를 받은 당사자는 그 사업장과 상관없이 자기 일을 했다.

그 정도의 위법은 약과였다. 필립 윤의 경우 이미 위험천만한 탈법의 궤도에 들어선 뒤에도 멈출 줄을 몰랐다. 그나마 한 명에게만 발행해야 할 취업 비자 신청서를 서너 명에게 몇만 달러씩을 받고 마구 날렸다. 한동안은 허술했던 이민 행정 덕에 들통나지 않고 다들 무사히 취업 비자를 받아들었다. 또 대부분 취업 이민 신청을 통해 영주권까지 취득한 뒤 요술방망이를 들고 있는 필립 윤에게 감사해했다.

이민 업무의 해결사로 등장한 필립 윤의 몰락은 경기 침체와 함께 시작됐다. 영세 가게들이 문을 닫게 되자 몇 장씩 팔아먹은 취업 비자 사건이 불거졌다. 연결된 업소가 폐업을 하면서 취업 비자 신청자가 공중에 붕 떴다. 하지만 스폰서 역할을 맡은 영세 업주는 몇 년 전에 받은 몇천 달러 때문에 세금 보고를 계속할 수가 없었다. 경우에 따라 추가로 지급되는 몇천 달러에 잠시 세금 보고를 연장하기도 했으나 오래갈 리 만무했다.

여기저기서 불법체류자가 양산되었다. 그러나 얼굴이 두꺼웠던 필립 윤은 흔들리지 않았다. 추가로 몇만 달러를 내놓는 사람들에게는 유령회사를 만들어서라도 노동허가서를 만들어주었다. 하지만 변호사 사무실에 와서 항의하며 큰소리치는 사람은 하루가 되지 않아 보복을 당했다. 한밤중에 온 가족이 함께 미국 경찰의 방문을 받고 혼이 반쯤 나가는 험한 꼴을 당했다. 이민국 단속이 아니라서 붙들려 가는 것은 아니었지만 사람들은 더이상의 저항이 불가능하다는 것을 깨달고 입을 다물었다.

　피해자 중에 신문사와 연결되는 사람이 있었다. 사연을 들은 내가 해결사로 나섰지만 필립 윤은 고래 심줄 같은 사람이었다. 웬만하면 먹은 돈을 토해놓거나, 다른 스폰서와 연결해줄 것이라 판단하고 그를 만났다. 그 이권 사업에 적당히 숟가락 하나 얹으려는 나의 안이한 생각이 첫번째 오산이었다. 필립 윤은 주류 사회와 단절된 한인 신문사를 우습게 보고 깔아뭉개고 나왔다. 미국에서 법학대학원을 나온 그에게는 제법 믿을 만한 네트워크가 있었다. 유대인 변호사들과 함께 일했고, 지역 경찰에도 나름대로 라인이 가동되고 있었다. 당시 사회부장이었던 나를 자신의 밥상에 손을 올리는 불청객으로 여기며 무시했다. 그와의 오랜 악연은 그렇게 시작됐다.

　"요즘도 이민 업무를 하세요?"

　"물론이죠. 그동안 믿고 맡겼던 사람들 일인데 끝까지 가야죠."

　내 질문에 그녀는 한 치의 망설임 없이 대답한다. 그녀는 필립 윤의 이민 사기 행각을 전혀 모르는 것일까. 아무리 부창부수라고 하지만 그녀의 거침없는 뻔뻔한 태도에 궁금증이 더해갔다. 한번 이민 업무가 시작되면 영주권이 나올 때까지 칠 년이고 팔 년이고 계속된다. 그녀는 담당 변호사가 교도소에 가고 없는데도 그 서류를 돌려주지 않고 붙들고 있는 것이었다.

　"윤변호사님이 없어도 업무가 가능해요?"

　"그럼요. 이민 업무 자체는 변호사와는 무관해요."

　"그런가요?"

　다 알고 있는 일이었지만 짐짓 반문했다. 도대체 어떤 여성인지, 어떤 사고방식을 갖고 살고 있는지 알고 싶었다. 따지고 보면 필립 윤 변호사는 그녀와 함께 내 용의자 선상에 올라 있는 인물이었다. 교도소에 가 있다고 해서 얌전하게 있을 인간이 아니었다. 필립 윤 역시 원한에 대해 집요하게 물고 늘어지는 사이코패스 계열의 쓰레기였다.

"이런, 신문사 국장님이 모르시다니."

"어, 그런가요. 이거 민망합니다. 헛."

혀까지 끌끌 찰 기세였다. 헛웃음을 날리며 허허거렸지만 그녀를 향한 내 의식은 이미 예민해져 있었다. 무식하면 용감하고, 그러다보면 사람 잡는다는 속담에 어울리는 여성이다. 다만 화장기조차 없는 민얼굴인데도 표현하기가 쉽지 않은 독특한 미모가 내 마음을 들뜨게 한다.

"원래 이민 업무는 신청하는 민원인이 하게 되어 있어요. 단지 절차가 까다로워 실수할까봐 두려워 변호사 사무실에서 하는 거지. 누가 업무를 진행해도 별 관계 없어요."

"그럼 미시즈 윤이 이민 업무 하세요?"

호칭이 마땅치 않아서 남편 성을 따라 그냥 '미시즈 윤'이라고 부른다. 사실 그녀의 성이나 이름조차 알지 못한다.

"그럼요. 당연히 제가 업무를 진행하죠."

그녀의 대답은 거침이 없다. 진짜 능력이 있을 리 만무했지만 그렇다 하더라도 이쯤 되면 한계를 넘어 막 나가는 것으로 봐야 한다. 눈 옆을 가린 경주마처럼 마구 질주하는 그녀를 보며 오히려 혼란에 빠질 지경이었다. 단지 남편과 사이가 안 좋은 신문기자 앞에서 자신의 능력을 자랑하고 싶은 건지, 아니면 눈에 보이는 그대로 되바라진 건지, 알 수 없었다.

"쉽지 않을 텐데요."

늙은 변호사의 후처로 미국에 온 지 겨우 일 년 된 여성이다. 그런 그녀가 한 가족의 생사가 걸린 이민 업무를 한다는 말에 놀라 반문했다.

"뭐, 해보니까 별거 아니던데요. 그전부터 일해온 직원이 있잖아요. 또 매주 와서 도와주는 자문 변호사가 두 명씩이나 있고 말예요."

막 나가던 그녀가 왠지 약간 비켜선다. 뒤늦게 신문사 편집국장인 나를 의식한 것일까. 뻔뻔스럽게 버티던 그녀의 남편이 교도소에 간 것은 정작 엉뚱한 이유에서다. 이민 사기로 기소되어 긴 재판을 받는 과정에서 그에게 이민 업무를 맡겼던 수많은 의뢰인들은 애간장이 녹아내렸다. 유죄 판결이 내려지면 어렵사리 밟아왔던 이민 절차가 무효화될 수 있었다. 자신들이 받은 취업 비자나 영주권이 단칼에 날아갈 수 있다는 불안감으로 다들 전전긍긍했다. 결국 그에게 새 신분을 의뢰했던 이민자들 중에 몇 가족은 유탄을 맞아 불법체류자로 전락했다.

필립 윤은 이민 사기 사건과 동시에 다른 재판을 진행하고 있었다. 이혼한 전처와 재산분할을 둘러싸고 한 치의 양보 없이 법정 다툼을 이어갔다. 지칠 줄 몰랐던 그의 정력은 그 와중에 한국에서 새 신부인 그녀를 데려왔다. 변호사 남편은 전처와의 소송에서 끝까지 타협을 거부하며 오랫동안 사무장을 한 반려자이자 동업자를 우롱했다. 하지만 전처 역시 필립 윤 변호사 사무실에서 신혼 초부터 탈세와 돈세탁을 해온 만만치 않은 여성이었다.

그녀는 남편의 마약 복용을 공격했다. 이민 사기를 기소한 검사 역시 필립 윤이 악착같이 버티는 통에 유죄 입증이 쉽지 않자 작전을 바꿨다. 이혼 소송을 벌이고 있는 전처와 손을 잡고 공동 전선을 폈다. 이민 사기 사건 재판 도중에 변호사의 부도덕성을 부각하기 위해 담당 검사는 마약 복용 사실을 판사에게 알렸다. 판결에 골머리를 앓던 판사는 사실 여부를 확인하기 위해 그 즉시 도핑 테스트를 실시했다. 필립 윤의 소변에서 마약 성분이 검출되면서 재판은 서서히 기울어갔다.

이미 마약중독자였던 필립 윤이었다. 판사의 경고를 받은 필립 윤은 재판이 끝날 때까지 참아야 했는데 그러질 못했다. 석 달 뒤에 열린 재판에서 다시 도핑 테스트가 실시됐고, 마약 성분이 재차 검출되자 판사가 격분했다. 검사의 요청으로 자택 수색영장이 재판 도중에 발부됐다. 집에서 발견된 마약 봉투들로 인해 온갖 궤변으로 법정을 휘저었던 필립 윤은 결국 무너졌다.

"이제 재산분할 소송은 다 끝났죠?"

그녀는 내 질문에 순간 별걸 다 묻네, 하는 표정을 지었다. 하지만 지나간 걸 가지고 숨기는 것이 귀찮은지 고분고분 대답한다.

"엑스 와이프가 롱아일랜드 저택과 빌딩을 가져갔어요. 이래저래 우리는 개털 된 거죠."

"아니, 이민 재판을 진행하던 검사가 왜 엉뚱한 것을 물고 늘어졌죠? 그걸 받아들인 판사도 이상하고. 지금 생각해도 납득이 안 가요."

다 알지만 그녀를 다시 찔러본다. 얼굴을 자세히 보니 눈썹을 싹 밀어내고 그 위에 문신을 했다. 그래서인지 영화배우로 나선다고 해도 이상할 것 없는 그녀는 약간 그로테스크한 분위기를 풍긴다. 선입견인지 모르지만 그녀의 퇴폐적인 아름다움은 코카인과 잘 어울려 보인다.

"엑스 와이프 때문이죠. 보통 독한 여자가 아니라고 하던데. 하여간에 우리만 이래저래 재판 망했어요."

"글쎄 말입니다."

대꾸를 하며 잠시 한눈을 판다. 삼층에 자리한 사무실에는 작은 화분조차 없다. 탁자 위는 지나간 잡지 한 권 없이 썰렁하다. 옷소매로 문지르면 먼지가 묻어날 것 같은 느낌이다. 월세가 상당할 텐데 이 사무실은 어떻게 운영될까, 하는 의문이 들었다. 이 년 육 개월의 실형에도 불구하고 사무실을 포기하지 않은 필립 윤의 집념이 대단했다. 나와서 변호사 면허증을 회복할 수나 있을까, 하는 의문이 이어진다. 혹시 젊은 부인을 뉴욕에 앉혀놓기 위한 늙은 서방의 술수가 아닐까. 열린 창밖으로 보이는 골목길 저편 빌딩이 가깝게 느껴진다. 멋진 조각상이 바로 이쪽 건물을 위한 것처럼 다가왔지만 때 묻은 대리석이 우중충하다. 문득 여자의 집요한 시선을 얼굴에 느끼고 한눈파는 것을 중단한다.

"근데 이국장님은 잘되었잖아요?"

"뭐가요?"

"이국장님하고의 재판이 흐지부지되지 않았나요? 이국장님하고 아직 계산할 게 남은 걸로 내가 알고 있는데."

생긴 그대로 만만치 않은 여성이다. 그녀를 얕보고 건성건성 대답하다가 갑자기 역습을 맞은 꼴이었다.

"명예훼손 문제 말인가요? 끝나지 않았나요?"

"다른 재판 때문에 중단된 거지 아직 끝나지 않은 것으로 알고 있어요."

그녀가 윤변호사와의 2라운드 싸움을 말하고 있었다. 처음에 해결사로 나섰다가 실패한 나는 그가 한 번쯤 걸려들 줄 알고 기다렸다. 그런데 예상치 못했던 파트타임 직원의 인권 문제가 불거졌다. 변호사 사무실에서 청소를 하던 여성에게 필립 윤이 반말을 하고 물건을 던졌다는 것이었다. 발끈한 한인 여성이 자신이 다니는 교회 목사와 함께 신문사까지 찾아왔다. 그들의 말을 직접 듣고 파렴치한 변호사에 대한 데스크 칼럼을 게재했다.

그 이후 나에 대한 필립 윤의 집요한 보복이 전개됐다. 명예훼손으로 트집잡아 나와 신문사를 상대로 소송을 펼쳤다. 나는 완벽한 팩트라고 생각하고 복수의 깃발을 올렸는데 현실은 예상과 달랐다. 기가 막힌 게 신문사를 찾아와 하소연했던 사람들이 재판의 시작과 함께 돌변했다. 필립 윤이 구워삶았는지 위협했는지는 알 수 없었으나 일체의 진술을 거부했다. 애초부터 나를 찾아와 고의로 거짓말을 한 것이라는 황당한 생각까지 들 정도였다. 자신들의 자존심 싸움에 나를 끌어넣은 뒤 이익을 챙겨 사라져버린 것이다. 도무지 믿을 수 없는 부평초 같은 인간들이었다.

지방법원에서의 첫 소송은 어이없는 패배였다. 이십오만 달러의 배상액이 책정됐지만 신문사 담당 보험사가 물러서지 않았다. 언론보험을 들고 있었기 때문에 배상액의 팔십 퍼센트를 보험사가 내야 했고, 재판 전 협상을 거부했던 필립 윤에게 백기를 들면 유사한 온갖 소송이 몰려들 것을 우려한 탓이었다. 항소법원에서의 2차전이 벌어지는 와중에 이민 사기 재판과 재산분할 소송이 동시에 터진 것이었다.

"윤변호사님이 그렇게 말씀하던가요?"

"그리 들었는데요. 그 양반은 포기할 줄 몰라요."

"그렇다면 유감이군요."

"지금도 예의주시하고 있는걸요. 저와 직원들에게 신문에 대한 모니터링을 지시하고 계세요."

우리가 지켜보고 있다, 라는 단순한 위협이 아니었다. 필립 윤은 앙심을 품은 내가 자신의 재판에 재를 뿌렸다고 생각했다. 물론 뉴욕 지방 검사실에서 수사관을 보내 몇 가지 질문을 한 적이 있었다. 나 역시 필립 윤과 재판을 벌였던 전처와 마찬가지로 그에게 불리한 온갖 이야기를 다 흘렸다. 어쨌거나 필립 윤의 몰락으로 얻게 되는 나의 이익은 정서적으로나 실질적으로나 막대했다. 그것을 알고 있는 필립 윤과 나의 싸움은 피를 뿌리는 진검승부 이상의 것이 되었다. 예상대로 그는 여전히 복수를 벼르고 있었다.

"그렇게까지요? 정말 대단한 분이시네요."

"물론이죠. 이국장님 다치신 사건도 다 알아요. 변호사님이 알고 계신 것을 이국장님도 알고 계셨죠?"

"아뇨. 윤변호사님이 사건에 대해 알고 있는 걸 제가 어떻게 알아요?"

"오늘 그래서 오신 것 아녜요? 사무실 동정 한번 살펴보려고요. 범인은 안 잡히고, 증거가 없으니, 답답해서 여기를 한번 쑤셔보려고 오신 것 아닌가 말예요."

"그럴 리가요. 내가 경찰인가요?"

말은 그렇게 하지만 오금이 저리다. 수술로 간신히 올라붙은 아킬레스건이 부르르 떨리는 느낌이었다. 갑자기 급습을 당한 듯 아랫도리에서 얼굴까지 열이 후끈 올라온다.

"모르셨다니, 이제 제가 면회 가서 알려드리면 되겠네요. 그럼 이렇게 되나. 변호사님이 알고 있다는 것을 이국장님이 알게 되었고, 또 '변호사님이 이미 알고 있다'는 오늘의 그 사실을 이국장님이 알아냈다는 것을, 변호사님이 다시 알게 되겠네요."

그녀가 아예 나를 데리고 놀고 있다. 여자는 테이블 위로 손이 왔다 갔다하는 장난스러운 제스처까지 써가며 말을 이어간다. 웃는 표정을 짓고 있지만 내 머릿속은 실타래가 엉킨 듯이 점점 더 어지러워진다.

"나 원, 뭐가 그렇게 복잡해요?"

"간단하죠. 정보의 핑퐁게임. 내가 아는 것을 상대방이 안다는 사실을 또 내가 알고 있다는 거죠. 동양 속담에 나를 알고 상대방을 알면 싸움에 안 진다면서요. 반대로 상대방이 그러면 어떡하죠? 상대방이 '지피지기'하다는 그 사실을 다시 내가 안다면 어떻게 되나 말예요. 미국이 그런 곳이라면서요. 그렇게 알고도 질 수 있는 곳이 미국이라고 하더군요."

"미국을 잘 아시네요. 그래서 제가 다쳤다는 사실에 뭐라고 하시던가요?"

"뭐라고 그러더라. 꽂을대. 맞아, 남자들이 군대에서 쓰는 말인데 꽂을대, 이렇게 말씀하시더라고요. 까불다 꽂을대 나갔다. 그렇게요. 혼자 갇혀 온갖 상상을 하며 질투하고 있는지도 모르죠."

'까불다 꽂을대 나갔다'라니. 그 말을 듣고 나는 잠시 테러를 당한 듯 온몸이 후들거렸다. 하지만 대화를 나누며 이상하게 그녀는 나와 같은 과에 속하는 고등생물이라는 걸 직감한다. 필립 윤이 감옥에 들어앉아 질투를 하다니. 그녀의 마지막 표현에 자극받은 내 의식이 먹이를 발견한 독수리처럼 그 부분을 맴돈다.

그녀는 일부러 안면을 지워버린 일본 인형 같았다. 거친 말투와 무표정한 얼굴, 종잡을 수 없는 동작으로 나를 테스트한 것이다. 훤칠한 외모에 최상급 양복을 입고 향수를 뿌린 채 자신을 찾아온 매력적인 남자를 말이다. 애초 그녀의 것이 아니었던 눈썹 문신만이 그녀의 얼굴과는 별개로, 마치 생각과 인격을 가진 듯 기묘하게 정지해 있었다. 하지만 아주 짧은 순간 정중동靜中動이 감지됐다. 이런 의도된 긴장 상황과는 달리 그녀가 한순간 코를 찡그리며 윗입술을 약간 떠는 것이 느껴졌다. 그녀의 입술에 빨간 립스틱이 올려진다면 어떨까. 그녀의 텅 빈 입술에서 아는 사람 없는 맨해튼의 저녁을 혼자 헤맸을 것 같은 고독감이 전해졌다.

불온한 생각에 다시 몸이 떨린다. 그녀에 관한 모든 말들과 선입견들이 한줌 재처럼 무화되고 있다. 그녀가 욕망의 해방구 앞에서 서성일 것이라는 치명적인 상상을 한다. 그녀와 마주하며 어떤 면에서는 필립 윤 못지않은 강적이라는 걸 느낀다. 필립 윤마저 헌신짝 던지듯이 운명적으로 배신할 수 있는. 살 떨리게 고혹적인 그녀는 이미 뉴요커였다. 나의 육감이 드디어 그걸 확인한다.

조금씩 밝혀지는 진실들

필립 윤 변호사는 요지부동이었다. 그는 교도소에 갇혀서도 물러서지 않았다. 그렇다고 테러가 그와 관련이 있다고 함부로 단정지을 수는 없었다. 오히려 교도소에 들어앉아 있는 것이 필립 윤 변호사의 충분한 알리바이가 됐다. 그를 더 건드렸다간 무슨 재판에 다시 걸려들지 알 수 없는 노릇이었다.

이번엔 김바벨 목사 차례였다. 그가 이끌고 있는 고난교회로 들어서자니 마음이 무거웠다. 나 스스로 주변을 둘러보며 사건의 단서를 찾는다는 것이 얼마나 무모한 일인지 다시금 자각했다.

이미 드러났듯이 미국 경찰의 수사는 믿을 수 없었다. 중국, 베트남 등 동양계 민족들의 범죄는 속수무책이나 다름없다. 눈에 띄는 폭행 사건이라면 몰라도 복잡한 사건은 사실상 추적이 불가능하다. 말이 안 통한다는 것은 이럴 때엔 경찰이나 피의자, 양쪽 모두에게 다른 게임 룰이 적용된다는 것을 의미한다. 잘못하면 뒤집어쓸 수가 있었지만 범죄를 저지른 뒤 잘만 버티면 수사 진행이 어렵다.

김바벨 목사. 그는 신흥종교 교주와 비슷한 분위기를 풍겨 이단 시비에 단골로 휘말렸다. 하지만 늘 멀쩡하게 버텼고, 그의 교회는 복을 받기 위한 교인들로 넘쳐났다. 그는 자신이 필요할 때면 언제든 접신 상태로 변신해 영적 세계에 들어갈 수 있었다. 대중들과 신도들 앞에서 방언하는 모습이 유선방송으로 생중계되며 진실 여부에 대한 논란을 불러일으켰다.

그는 생각나는 대로 마구 소리질러댔다. 기독교는 고대 태양교의 표절이라는 말을 날렸다. 예수의 생일인 12월 25일이 잘못된 것이라고 떠들었다. 동정녀가 어머니라는 것과 제자가 열두 명이란 사실에 딴죽을 걸었다. 이런 조작은 당시 생겨났던 각종 신흥교단 교주들에게 유행병처럼 번졌던 사실과 일맥상통한다는 주장이었다. 그의 터무니없어 보이지만 무시할 수 없는 독특한 이론이 사람들 사이에 슬금슬금 퍼져나갔다.

"보세요. 당시 종교사를 조금만 더 공부하면 확연하게 드러납니다. 동정녀 어머니에게 태어난 신흥교주들이 얼마나 많은지. 내가 한번 조사해봤는데 예수님 활동 시기에만 마흔 명이 넘어요. 누군가가 씨를 뿌렸는데 그 사람이, 다시 말해 그 아버지가 신통찮다고 해봐요. 권위는 사라지고 아무도 믿으려 하지 않을 겁니다. 우습지 않아요? 교주의 아버지가 건달이거나 술주정뱅이라면 어떤 기분이겠어요? 그래도 믿겠어요? 똥지게 지는 농사꾼이거나 비 새는 집 지어놓고 먹살 잡히는 목수라면 말예요. 진실 여부를 떠나 누가 믿으려 들겠어요. 권위에 대한 훼손을 막기 위해 진실을 조작한 겁니다. 이 세상에 태어나기 위해 몸을 빌린 아버지의 존재를 지워버린 거예요. 황당하잖아요. 아버지의 존재를 조작해야 우뚝 설 수 있다니. 그게 신의 뜻이란 말입니까? 목수나 농사꾼이나 장사꾼이면 어떻습니까? 적어도 그때만은, 자신의 독생자를 내려보낸 그때만은, 신의 뜻은 경이로운 것이었어요. 분노의 지팡이, 복수의 망토를 내던지고 자신의 피조물을 내려다보신 거예요. 신은 그 순간 진솔함을 가지고 인간들을 대했는데 감히 그 뜻을 왜곡하다니요. 그때부터 우리는, 우리의 조상들은 신에게 버림받고 있었던 겁니다. 신의 나라로 들어갈 수 있는 기회를 놓친 거예요."

그의 주장은 화제를 몰고 다녔다. 낡은 변종 학설을 도입해 신자몰이에 나선 것이었다. 미주 교회는 이민 사회에 적응하기 위해 거쳐가는 하나의 관문 역할을 하고 있었다. 그러다보니 어중이떠중이가 다 몰려들어 물을 흐렸고, 그중에는 개신교에 은근히 반감을 가지고 있는 신도들마저 있었다. 어처구니없는 일이지만 자기가 다니는 교회의 교리에 대해 의심을 갖는 이상한 인물들까지 나왔다. 그건 애초에 교회에 나가서는 안 될 반기독교적인 인사들이 몰려들며 생긴 불협화음이었다. 그 끓는 기름솥에 성냥을 확 그은 것이 바로 김바벨 목사였다.

하지만 그는 이단의 경계선을 넘지는 않았다. 그 와중에도 예수의 실체는 부정할 수 없다고 마지노선을 그었다. 단지 후대의 기록들이 잘못되었다는 것이 그의 아슬아슬한 주장이었다. 또 그는 종교 기업가들이 세상의 벤처 기업가들과 하등 다를 것이 없다고 거품을 물었다. 그들이 이천 년간 예수에게 누더기옷을 입혔다고 역설해 논란과 함께 이목을 집중시켰다. 설교 도중에 종교와 정치의 결합이 순결한 보혈을 더럽혔다고 흥분해 발을 굴렀다. 교회를 사고파는 작금의 사태에 대해 입에 거품을 물고 맹비난을 했다.

그의 등장에 대해 기성 교단은 냉담했다. 또하나의 종교 장사꾼이 신제품을 들고 나타난 것으로 애써 치부했다. 그의 이런 주장들은 정통 교리로서는 억설에 불과한 것이었지만 웬일인지 김목사의 교회에는 신도가 넘쳐나기 시작했다.

신도는 어느 날 하늘에서 뚝 떨어지는 것이 아니었다. 한 명 두 명 불러모아 겨우 세를 키웠는데 자신의 교회에서 신도들이 빠져나가자 목사들이 분개했다. 종교 시장의 판도 변화에 모든 교회가 촉각을 곤두세우며 대책 마련에 들어갔다. 알게 모르게 의견이 수렴된 각 교파들은 칼을 갈며 벼르고 있었다.

김바벨 목사는 이런 상황임에도 대범했다. 그는 이 사태를 기성 교단에 의한 약간의 박해 정도로 치부했다. 다른 사람의 상권에 진출한 탓에 동업자들이 좀 삐친 것이 아니냐며 방심했다. 너무 솔직했던 그는 어느 날 신도들 앞에서 방언을 한 뒤 신의 계시에 따른다면서 자신의 죄를 고백했다.

"나는 간음했습니다."

그의 고백에 관한 제보가 신문사에 넘쳐났다. 그걸 기사화해야 한다며 자신들이 취재한 내용을 넘겨주었다. 앙심을 품은 기존 교단들의 소행이었지만 확인 결과 김목사의 언행은 모두 사실이었다. 종교 기사는 웬만하면 사건화해서 다루지 않는 것이 원칙이다. 얽혀서 좋을 것이 별로 없는 일이라고 간주하고 그동안 피해왔던 것도 사실이었다. 하지만 이 사건은 신문을 빛낼 수 있는 절묘한 기회였다.

나는 기민하게 판단했다. 얼마 전 강도를 사살한 비어델리 주인 기사를 낙종한 처지였다. 그 사건은 강도가 들고 온 총을 빼앗아 처단한 것이었기 때문에 외신을 타고 서울에서도 보도됐다. 이것은 그 불운을 만회하고도 남을 만한 기삿거리였다. 종교라는 금단의 구역에 들어가는 것은 자칫 역공을 당할 수 있는 위험천만한 행위다. 하지만 내 자리 보존이 무엇보다 중요했고, 그것을 위해 모험을 감행할 시점이었다. 엄청난 폭풍을 몰고 올 일대 사건이었지만 승산이 백 퍼센트라는 확신이 들었다.

더군다나 기성 교단의 열화 같은 지지마저 예감되는 기사였다. 그의 몰락은 온 뉴욕 교계가 손꼽아 기다려온 일대 사건이었다. 다음날 신문에는 "나는 여신도와 간음했다"가 1면 톱기사로 장식됐다. 후속 기사까지 게재되자 신문은 연일 날개 돋친 듯 팔리며 매진 행진을 이어갔다.

"이국장, 대단해요. 모처럼 신문이 제 역할을 했어."

"할렐루야. 마침내 정의의 깃발이 섰도다. 할렐루야."

만나는 교회 목사마다 찬사를 늘어놓았다. 한동안 내 자리는 더욱 탄탄하게 유지될 것이었다. 후속 기사가 꼬리에 꼬리를 물고 이어졌다.

김목사가 고백을 하게 된 계기가 흥미로웠다. 김목사의 본처는 후덕한 사람이어서 모르는 척 조용히 있었는데 두 내연녀가 서로 싸움을 벌였던 것이다. 그가 한 내연녀와 호텔에 함께 있는 것을 눈치챈 다른 내연녀가 호텔에 쳐들어가는 바람에 일이 확대됐다. 또 이를 무마한다고 설교 시간에 신앙 간증을 한 것이 화근이 되어 일파만파로 번졌다.

패트리어트 CIA 국장 간통 사건과 흡사한 일이 벌어진 셈이었다.

그 일로 김목사의 교회가 둘로 쪼개지며 잠깐 사이에 몰락의 길로 접어들었다. 분노한 일반 신도들에게 내쫓기다시피 했지만 그래도 극렬하게 추종하는 신도들이 그를 옹립했다. 그를 거의 교주로 추앙하는 일부 강경파 신도들과 함께 새로 세운 교회가 바로 고난교회였다.

다른 개신교회의 목사들과 보수적인 신도들은 환호했다. 이와 반대로 김목사의 추종자들은 신문의 보도에 분노하고 앙심을 품었다. 거대한 해일처럼 덮치는 여론에 맞대응을 할 수 없었던 그들은 침묵하며 안으로 모든 것을 삭여야 했다.

잊지 않고 언젠가 손보리라. 신흥종교에 대해 비판적 견해를 가졌던 종교 비평가 탁명환씨가 떠올랐다. 한 교회의 맹렬 신도가 테러를 가해 숨졌던 그의 사례를 생각하면 뒤끝이 영 개운치 않았다. 김목사의 지시가 아니라도 극렬 추종 신도들이 무슨 일을 벌일지 알 수 없었다. 그것이 이 세력을 내 테러의 용의자로 지목할 수밖에 없는 이유였다.

"그래 무슨 일로 오셨다고?"

한참을 기다린 후 김목사를 만날 수 있었다. 몇 년 사이에 노숙자 생활을 한 것처럼 모습이 초췌해져 있었다. 눈동자에서 반짝이던 기운과 함께 얼굴의 총기가 어디론가 사라졌다. 축 처진 볼살에는 검버섯이 퍼져 있었다.

"어떻게 지내셨는지 궁금해서요. 일전의 일이 죄송스러워서 늘 마음에 걸렸는데 겸사겸사 용서를 받을 겸해서요."

내 얼굴이 두껍기는 하지만 마음에 걸렸다는 것은 사실이었다. 남을 밟아서 미안했다기보다는 신도들이 열광하는 신흥종교를 잘못 건드렸다는 생각 때문이었다. 처음에는 쉽게 생각했지만 두고두고 가슴이 무겁고 꿈자리가 뒤숭숭했다. 사실 김목사보다는 김목사를 교주로 옹립하며 에워싸고 있는 인물들이 더 신경에 거슬렸다.

"그런가. 죄송하긴 뭐. 그땐 신문 장사 잘했지요? 이 김바벨을 파니까 신문이 제법 팔리지요? 이국장이 회사에 큰 기여를 한 것 아닙니까? 어쨌거나 내 덕에 잘됐다니까 나도 좋네."

그는 예상한 대로 호탕하게 대해주었다. 복수심으로 똘똘 뭉친 필립 윤 변호사와는 그릇이 달랐다.

"예. 그렇게 신문이 많이 팔리긴 처음이었습니다. 목사님께 감사는 드리지만 영 죄송해서."

"뭐, 괜찮아요. 덕분에 고생을 했지만 다시 일어섰잖아. 그땐 고집 센 장로나 권사 덕에 그렇게 된 거고. 이제는 순수 신도들 덕에 오히려 편해. 목사를 하늘처럼 생각하는 착한 교인들만 남았으니 내 할말 하면서 살아."

"아, 그러시군요. 괜찮다니 다행입니다."

나는 다시 고개를 숙였다. 연배를 따져도 그는 나보다 거의 이십 년 가까이 위였다.

"그래, 괜찮다는데 그러네. 근데 정말 왜 온 거요?"

"아까 드린 말씀 그대롭니다."

"또 취재해서 엿 먹이는 것 아니고?"

김목사가 웃으며 말한다. 그의 농 속에는 사람을 편안하게 해주는 것이 있었다.

"아이고, 그럴 일이 있겠습니까? 만약에 취재한다면 좋은 점, 긍정적인 면에서 다뤄야지요. 목사님하고 저하고 원수진 일도 없는데 안 좋은 일을 또 벌이겠습니까?"

"믿어도 될까? 신문쟁이 거짓말이 목사들보다는 덜하지만 그래도 만만찮은 것 같은데. 다들 철가면이고. 그런데 정말 믿어도 될까?"

그가 믿어도 되냐는 질문을 두 번이나 반복했다. 그건 약해진 처지에 도와줄 누군가와 역전할 어떤 계기를 받아들이고 싶다는 반증이다. 다시 한번 일어서서 종교계를 호령하고 싶은 열망이 담긴 눈빛이었다.

"믿으세요. 제가 뭐 남는 게 있다고 그러겠어요? 저도 양심이 있는데."

내 말에 그가 반색을 했다. 최면이고 자존심이고 모두 다 사라져버린 듯 지친 모습이었다.

"그래야지. 양심이 있다면 그래야지. 그렇다면 잘 오셨소. 기회가 되면 한번 크게 다뤄주소. 우리 교회의 활동상을 말이오. 요즘엔 해외 선교를 많이 나가요. 아주 다들 열심이야."

예전 일은 다 잊은 것 같은 태도였다. 그가 테이블 밑에 있는 앨범을 주섬주섬 꺼낸다. 이젠 과거의 영화는 간 곳이 없고 영락없이 기력이 다한 노인의 몸짓이다. 테이블 위에 쌓아올린 것은 교인들의 활동이 담긴 사진첩이었다. 해외 선교 활동을 비롯해 운동회, 모금 활동, 야외 기도회 등 온갖 내용들이 들어 있었다.

"나이가 드니 눈이 안 보이고 침침해서 말이야. 내가 그전에 너무 교만하고 방탕했던 게 화를 불러왔어. 그 벌로 눈까지 안 보인다니까. 하나님이 이렇게 직접 교훈을 주실지 몰랐어. 늘 곁에 계신다니까."

돋보기를 쓴 김목사가 사진첩을 넘겼다. 한 장 한 장 넘어갈 때마다 설명을 곁들였다. 그동안의 활동이 부실했는지 몇 권 안 되는 사진첩의 두께마저 실하지 못하다. 그전에 신자들이 몰릴 때만 해도 그는 이런 사진첩 따위는 신경을 쓰지 않았다.

"그새 활동을 많이 하셨네요. 딴 교회들이 모두 본받아야겠어요."

"그렇지? 우리 교회는 신도들이 열성이라서 말이야. 난 구경만 하고 있으면 돼."

그에게 붙잡힌 것도 업이구나, 생각했다. 두번째 사진첩이 올라올 때에 난 하품을 참고 있었다. 그냥 일어서고 싶었지만 조금 더 참으며 억지로 버텼다. 하지만 그 사진첩에는 색다른 것이 있었다. 난 한순간 못 볼 것을 본 사람처럼 갑자기 심신이 긴장되는 것을 느꼈다. 앨범이 쭉 넘어가는데 문득 한 사내의 얼굴에 내 시선이 꽂혔다. 바로 내 집에서 세를 살고 있는 네일 살롱 주인이었다. 정면을 향하고 있는 그의 모습은 하도 단정해서 마치 닮은꼴의 다른 사람 같아 보였다.

설마…… 그러나 사실이었다. 다른 사진들에는 간혹 그의 젊은 아내의 얼굴이 보였다. 그가 이 교회의 교인이었다니, 내 눈이 의심될 정도였다. 더군다나 그는 매주 일요일 아침에 네일 살롱에서 일할 기술자들을 태우고 달려나가곤 했다. 시간을 쪼개 살던 그가 교회를 다니고 있었다는 사실이 충격이었다. 그것도 하필 고난교회라니. 부부 사진까지 확인함으로써 이 교회 신도라는 사실에 더이상 의심할 여지가 없었다.

그가 나를 감시해온 것은 아닐까. 가사 돕는 여성을 그가 주선해 내 곁에 두었던 사실이 새삼 떠올랐다. 하지만 어딘가에 있을 것 같은 그 도우미 여성의 얼굴은 쉽게 나타나지 않았다. 내 눈동자가 잔뜩 긴장하며 넘어가는 사진 속 인물들에 집중하고 있었다. 나는 끓어오르는 의심의 거품을 겨우 가라앉힌 채 아무것도 내색하지 않았다. 혹시 김 목사가 눈치채면 어쩌나 하는 조바심 때문이었다. 계속 넘어가는 사진첩에서 또하나의 장면에 눈길이 갔다. 필립 윤 변호사를 위한 기도회라는 사진이었다. 사람들이 단체로 모여 있었고, 벽에 커다란 플래카드가 걸려 있었다.

"윤변호사가 이 교회 신도였습니까?"

"윤변호사를 아시는 모양이네. 이곳 신도는 아니지만 출옥하면 교회에 나온다고 해서. 다들 힘을 합쳐서 기도하고, 또 당국에 탄원서도 냈고."

"탄원서라고요?"

"그 있잖아, 좀 잘 봐달라는. 교회에서 그런 것 내면 참작된다고 해서…… 가석방에 도움이 된다나. 우리 교회 신도들 중에서 윤변호사에게 신세 진 사람들이 있어서. 뭐 어쩌겠어. 그렇게 하라고 했지."

김목사가 대수롭지 않게 말했다. 그의 단순한 태도와는 달리 내 머릿속은 한없는 미궁으로 빨려드는 기분이었다. 필립 윤 변호사와는 이래저래 인연이 엮이는 꼴이었다. 필립 윤은 자신의 구명을 위해 이 교회뿐 아니라 한인 단체 이곳저곳을 이용했다. 그들에게 탄원서를 제출하게 하면서 정부와는 물론 정치권과의 거래를 시도하고 있었다. 그런 분위기를 알고 있었지만 계속해서 그가 내 앞에 나타나는 것은 별로 기분좋은 일이 아니었다. 김목사 앞에서 언짢은 기색은 금물이었다. 어떤 연결 고리가 만들어져 있을지 알 수 없는 노릇이었다.

"아, 그래요? 좋은 일 하셨네요."

"그렇죠? 같은 한인들끼리 돕고 살아야지. 어쨌거나 윤변호사가 나오면 내 야물게 인도할 거야. 마약을 해서 붙들려 들어갔는데, 새 부인하고 잘살도록 내가 힘써야지."

"새 부인도 아세요?"

"그럼 알지. 함께 교도소 면회를 갔는데."

"아, 그래요. 펜실베이니아 연방 교도소에 있다면서요."

"그래, 맞아. 어찌 그리 잘 아누. 신문기자라서 모르는 것이 없구면."

김목사는 거침없었지만 정상이 아닌 것 같았다. 벌써 치매가 온 것이 아닌가 하는 의심이 들 정도였다. 만약 필립 윤과의 커넥션이 있었다 하더라도 그와는 무관해 보였다. 그의 천진난만한 모습이 통째로 허위가 아니라면 말이다. 그가 관련되었다면 나에게 모든 것을 열어 보일 수는 없다. 더군다나 그의 몰락에 단초가 된 것은 내가 아닌가. 복잡한 생각이 계속 구름밭을 헤매고 있었다.

"하여간에 목사님이 영험하시니까 윤변호사 빨리 나오겠네요."

"아, 물론이지. 내가 영험한 것 이국장이 아시는구먼. 우리 교회 나오시면 되겠네."

"고맙긴 하지만 전 다른 곳에 다니고 있어서요."

"그 엉터리 같은 놈들 말 듣고 다녀봐야 소용없어. 괜히 김바벨이겠어. 제대로 알고 믿어야 천국에 가든지 말든지 할 거 아냐. 성경은 이 사람 저 사람 쓴 것이라 오류가 꽤 있어. 이국장은 신문사에 있으니까 잘 아시겠지만 말이야."

"그래도 다들 계시를 받아 쓴 것 아닙니까?"

"그 말을 부정하진 않지만 계시를 받고도 제대로 기록을 못하면 아무 소용 없는 거잖아. 신이 계시를 했다 하더라도 기록하는 것이 인간이라 오류가 생기는 거요. 무조건 맹신하면 안 돼. 나 역시 지난번에 깜빡 실수했잖아. 방언이 들어와서 하나님인 줄 알았는데 마귀였어. 그때 간음했다고 말하면 안 되는 거였는데 신의 뜻을 잘못 읽은 거야. 이렇게 인간은 다 실수를 해. 성경도 그런 실수들로 연결되어 있고. 그 사이에서 하나님의 뜻을 읽어야 해."

"그때 그랬었나요? 뭐 하여간에 목사님 신앙관이 워낙 특이해서요."

김목사는 너무 솔직한 것이 탈이었다. 그는 그때 간음했다고 고백한 것을 후회하고 있었다. 손바닥 뒤집듯이 뒤집고 싶었는데 이미 엎지른 물처럼 방법이 없었던 것이다. 나는 슬슬 빠져나가고 싶은데 그가 설교를 늘어놓는다. 마지막으로 그의 독특한 교리를 잠깐 들어줄 차례였다. 그의 몰락은 자신의 교리 속에 그 해답이 있을 것 같았다.

"사람들이 몰라서 그러는데 내 주장은 특별한 것이 아냐. 요즘은 미국 신학교에서도 배우는데 한국 교계가 워낙 완강해서 억지를 쓰고 있는 거야. 이를테면 크리스마스가 예수님 탄신일이 아니라는 것 정도는 상식이야. 미국 신학교 1학년생이면 다 알아. 그렇게 된 것은 시류에 편승하기 위해 후대 사람이 만든 거라는 걸. 예수님이 1월에 태어나면 어떻고 3월에 태어나면 어때. 그럼 예수님 아닌가. 조작한 놈들이야말로 예수님을 의심한 거지. 보잘것없는 인간의 몸을 빌려 태어난 것을 믿지 못했고 믿을 수 없었던 거야. 잘 생각해봐. 12월 25일은 동지를 지나서 태양이 막 커지기 시작할 때라서 원시시대부터 신성한 날이었거든. 아마 당시 신생 종교 창시자들 수십 명의 탄생일이 모두 12월 25일일 거야. 아버지 없이 동정녀에게 태어난 것도 그렇고. 무슨 말인지 아시겠지? 후대 인간들이 그런 유행에 편승해 조작했다는 방증이지. 예수님에 대해 조작된 것이 한두 가지가 아냐. 자연인 그대로 보아야 하는데 그럴 용기가 없는 거지. 그러다가 손님 떨어뜨리면 어쩌나 하는 탐욕이 화를 부르는 거야. 그런 조작들이 신의 나라와 더 멀어지게 된 계기라는 것을 알아야 해. 그런 걸 알고 제대로 믿어야 복을 받고 하늘나라에 제대로 가지."

사이코패스 혹은 소시오패스

"어떠세요?"

이 의사는 매 주말 같은 시간대에 같은 말로 시작했다. 아마 굿 모닝이나 헬로 같은 일상의 가벼운 인사말인지도 모른다. 또는 환자로 하여금 쉽게 입을 열게 하려는 하나의 장치일 수 있다. 뭐, 어떠랴. 그가 습관적으로 뭐라고 지껄이든 말든. 왜 사람들은 이런 형태의 진료에 돈을 쓰는 것일까. 알 수 없는 응어리가 속에서 뭉치며 부글거린다. 하지만 퉁명스러운 마음과 달리 입속에서 제 마음대로 노는 혀가 늘 그렇듯 성실한 답변을 내놓고 있다.

"예민해진 것 같아요. 열이 올랐다 내렸다 하고. 감정이 수시로 바뀌고 말이죠."

어떻게 보면 반만 맞는 말이다. 사건 이전에도 예민하게 남의 허점을 보고 있었고, 필요하면 언제든 감정을 더 증폭시킬 수 있었다. 사건 이후 달라진 점이 있다면 인간을 바라보는 시야가 보다 넓어졌다는 것이었다. 범인 색출을 위해 다른 사람의 행위뿐 아니라 범행을 야기할 수 있는 나 자신의 행동까지 예민하게 생각하기 시작했다.

"밤에는 잠을 잘 주무세요?"

닥터 고가 들고 있던 내 차트를 내려놓으며 말한다. 오늘은 왠지 얼굴에 윤기가 흐르는 것처럼 보인다.

"잠은 그럭저럭 잘 자요."

"뒤척이지도 않고요?"

"별로요."

"굿."

굿이라는 말이 커다란 현악기의 낮은음처럼 저력 있게 나온다. 자신감이 몸에 배어 있는 당당한 인간의 모습이다.

"열이 오르락내리락하는 현상은 정신적인 문제인가요? 분노라든가, 억울함이라든가, 이런 정서적인 것들과 연관이 있습니까?"

"직접적인 연관성은 알 수 없지만 정신이나 육체나 모든 것이 서로 이어져 있지 않을까요. 사실 제가 의사이긴 하지만 다 알 수 있는 것은 아니거든요. 다른 사람의 정신세계에 관해서 글쎄, 내가 뭘 알고 있을까, 하는 의심이 늘 들어요."

환자에게 신뢰감을 주려는 것일까. 자신감과 진솔함이 어울리지 않았지만 큰 거부감으로 다가오진 않는다.

"오늘, 최면요법을 해본다고요? 지난번에 그렇게 말씀하신 것으로 기억하는데."

"네, 준비되셨으면요."

"정말 기대돼요."

"기대되신다고요?"

나의 말에 그의 표정이 약간 뜨악하게 굳어진다.

"네, 곧 알게 되겠지만 영화에 보면 숫자를 몇 번 세면 사람이 무의식의 세계에 빠져들잖아요. 그리고 잠재의식들이 술술 풀려나오고. 그걸 볼 때마다 정말 가능한지 늘 궁금했거든요."

"저게 사기가 아닐까, 하는 그런 생각이 드셨군요."

"뭐, 그런 것까지는 아니지만⋯⋯"

"아니, 괜찮아요. 최면요법이 쉽지 않고, 그런 의심은 당연하죠. 모든 분들이 최면요법의 최종 목적지에 도달하는 건 아니죠. 무의식이나 꿈의 세계로 빠져드는 사람이 겨우 절반 정도나 될까요. 계산해보지는 않았지만요."

"절반이라고요? 그럼 나머지는 어떤 상태인가요?"

"무의식의 문턱 정도에 도달하는 최면 상태에 머물거나⋯⋯ 가끔씩 실패하기도 해요."

"어떤 경우에 실패하나요?"

"글쎄요. 환자의 상태에 따라 다르겠죠. 그즈음 좋지 않은 환경에 노출되었다든가. 좀 추상적이죠? 뭐, 좀더 설명하자면, 뭐랄까, 의심이 많은 사람이 최면에 잘 걸리지 않아요. 이선생님처럼 질문 많은 사람 역시요."

그가 웃으며 말한다. 내가 최면에 안 걸릴 것에 대비해 면피성 발언을 하고 있을지 모른다는 생각이 스친다. 그의 지금 표현대로라면 나는 당연히 의심 많은 환자임이 분명하다. 최면요법 따위에는 신뢰감이 전혀 없지만 그렇다고 환자 입장에서 무시할 이유가 없다.

"최면 걸 때 약물은 안 쓰나요?"

내 관심이 그에 대한 불신을 드러내고 있다. 대화가 엉기고 있지만 눈앞에 앉아 있는 콧대 높은 의사는 별 반응이 없다. 나와 같은 환자를 많이 본 탓일까.

"네, 약물은 안 써요."

담담하게 말하며 뒤쪽의 커다란 소파로 안내한다. 마치 어린아이가 된 듯 그의 지시에 따라 적당하게 폭신한 의자에 눕는다. 그가 베개 비슷한 것으로 머리를 받쳐주는데 의외로 편안하다.

닥터 고는 창문 쪽으로 잠시 물러났다. 이어 가깝지도 멀지도 않은 지점으로 의자를 옮겨와 자리를 잡는다. 실내조명 탓인지 갑자기 그의 표정이 보이지 않는다.

"부담 갖지 마세요. 내가 숫자를 세면 무의식의 세계로 빠져들 겁니다. 자, 시작합니다. 하나, 숫자를 세기 시작했습니다. 둘, 두번째 숫자입니다. 셋, 온몸의 긴장이 풀립니다. 넷, 눈이 무거워지기 시작합니다…… 다섯…… 여섯……"

묘한 나른함이 다가왔다. 아니, 최면요법이라는 것이 정말 있는 거야, 하는 의문이 슬쩍 꼬리를 내밀었다.

"여덟…… 아홉…… 열……"

잠시 내 상태가 어떤 것인지 나도 몰랐다. 이거 최면에 걸린 건가, 하는 생각이 다시 몰려왔다.

"자, 다시 한번요. 괜찮아요. 다시 한번 시도해볼 테니까, 그냥 숫자에 집중하세요."

첫 시도가 실패한 것 같지만 오히려 마음은 편안해졌다. 그냥 될 대로 되라는 마음에 잠시 몸과 마음을 방기해버렸다.

"내가 숫자를 세면 다시 무의식의 세계로 들어갑니다. 하나……
둘…… 셋…… 여섯, 눈꺼풀이 점점 내려옵니다. 일곱, 눈꺼풀이 무
거워지며 깊은 잠에 빠져듭니다. 여덟, 온몸이 나른해집니다. 더 깊이
들어갑니다. 아홉, 이제 완전히 다른 세계에 왔습니다. 더 깊이, 더 멀
리. 열, 이제 깊은 최면에 빠집니다."

그가 숫자를 세는 동안 의식이 급속도로 불투명해졌다. 그러다가
훅 하고 의식이 꺼지며 이 모든 상황이 내가 아닌 남의 일처럼 묘하게
거리를 두고 느껴졌다.

잠시 어둠이 닥쳐왔다. 정신을 차리기 위해 눈을 억지로 뜨자 흐릿
한 가운데서 뭔가 보인다. 하지만 그 알 수 없는 뭔가가 곧 누군가로
바뀐다. 누굴까. 나를 보면서 미소를 짓는다. 노년에 가까운 자그마한
동양계 여성이다. 오랜만에 보지만 굉장히 낯이 익은 그녀는 슈퍼마
켓 계산대에 앉아 있다.

문득 중남미계 흑인 여자 하나가 가게로 들어선다. 계산대에 앉아
있던 그녀가 물건을 뒤지고 있는 흑인 여자를 유심히 살핀다. 이어 가
게를 나서는 흑인 여성에게 소리치며 다가가는 그녀의 손에는 총이
들려 있다. 계산대 아래 어디에선가 빼낸 총은 사냥용처럼 긴 장총이
다. 흑인 여성이 물건을 집어서 그냥 나가는 것 때문이었다. 흑인 여
성이 같이 소리치며 총대를 잡았고 곧이어 옥신각신 몸싸움이 벌어진
다. 작은 한인 여성이 당하지 못하고 계산대 쪽으로 나가떨어진다. 총
이 흑인 여성의 손으로 넘어가 있다. 계산대를 잡고 일어서는 한인 여
성을 향해 총이 발사된다. 한 발 또 한 발. 흑인 여성이 방아쇠를 계속

당겨보지만 더이상 나가지는 않는다. 쓰러진 한인 여성의 참담한 얼굴이 다가온다.

이어 신문의 한 장면이 떠오른다. 동네 지역 신문의 머리기사로 피살된 여성의 얼굴과 가게의 정경이 담겨 있다. 동네 사람들이 갖다놓은 꽃들과 촛불이 셔터 내려진 슈퍼마켓 앞에 놓여 있다. 뭐라고 형언할 수 없는 감정이 온몸을 휘감아올라온다.

"자, 눈을 뜨세요. 이번엔 숫자를 거꾸로 셉니다. 내가 숫자를 세면 깨어나기 시작합니다. 마지막에 손가락을 튕기겠습니다. 그러면 당신은 깨어납니다. 다섯, 당신은 최면에서 깨어나기 시작합니다. 넷, 서서히 의식이 돌아옵니다. 셋, 조금 더 확실해집니다. 둘, 깨기 시작합니다. 하나, 이제 눈을 뜹니다."

손가락을 튕기는 소리가 들렸다. 아, 내가 최면에 걸렸었나. 약간 어지러운 가운데 사물이 점차 명확해졌다. 눈앞에는 닥터 고가 앉아 부드러운 미소를 짓고 있다.

"무엇이 보였나요?"

"한 여성이 보였어요."

"누구였나요?"

피살자는 바로 이모였다. 돌아가신 어머니의 여동생이자 유일한 혈육이었다. 이모는 내가 미국에 처음 왔을 때 기댈 수 있는 유일한 피붙이이기도 했다. 그녀는, 명문대를 졸업했지만 인생의 고비마다 꼬이는 불운한 남편을 따라 이 낯선 곳으로 건너왔다. 이모와 이모부는 모국이 가난했던 시절에 단돈 몇백 불을 겨우 손에 쥐고 미국 땅을 밟았다. 그들은 이십 년 가까운 세월 동안 가발 장사, 노점상 등을 하며 온갖 어려움을 겪은 끝에 슈퍼마켓을 열었다.

내가 도착했던 십칠 년 전에 이모네는 비교적 사정이 좋아져 있었다. 그즈음 신경쇠약을 앓고 있던 이모부를 대신해서 이모가 그럭저럭 슈퍼마켓을 운영하고 있었다. 밥 먹는 데는 지장이 없었지만 그녀 역시 쇠약해질 대로 쇠약해진 몸이었다.

이모의 사망으로 나는 낯선 곳에서 새 생활을 해야 했다. 나는 뉴욕시 외곽에 있는 그 허름한 슈퍼마켓의 일을 도우며 조금씩 미국 생활에 적응해나가고 있었다. 내 유일한 후견인이었던 이모의 죽음은 슬픔과 함께 살아남아야 한다는 인생의 숙제까지 한꺼번에 던져주었다.

"오래전에 작고하신 이모였어요. 벌써 십오륙 년은 된 것 같은데."

"무슨 일이 있었죠?"

"슈퍼마켓을 운영하다 총에 맞았어요."

"강도를 당하신 건가요?"

"아뇨, 아뇨, 그런 게 아니고 물건을 들고 나가는 흑인 여성과 다툼이 생겨 그렇게 되었어요. 왜 가게에 총이 있었는지는 알 수 없지만 이모가 총으로 제지하려다가 오히려 총을 빼앗겨 변을 당했어요."

이야기를 듣는 닥터 고의 얼굴이 빛났다. 최면에 성공했다는 자신감인지도 몰랐다. 그가 다시 질문했다.

"그 여성이 훔친 것이 아니고요?"

"가해자는 가끔씩 가게에 오는 여성이었죠. 마약을 하는지 약간 정신이 이상했고…… 또 뭐랄까, 아시안 노인을 우습게 본 거죠. 어떻게 보면 그것 역시 일종의 인종차별 행위와 다름없어요. 물건을 들고 주인 얼굴을 빤히 보면서 그냥 나가버리는 행위가 계속된 거죠. 옷 속에 숨겨 나가는 것도 아니고. 강도나 다름없는 그 행위에 맘 약한 이모는 일종의 자괴감에 빠져 있었어요. 이모가 계속 참다가 한번 혼내주자고 한 행위였는데 오히려 당했죠. 그럴 바엔 차라리 쏘아버렸어야 했는데."

가급적 생각을 안 하는 편이지만 어쩌다가 떠오를 때면 화가 난다. 그러나 그 분노의 끝은 덩치 큰 가해자 여성이 아니라 왜소한데다 마음까지 약한 이모에게 머문다. 바보같이…… 무력하게 당한 이모에 대한 짜증이 하마터면 입술 사이로 새어나갈 뻔했다.

"그래서 그 가해 여성은 어떻게 됐어요?"

"재판을 받다가 정신 치료 좀 받고 흐지부지 끝났어요."

"그런 일을 겪고 견디기가 힘들었겠어요."

"어이가 없는 일이죠. 어설프게 정면 대결 했다가 화를 자초하신 거죠."

"그게 인생에 큰 영향을 미쳤겠군요."

그런가? 그 사건에 내 인생이 흔들리다니. 혹시 그렇다 하더라도 인정하고 싶지는 않다. 닥터 고가 내 주치의라고 해도 내 의식 속으로 성큼 다가오는 것은 달갑지 않다. 블라인드 사이로 언뜻 눈부시게 흩날렸던 햇빛이 처음보다 순하게 느껴졌다.

"아뇨, 그 이후에 고통스럽긴 했지만 저도 낯선 곳에서 살아남아야 했기 때문에 기억에서 지워버리려고 했죠. 과거에 매어 살다보면 우울해지잖아요. 거의 잊어버리고 살았는데 왜 떠오른 건지 모르겠어요."

"현실에선 잊어버리고 싶었지만 잠재의식에 강하게 각인되어 있었겠죠."

"근데 그 현장에 내가 없었는데 왜 그게 떠오르지요? 난 그때 물건 배달을 가서 사건이 난 이후에 돌아왔는데. 왜 그 사건이 직접 본 것처럼 떠오르나요?"

"잠재의식이 계속 살아 움직이며 재구성을 해온 모양이죠. 깊은 내면세계에 묻혀 있다가 지금 떠오른 것 아닐까요."

"또하나, 사건 이후 실린 동네 신문 기사가 떠올랐어요. 이건 좀 이상한 것 같아요. 그건 도저히 기억할 수 없는 사소한 것인데 말이죠."

정말 그랬다. 일부러 기억하고 싶지 않은 것이라기보다는 기억하고 말고 할 성질의 것이 아니었다. 최면 상태에서 본 내용들을 도저히 믿을 수 없다. 왜 하필 이 순간에 엉뚱하게 그게 떠오른 것일까. 뭔가 미심쩍은 기분이 내 속에서 밀려올라왔다.

"사진사가 자신이 찍은 사진을 전부 기억하지 못하는 것과 같은 이치 아닐까요. 찍은 기억은 사라져버렸지만 필름 속에 담겨 있는 경우라고 생각하면 되지요."

"어쨌거나 놀라운 경험이군요. 근데 닥터 고 만나기 전에 궁금했던 게 두 가지 있었어요. 하나는 내가 과연 최면에 걸릴 것인가 하는 것이었는데 그건 지금 경험했으니까 됐고, 다른 하나는 닥터 고가 왜 나에게 최면요법을 시도하려는 건가 하는 거였어요. 그 의도가 무엇일까 하는."

"사실, 최면에 제대로 걸린 것은 아니죠. 한 번은 실패했고, 그다음은 아주 약한, 잠재의식의 경계선 주변을 맴도는 정도의 최면이었죠. 그래서 최면 상태에서 제가 질문을 던지지 않은 것이고요. 깨고 나서 최면 당시 본 것을 기억하는 현상 역시 그 때문인 거죠. 제가 보기엔 이선생님껜 최면을 받아들이기 쉽지 않은 요소, 반발하려는 요소가 많기 때문에 그 정도에 아주 만족해요. 최면요법을 왜 시도하는지 궁금하시다고요. 그 질문에 대답하기 전에 제가 거꾸로 질문을 드릴게요. 제가 최면요법을 시도하는 이유가 무엇일까요. 이선생님은 어떻게 생각하세요?"

내 질문에 대한 그의 반격이 날아왔다. 깊이 생각하게 만드는 그의 질문에 대답하기 위해 나는 누워 있던 몸을 일으켜 앉았다. 블라인드 사이로 보이던 아메리칸 홀리 나무의 모양이 약간 달라져 있었다. 잎사귀를 거룩하게 만들었던 뾰족한 침들이 어디론가 사라져버린 것 같은 착각이 들었다.

"제가 사건의 피해자라서인가요?"

"조금 연관은 있겠지만 그것이라면 일반적인 심리 치료가 필요하겠죠."

"혹, 제 잠재의식을 통해 범인의 윤곽을 잡으려는 것은 아니시겠죠?"

"아뇨, 그건 아니고요. 그런 능력까지 갖고 있진 않아요."

"그럼 뭐죠?"

"솔직히 말씀드릴게요. 이선생님과 대화하다가 특이한 것을 느꼈어요. 사실 피해자인데 마치 가해자처럼 느껴지는…… 뭐랄까, 아주 냉담한, 내면에 분노와 증오심이 가득차 있지만 겉으로 잘 드러나지 않는, 마치 두 개의 세계를 갖고 있는 것 같은 느낌이 들어서요. 겉으로 드러난 세계는 이성으로 잘 무장되어 있지만 그 속이 간단치 않은 것 같아서요."

허, 그런 이유였나. 피해자인 줄 알았더니 가해자의 심성이 보였다? 과연 정신과 의사답군. 그래서 어쩌라고. 뭔가 싸늘한 기분이 치밀어올랐지만 늘 그랬듯 편안한 얼굴을 겉으로 내보이기 위해 마음을 추스른다.

삼층 닥터 고 사무실의 블라인드 사이로 잎사귀들이 흔들린다. 아메리칸 홀리의 붉은 열매는 다른 나무들과는 달리 겨울철에 더욱 돋보인다. 지금 내다보이는 키 큰 나무엔 붉은 열매가 없어 일반 상록수와 흡사해 보인다. 이상하게도 붉은색이 빠진 성스러움은 왠지 맥이 빠지고 위선적으로 느껴진다. 마치 민간인 복장으로 보초를 서고 있는 군인처럼 허술해 보이기까지 한다. 홀리 슈나이 정신병원은 왜 저 나무들을 울타리처럼 사방에 촘촘히 심었을까.

"기분 나쁘긴 해도, 전혀 틀린 이야기는 아니네요. 요즘 그게 좀 느껴져요. 어떤 인간이 내게 칼질을 했을까, 하고 생각하다보니 적이 여기저기 보이더라고요. 사건 직후에 감을 잡았다면 경찰 수사에 도움을 주었을 텐데, 몇 달이 지난 후에 조금씩 감이 잡히니 말이죠. 그건 내가 남에게 냉혹하게 대했다는 것인데, 사실 방아쇠를 당길 기회가 있으면 당연히 방아쇠를 당겨야죠. 그리고 방아쇠를 당겼으면 당연히 그것에 대한 죄책감 따위는 잊어야 하고요. 다른 사람도 그렇지 않나요?"

"일반적인 사람은 그게 그렇게 쉽지가 않죠. 상대방에 대한 배려라는 것이 있잖아요. 방아쇠를 당기면 안 된다는 것을 자각하는 거죠. 만약에 실수로 당겼다 해도 두고두고 괴로운 것이고요. 이선생님은 그렇지 않나요?"

"왜 그래야 하지요? 방아쇠라는 것은 내가 괴롭기 위해 당기는 것이 아니고 상대방을 죽이거나 괴롭히기 위해 당기는 것 아닌가요? 물론 당긴 후에 상대방이 완전히 파멸하지 않았다면 다음 방아쇠를 당기기 위한 준비 과정이 또 필요하겠죠. 그 상태에서 상대방에게 혼란을 주기 위해 약간의 쇼를 할 수도 있지만 그건 나의 피해를 최소한으로 하겠다는 치밀함에 불과하죠. 어차피 생존 경쟁에서는 먹거나 먹히거나 하는 것 아닌가요?"

짜증이 더운 열기처럼 훅 밀려왔다. 자제력을 잃고 말을 직설적으로 쏟아냈다. 마음속 괴물이 튀어나와 주장하는 말처럼 내 마음이 정말 그러한가. 혹시 이건 최면이란 조작된 통제 상태를 벗어나며 만든 내 자의식의 후유증은 아닐까. 마치 함부로 나온 방언같이, 과격하고 후회스러운 문장들이 내 입을 이미 벗어나 있었다. 내 말을 경청하던 그가 안경을 벗어 알을 닦기 시작한다. 나와의 상담이 시간을 이미 초과한데다 야간 당직의 피곤함이 몰려드는 모양이었다. 그가 안정을 되찾으려는 듯이 일어서며 다시 질문했다.

"평소에도 그렇게 솔직하게 말씀하시나요?"

"아뇨. 이런 식으로 말하면 사람들이 방어책을 마련하겠죠. 이렇게 냉소적으로 표현할 만큼 어리석지는 않아요."

"지금은 왜 그렇게 말씀하시죠?"

"여긴 정신과고, 내가 사건의 피해자인데다가, 나 자신을 드러내놓고 분석하고 싶은 마음이 들어서요."

내가 분석당해야 하다니. 테러당한 것을 받아들이고 싶지 않은 것처럼 이것 역시 받아들이기 고약한 기분이다. 하지만 마치 나 스스로가 자신을 분석하려는 것처럼 말을 포장하며 위치 변경을 시도한다. 아메리칸 홀리 잎사귀처럼 침을 드러내며 반발하고 싶지만 지금은 마땅한 방법이 없다. 이런 마음을 차분하게, 아니 싸늘하게 밀어넣으며 또 한번 선량한 표정을 만들기 위해 애쓴다. 하지만 내 의지와는 달리 목소리 끝이 아주 미세하게 갈라지고 있었다. 그가 눈치챘을까. 이런 수습책은 정신적으로 곤경에 처했을 때 나오는 습성이었다.

"사실, 그렇죠. 이선생님 같은 분들은 정신과엔 잘 안 오시죠. 사실은 이번 사건하고 관계없이 꼭 오셔야 할 분인데 말이죠."

"내가 이 사건하고 관계없이 치료받아야 한다는 말인가요?"

"잘못하면 내부세계가 엉켜 좋지 않은 결과로 나타날 수 있다는 생각이 드는군요."

"얼마 전 후배 기자들이 저들끼리 그러더군요. 내가 사이코라고요. 사이코패스 말예요. 하지만 바깥에 드러난 그런 사나운 유형이라기보다는 내면에 숨겨진 준사이코패스 정도라는 거지요? 소시오패스일 가능성도 있고요. 그게 다 비슷한 것이겠지만요. 지금 그런 말씀 하시는 건가요?"

나의 분노를 읽은 탓일까. 눈앞에서 정신과 의사가 흔들리고 있었다. 자신의 실언 때문에 다시 자리에서 일어선 그가 급하게 손을 젓는 것이 보였다. 그러나 그는 그의 몸이 보여주는 육체 언어와는 달리 한 박자 느리게 변명을 이어갔다. 창밖에 바람이 좀 부는지 아메리칸 홀리 나무의 잎사귀가 계속 출렁이고 있었다.

"아뇨, 그렇게 말씀드리고 싶지는 않고요. 매우 불안정한 잠재의식이 내재되어 있다는 말씀 정도만 남기고 싶네요."

나는 누구인가

B라는 인간에 대해 다시금 생각했다. 그와 처음 만나 잠시 나누었던 이야기가 선명하게 떠오른다. 교회에 대한 것이었는데 한눈에 그를 꿰뚫어볼 수 있었다. 그는 외계나 다름없는 이곳에서 나름 일관성을 갖고 살고 싶어했다. 지식인의 덕목 중 하나로 간주되곤 하는, 종교나 이념을 향한 변치 않는 가치관에 집착하고 있었다. 자신이 낯선 섬에 상륙했고, 무슨 짓이라도 해야 생존할 수 있다는 사실을 등한시했다. 도와주는 사람들이 없으면 이곳이 『파리대왕』의 무대인 무인도나 다름없다는 것을 알지 못했다. 뉴욕이란 도시의 역사와 기능, 인류사적 의미 따위를 아는 것과 살기 위한 정착은 다르다. 금수저 물고 태어나지 않는 한 그런 지적 허영은 벗어던지고 알몸을 내던져야 한다. 도움을 줄 수 있는 사람들 속으로 텀벙 뛰어들어야 그나마 생존 확률이 높아지는 것이다.

"교회에 나가세요?"

"아뇨."

"왜 안 나가세요?"

"글쎄, 이야기하자면 길고요. 우선 한국에서 안 나갔던 교회를 여기 왔다고 해서 나가는 것이 이상하잖아요."

그의 얼굴이 너무 편안해서 바보스럽기까지 했다. 별생각 없이, 한국에서 안 믿던 것을 여기 왔다고 해서 믿을 수는 없다고 말했다.

"근데 사람들은 다 교회에 나가잖아요. 적응하려고요. 낯선 땅에서 사는 것이 무서워서요. 다들 왜 그러는지 이해가 안 되세요? 한국에서 기독교인이 십팔 퍼센트인가 뭐, 그 언저리인 것으로 기억하는데요. 대여섯 명 중 하나가 겨우 나가는 데 비해 여기서는 반대로 교회 안 나가는 사람이 그 정도 되겠죠. 팔십 퍼센트 이상, 아니 구십 퍼센트에 육박할 정도로 많은 사람들이 신앙생활을 하잖아요."

"일관성의 문제이겠지요. 여기서 교회 안 나가면 북한 사람처럼 보이지만, 여하튼 교리 문제를 떠나서 한국에서 안 믿던 것을 주변 환경에 적응하기 위해 믿겠다는 것이 이상해서요. 영적 요소인 믿음의 세계가 현실 적응의 문제로 바뀌는 것이 불편해요."

그는 자신의 일관성과 정당성을 주장하는 것이 얼마나 위험한 일인지 모르는 듯했다. 자칫 삶이 불안해 믿음과 관계없이 교회에 나가는 사람들의 얼굴에 침을 뱉는 모습으로 비칠 수 있었다. 열등감 가득한 사람들 앞에서 해대는 돈 자랑, 자식 자랑 못지않은 행위라는 것을 빨리 알아차려야 했다. 나는 B의 그 안일함에 심보가 뒤틀렸지만 좋게 표현하기 위해 한 걸음 뒤로 물러섰다.

"물론 지식인의 첫째 덕목이 일관성이란 건 압니다. 하지만 미국 땅에서 생존하기 위해 첫째로 해야 할 행동이 교회 출석이죠. 새 정착지에서 가장 쉽게 접근할 수 있는 사회 공동체라고나 할까요. 지식인으로서의 일관성과 인간 혹은 가장으로서의 생존 의무, 그 첫째 조항끼리 충돌한 셈이네요. 혼자서 독야청청하기엔 생활이 아주 불편하실 텐데. 그럼 주변에 도와줄 친인척이라도 있으세요?"

"아뇨. 아주 낯선 곳에 온 셈이죠. 솔직히 미지의 행성, 이름만 아는 별에 온 격이죠. 영어가 제대로 안 되는 바람에 정신없이 헤매고 있어요. 브로커 통해 스폰서 하나 소개받았고, 그 사람 보증으로 겨우 집을 얻었지요. 애들 학교 집어넣는 것 처리한 뒤 계속해서 열 길 물 속에서 허우적거리듯 그렇게 견디고 있어요. 힘들지만 자신이 불리한 처지에 처했다고 신념을 바꿀 순 없잖아요."

"교회 나가는 게 신념을 바꾸는 건가요?"

나는 입술을 지그시 깨물었다. 그가 옳은 말을 할 때마다 명치끝이 찔려오는 느낌이었다. 흡사 나를 포함해 주변 사람들을 신념이 없는 인간으로 몰고 있는 것 같은 착각마저 들었다.

"한국에서는 교회 안 나가는 것에 갈등이 없었죠. 또 나가든 안 나가든 별 상관이 없으니 신념이란 말 자체가 적당치 않았고요. 하지만 여기 오니까 정말 타협하고 싶어지더군요. 일상생활 하나하나에 도움이 절실한데 소통할 사람도 도와줄 사람도 전무하고요. 말 그대로 일관성을 유지하는 게 이렇게 어려운 일인지 몰랐어요. 교회 사람들에게 도움받고 싶은 생각이 굴뚝같죠. 삶이 알아서 목을 조르고, 또 생존이 종교를 강요하는 세상에 온 거죠. 거꾸로 교회 안 나가는 것이 점점 지켜야 할 신념이 되어가고 있어요. 특히 나처럼 적응 못하는 허접한 인간한테는 쉽지 않은 유혹이죠."

"누가 그랬다죠. 사람은 삶이 두려워서 사회를 만들고, 죽음이 두려워서 종교를 만들었다고요. 그건 자기가 태어난 땅에서 뿌리박고 살아가는 평온한 사람들 이야기이고요. 여긴 우선 삶이 두려워서 종교의 그늘 밑으로 많이 들어가죠. 목사들이 그러잖아요. 그 어설픈 자존심 따위는 버리고 그냥 교회에 들어오라고. 그건 나약한 인간이 가진 오만에 불과하다고 말하잖아요."

"뭐 이제 조금 나아진 셈이죠. 이렇게 직장을 다니게 돼서 사람들을 알게 됐고. 또 뭔가 지킬 게 있다는 것이 의미 있고요."

나는 수긍한다는 듯이 가만히 고개를 끄덕여주었다. 그는 교회를 신이나 신념, 혹은 양심의 문제로 귀결시키는 어리석음을 보이고 있었다. 사회성 떨어지는 그에게 교회에 나가라고 권하고 싶은 마음은 눈곱만큼도 없었다. 왜 머리 좋은 사람들이 삼삼오오 무리 지어 교회에 나가는지 모르는 것 같았다. 어쨌거나 그는 이 고립된 섬과 같은 비정한 세계에서 이미 낙오될 운명의 인간이었다.

그리고 무슨 일들이 이어졌나. 서울에서 기자 생활을 하다 온 그는 나름 자부심을 갖고 있었지만 보면 볼수록 속 빈 강정이나 다름없었다. 그가 해온 일이라는 게 미술, 연극 등 예술 관련 취재가 대부분이어서 권모술수가 난무하는 거친 세상을 헤쳐나가기엔 역부족이었다. 사실 이곳 뉴욕에서는 한국의 어느 촌구석에서 혼자 북 치고 장구 치다 온 전단지 기자만도 못한 존재였다.

하지만 그의 경력이 반듯했기 때문에 어떤 의미에서는 위협적이었다. 특히 그가 나 다음의 자리에 앉아 있다는 것은 그다지 유쾌한 일이 아니었다.

　B를 제거해야겠다는 계획을 구체적으로 세우지는 않았다. 하지만 곧 그가 눈엣가시가 될 것이라는 명확한 사실 앞에 그냥 손놓고 기다릴 수는 없었다. 그의 결점이 드러날 때마다 그 사실을 퍼뜨려줄 만한 인물들에게 가볍게 흘리기만 하면 되는 일이었다.

　앞으로 회사 내에서 B가 고립되리라는 것은 쉽게 예상할 수 있는 일이었다. 남을 찌르는 그의 반듯한 언행은, 아무런 힘도 동반하지 못한 채 이루어지고 있었다. 이력서에 붙은 경력과 불균형을 이루는 어설픈 실력은 조만간 이 조직 사람들의 거부감을 불러올 것이었다. 그가 입사하고 몇 달 후 내가 편집국장 자리에 앉았고, 공교롭게도 편집부장 자리가 공석이 되었다. 한국에서 온 편집 전문 데스크가 부당한 대우에 반발하며 자리를 박찼다.

　누구든 여긴 서울이 아니라는 사실부터 빨리 깨우쳐야 했다. 이곳에는 한국에서 온 사람들의 경력을 인정하지 않으려는 경향이 있다. 특히 본사에 끈이 없고 재빨리 적응하지 못하는 인사들을 향한 박한 대우는 회사 차원에서 먼저 이루어졌다. 이른바 임금 착취의 한 형태로, 네가 뉴욕을 잘 모르는데 무슨 제 역할을 할 것이냐, 라는 나름대로의 텃세가 한몫을 했다. 또 대부분 그렇듯 한 가지씩 전문 영역은 있으나 형편없는 영어 실력이 철 지난 이민자들의 공통분모였다. 이것저것 만물박사가 되어야 하는 이곳 실정과 맞지 않았고, 자리다툼에 뛰어들어 흙탕물을 일으키거나 엉뚱한 자존심 싸움을 벌이기 일쑤였다. B처럼 주제를 모르고 이것저것 올바른 소리랍시고 해대는 통에 처음에는 대부분 미운털이 박히기 마련이었다.

또한 일자리가 마땅치 않았다. 적재적소라는 것이 없기 때문에 대부분이 불리한 처우를 감수하는 것이 관례였다. 하지만 편집부 출신이자 메이저 언론사 경력을 갖고 있는 전임 편집 데스크의 의견은 달랐다. 사회적으로 반대급부를 기대하는 취재기자라면 그럴 수도 있지만 자신은 신문을 제작하는 간부이기 때문에 적절한 대우가 마땅하다는 논리를 폈다. 그러나 경영을 책임지고 있는 지사장은 임금에 관해서는 완고할 수밖에 없었고, 결국 아직 가족들을 불러들이지 않았던 편집부장이 자리를 박차고 서울로 되돌아가버린 것이었다.

지사장이 공석이었던 편집부장 자리에 B를 앉혔다. 부국장이란 타이틀이 함께했지만 사실 그가 잘할 수 있는 일은 아니었다. 초년 기자 시절 일 년간 편집부에서 유턴 근무한 게 전부였는데 사람이 없다는 핑계로 그를 자리에 앉힌 것이었다.

그가 나의 오른팔이 되다니. 새 출범 하는 편집국에 형편없는 편집부장이 직무를 수행한다는 사실 자체가 기가 막힐 노릇이었다. 이래저래 빛 좋은 개살구인 그를 받아들여야 하는 나도 부글거렸지만 나 못지않게 격분하는 인물이 있었다.

편집부 차장인 차순실이었다. 신문사가 활자를 사식으로 따서 붙이던 시절부터 근무했던 그녀는 이른바 터줏대감이었다. 여기서는 사진 식자공으로 신문 조판을 하며 출발했지만 그녀도 알고 보면 한국에서 대학을 졸업한 사람이었다. 그녀의 과거는 대학 졸업자마저 지하에서 재봉틀을 돌리며 생존했던, 먹고살기 어려웠던 이민 사회의 지나간 풍경 중 하나였다. 차순실은 모국이 좀 살게 됐다고 그 이후에 나타나 찬밥 더운밥 가리는 인간들에 대해 가차없이 회초리를 들곤 했다. 더군다나 그녀의 남편은 마약 사범으로 몰려 복역중이었기 때문에 세상에 대한 그녀의 원한은 이미 하늘을 찌르고 있었다.

"드센 팔자군요."

B의 말은 경솔했다. 처음 일을 맡아 업무를 협의하던 중에 그녀의 신변 이야기가 자연스레 언급되었다. 물론 그가 그녀에게 직접 한 말도 아니었고, 별다른 악의를 갖고 있지도 않았다. 아무 생각 없이 툭 던진 그 말은 곧장 그녀에게 전달되어 비수처럼 꽂혔다. 그의 경솔함은 그 말을 했다는 데에 있는 것이 아니고 하필 나에게 했다는 데에 있었다. 그는 적과 동지를 구별하지 못하는 실수를 저지르고 말았다. 여긴 기자 사이의 기밀 유지라거나 조직의 윤리 따위는 아예 없는 곳이었다. 그런 정글의 법칙을 그는 모르고 있었다.

그 말 한마디로 그는 수렁에 빠져들었다. 그녀는 B의 하급 부서원이지만 기술직이었기 때문에 함부로 할 수 없었다. 차순실은 그의 면전에서는 물론 뒤에 숨어 뒷담화 테러를 일삼는 그야말로 '드센' 여자였다. 내가 늘 비장의 무기로 여기며 세심하게 관리하는 빅 마우스 중 하나였다. 더군다나 신문사 내의 정치 역학적으로도 편집국장인 나와 손을 잡은 형국이어서 그 싸움은 질기게 이어질 수밖에 없었다. 쉽게 말하자면 교장과 손잡은 교무주임이 실력과 힘이 없는 것은 물론 분위기 파악조차 못하는 신임 교감의 급소를 움켜쥔 모양새였다.

어쨌거나 B는 편집 실력이 역부족인데다 막강한 내부의 적을 맞게 되었다. 업무 파악이 안 돼서 생겨나는 그의 작은 실수나 허물이 〈트루먼 쇼〉처럼 회사 전체에 생중계되었다. 컴퓨터 조판을 맡았던 부원 넷은 모두 여성이었고 차순실을 중심으로 똘똘 뭉쳐 있었다. 심약했던 그는 결국 부서의 내부와 외부에서 동시에 공격당하는 안팎 곱사등이가 되어 어렵게 하루하루를 이어갈 뿐이었다. 그런 고난의 길은 나의 편집국장 임명 때부터 이미 정치 역학적으로 예견됐지만 부서 내에서의 집단 따돌림은 그가 자초한 것이나 다름없었다.

그의 편집 실력이 전임자와 비교됐다. 신문 레이아웃은 물론이고 제목 뽑는 것이 엉성하기만 했다. 별생각 없이 그를 채용했던 지사장마저 하루가 다르게 벌레 씹은 표정이 되어갔다.

"왜 저에겐 주말 당직을 배당하지 않죠?"

하루는 B가 나에게 물었다. 부장 세 명과 편집국장인 내가 돌아가며 금요일 저녁과 일요일 당직을 서고 있었다. 안 그래도 그 문제가 걸렸는데 마침 잘 질문해준 셈이었다.

"왜요, 그걸 해야 하나요?"

"처음에는 편집위원으로 근무했기 때문에 당직을 하지 않았지만 이젠 편집국 보직을 맡았으니 당연히 해야 하는 것 아닙니까?"

그 말이 맞았다. 내가 편집국장이 되면서 그는 편집위원에서 부국장 겸 편집부장으로 발령이 난 것이었다. 명칭은 비슷하지만 편집위원이란 자리는 편집국 공식 라인에서 벗어나 있었다. 자신만의 영역에서 독립적으로 일했기 때문에 일선 기자들과 무관했다. 외부 인사들에게 원고 청탁을 하고, 받은 원고를 정리해 게재하는 아웃사이더에 불과했다. 따라서 기자들에 대한 지휘권이 없는 보직을 맡아온 그는 당연히 당직에서 빠져 있었다.

"그 말이 맞긴 한데 주말엔 보스턴에 가야 하지 않나요?"

그때 B의 가족들은 보스턴 남쪽 지역에 살고 있었다. 뉴욕 시에서 자동차로 세 시간 남짓 거리였지만 출퇴근이 불가능해 그는 혼자 하숙 생활을 했다.

"그건 제 개인 사정입니다. 국장께서 제 생각을 해주시는 것은 고맙지만…… 딴 사람들 시선도 있고 해서."

마음 약한 B가 주저주저했다. 금요일 야간 근무와 일요 당직 근무에는 돈이 걸려 있었다. 그가 편집국 직원이 된 그즈음, 나는 공교롭게도 과소비로 인해 돈에 쪼들렸다. 전처와 헤어지고 난 뒤 성급하게 비싼 자동차를 구입하는 바람에 할부금 압박을 받았다. 고급 의류는 물론 구두, 화장품, 향수 등을 사들여 지출이 상당했다. 나 자신의 품위를 유지하고 빛내기 위한 행동 때문에 벌어진 일이었다.

나는 멋진 도시 뉴욕의 이혼남이었다. 돌아온 싱글 남성으로서 나의 매력을 재무장할 필요가 있었다. 또 여기에 신디나 마리안을 만나면서 나가는 유흥비가 만만치 않았다. 편집국장으로 진급을 해서 겉으로는 좋았지만 월급은 생각보다 별로였다. 차라리 부국장 시절의 야간국장 대행이나 일요 당직을 하며 받던 고액의 수당이 훨씬 실속 있었다. 편집국 간부들이 퇴근한 이후, 신문사 윤전기가 돌고 있는 새벽까지 편집국장의 역할을 대신하는 것이 야간국장의 업무였다. 그런데 반대로 야간국장이 쉬는 금요일 밤 당직 등에는 그 역할을 대행하기 위해 편집국 간부가 투입됐다. 여기에다 월요일판 제작을 위한 일요일 낮 근무에 몇 명 안 되는 인원이 동원됐다.

사실 편집국장이 당직을 하지 않는다는 것은 불문율에 속했다. 그러나 당분간 부국장이 된 그의 당직을 빼고 내가 대신 계속해 들어갈 심산이었다. 월세 수입이 상당했지만 갑자기 씀씀이를 늘린 탓에 나는 오히려 금전적인 어려움을 겪고 있던 터였다. 밀려오는 할부금을 막기 위해 그의 수입을 내 것으로 만들 필요가 있었다. 더군다나 내가 당직을 지휘 감독하는 편집국장이니 내 야간 당직은 그냥 노닥거리는 것과 다름없었다. 어떤 날은 신문사 가까이에 여자들을 불러들여 즐기기까지 했다.

"그냥 가족들과 함께 보내세요. 그 정도의 편의는 봐줄 수 있어요."

"그래도 다른 사람들에게 미안하잖아요. 나만 빠지는 게 도리가 아닌 것 같아서."

그는 이 회사에 입사한 것이 몇 달 안 되어서 이것저것 물정에 어두웠다. 미국에서의 삶이 얼마나 치사한지, 야간이나 휴일에 받는 시간 외 수당이 얼마나 쏠쏠한지 아직 모르는 것이 분명했다. 나의 속셈은 모른 채 오히려 미안해했다.

"아, 괜찮다는데 그러시네. 그냥 휴일엔 푹 쉬세요. 미국 생활 고단한데, 더욱이 가족들과 떨어져 있잖아요."

왜 눈치 없이 그러느냐는 식으로 몰아붙이자 그가 잠시 복잡한 표정으로 생각하다가 입을 열었다. 그는 나와 비슷한 연배지만 그다지 찌들어 보이지 않는 맑은 얼굴이었다. 하지만 왜소한 체격에 뭔가 자신 없어 보이는 모습은 황야나 다름없는 이곳 생활과는 동떨어진 태도였다.

"그러죠. 국장께서 그러시라면 받아들여야겠죠."

"받아들이는 게 아니고 본인이 그렇게 결정하시라니까요. 그게 피차 좋은 일 아니겠어요?"

"알겠습니다. 그러죠."

그렇게 당직 문제는 매듭지어졌다. 그후 다른 부장들에게는 자신의 건강이 안 좋아서 당분간 당직을 못한다고 설명했다. 아마도 나를 배려해서 모양 좋게 해주고 싶은 심산 같았는데, 그건 그의 실수일 뿐이었다. 곧 그는 자기가 한 말 그대로 당직을 잘 못할 만큼 건강이 부실한 인간으로 보고되고, 기록될 것이기 때문이다. 그런 약점은 언제든 유용한 카드로 사용될 수 있다는 것을 그는 까맣게 모르고 있었다.

B는 나날이 지쳐갔다. 나의 견제를 눈치챈 편집국 기자나 부장 중에 누구도 그와 가까이하지 않았다. 더군다나 기술직이면서 그에게 배속되어 있는 차순실의 활약 앞에 속수무책이었다. 그녀는 자신의 상사를 대놓고 험담했지만 편집 일에 익숙하지 못했던 B는 항상 수세에 몰렸다. 나와 한편인 것에 대한 믿음 때문인지 차순실의 증오심은 내가 보아도 한계를 넘은 것이었다.

안팎 곱사등. B의 처지를 이보다 더 적절하게 표현한 말이 있을까. 부하 직원들은 차순실을 중심으로 똘똘 뭉쳐 자신의 데스크를 철저히 무시했고, B의 직속 상사인 나는 나대로 온갖 잡다한 일을 그에게 떠넘겼다. 다른 사람이 쉬고 있는 점심시간에조차 B는 혼자 남아 끙끙대며 일을 했다. 누구의 주목도 받지 못하는 가운데 아침에 한 시간 일찍 와서 저녁에 한 시간 늦게 퇴근했다. 같은 일을 한 편집부 여직원들은 모두 야간 수당을 챙겨 갔지만 B에게는 그것마저 허용되지 않았다. 편집국 전체의 예산이 있었고, 그의 몫은 당연히 내 호주머니로 들어왔다. 그럼에도 불구하고 돈에 대해 마치 선비처럼 별말이 없는 B 덕에 묵묵히 상황은 흘러갔다.

그해 신문사 매출액은 기록을 경신했다. 미주 지사의 전체 매출액은 서울의 중견 언론사를 훌쩍 넘어서고 있었다. 재벌 기업들의 광고만 빠졌을 뿐이지 일반 스몰 비즈니스 광고는 홍수를 이루었다. 클래시파이드라고 불리는 조각 광고는 대수롭지 않게 보였으나 실상은 황금 어장이었다.

한 면에 수백 개씩 들어가는 이 광고의 낱개 단가는 별것이 아니었다. 그러나 슈퍼마켓에서 아르바이트를 구하고, 세탁소를 사고팔고 하는 등의 수많은 사연을 모두 모으면 대기업 광고 못지않았다. 또한 이 클래시파이드는 뜨내기 이민자들에게 구직 정보를 제공하기 때문에 신문 판매에 큰 영향을 미쳤다.

여하튼 그즈음 미주 지사의 판매고는 경이적이었고, 그것에 비례해 근무자에 대한 배려가 점차 커졌다. 임금협상 때 대부분 연봉이 십오에서 이십 퍼센트 올랐으나 B에게는 더 돌아가는 것이 없었다.

내가 매긴 B의 인사고과엔 F가 줄을 이었다. 편집 실력 전무, 리더십 제로, 근무 태도 불량, 뉴욕에 대한 이해도 부족, 영어 구사 능력 빵점. 서울에서의 경력은 훌륭했지만 빛 좋은 개살구에 불과하다는 말이었다. 한마디로 말해 전방위로 꽝이어서 연봉 인상은 한푼도 할 필요가 없다는 것이 내 의견이었다.

연봉 협상의 책임자였던 총무이사는 사실 여부를 떠나 이 평가를 환영했다. 모두가 올라가기보다는 그중 한두 명이라도 피를 본다면, 그 사실 자체가 조직원들에게 시사하는 바가 크기 때문이다. 아무나, 무조건 올려주는 것이 아니다, 라는 무언의 압박으로 힘을 과시할 수 있었다. 여기에다 안 올라간 사람이 있다는 것은 다른 조직원에게 두 배의 즐거움을 안겨주는 일이기도 했다.

하지만 실무 능력, 리더십, 근무 태도, 취재원 확보 등 여러 요소들은 착시 현상일 뿐이었다. 영어 구사 능력에 대한 평가를 제외하면 대부분 인위적인 것이었다. 리더십 제로는 차순실을 중심으로 한 조직적 반발에 기인했고, 애초에 취재 부서 데스크의 능력을 보고 그를 뽑았기 때문에 자연 편집 실력이 부족할 수밖에 없었다. 당직을 기피하는 근무 태도 불량은 나를 배려한답시고 자기 자신이 뒤집어쓴 오명이며, 다른 미국의 도시에서 살다 뉴욕에 오면 뉴스 제공자들이 부족한 것은 당연한 일이었다.

비극이라면 그가 내 라이벌이 될 수도 있다는 데에 있었다. 회사 내 정보에 어둡고, 사람들에게 집단 따돌림을 당하는 현상도 따지고 보면 나와 차순실의 작업이었다. 사실과 조작이 뒤섞여버려 진위를 가려낼 수 없었고, 그에 내리는 인사고과와 근무 평가는 내 고유 권한이었다. 그러나 아무리 마셔도 갈증이 더한 것처럼 그 정도 가지고는 이 퍼센트가 부족했다.

"요즘 왜 칼럼을 안 쓰세요? 아니, 순번이 되었는데 안 쓰면 어떡해요. 하여간에 내일 아침까지 내놓으세요."

재촉하는 나를 B가 지친 얼굴로 쳐다보았다. 편집부 여직원들이 못하겠다고 던져버린 본국 신문 스포츠면 복사를 마치고 돌아오던 그였다. 피곤함과 슬픔을 넘어 아예 체념해버린 얼굴이었다.

"아니, 부국장이면 부국장답게 처신하셔야지. 그런 복사물은 왜 들고 다니세요. 그렇게 리더십이 없어서 어떡해요. 아래 직원들 못 시켜요?"

그는 아직 점심도 먹지 못한 상태였다. 내 지적을 받자 그는 기가 막힌 듯 자리에 앉아 눈만 껌뻑였다. 그가 부원들을 붙들고 아무리 이야기해봐야 소용없는 일이었다. 그와 싸우지 못해 안달이 난 차순실의 뒤는 내가 봐주고 있었다. 그런 사실을 잘 알고 있는 다른 직원들은 차순실 쪽에 서서 적당히 편하게 지내고 있었다.

그 사이에 끼어 있는 B만 아직 눈치를 못 챘다. 기술직 출신 여직원 네 명에게 설마 하며 질질 끌려갔던 것이다. 그는 독재정권 시절 나름대로 싸워왔던 한국 신문사의 전통에서 벗어나지 못했다. 그 시절 편집국장은 세상의 모든 파도로부터 기자들을 막아내는 마지막 보루였다. 그는 편집국장인 나에 대해 그런 멍청한 믿음을 가지고 있었다.

그것은 그의 직업병이나 다름없었다. 편집국장이 편집국의 모든 권한을 다 가지고 공명정대하게 운영한다는 것은 사전에나 있었다. 그의 말을 고의적으로 무시하는 직원들은 사실 내 지시를 따르는 것과 다름없었다. 바보 자식, 고생 좀 해봐라. 나는 속으로 고소해하며 그를 무시해버리고 밖으로 나갔다.

"아마, 지금쯤 끓어 있을 거야. 리더십 없다고 한마디하고 나왔어."

찻집에는 편집부 여직원들이 기다리고 있었다. 가장 마지막에 들어온 막내를 제외하고는 모두 십 년 이상씩 나와 한솥밥을 먹고 있는 처지였다. 다른 취재 부서 부장이나 기자들과는 달리 '나와바리' 문제로 얽힐 염려가 없었다. 서로 충돌할 수 있는 이해관계가 없었기 때문에 적당히 뒤를 봐주기가 쉬웠다. 올해의 공로상 등을 통해 서로 돈독한 관계를 유지하며, 필요할 때는 한 번씩 이용하면 되는 일이었다.

"리더십 없는 게 사실이잖아요. 별게 다 한국에서 기자 했다고 폼 잡아."

차순실이 B의 이야기가 나오자 바로 거품을 물었다. 여자가 한을 품으면 오뉴월에 서리가 내린다고 했던가. '팔자가 드세다'는 말 한마디의 효과는 끝없이 증폭되고 있었다. 설령 그 말이 아니더라도 그 드센 성품을 당할 사람이 없는데 제대로 걸린 것이었다.

"너무 그러지 마라. 적당히 해야지, 그러다가 한계를 넘으면 폭발할 수가 있다."

내가 여직원들을 적당히 눙쳤지만 차순실은 여전히 서슬이 시퍼랬다. 다른 여직원이 한마디했다.

"그래도 너무 실력이 없어요. 이것저것 일만 벌여놓고 마무리를 못하니 우리도 피곤해요. 어떻게, 데스크 교체는 못해요? 순실 언니가 맡으면 되잖아요. 못할 게 뭐 있어요?"

듣다보니 이건 좀 너무 나갔다 싶었다. 아무리 B가 적응을 못해 허우적거려도 차순실과는 차원이 달랐다. 기사 가치 판단과 제목, 레이아웃이 편집 기술자 출신의 머리에서 나올 수는 없었다. 그가 이 일 저 일 껴안고 제대로 마무리 못하는 작금의 사태는 따지고 보면 내 지시 때문이었다.

"너무 극단적으로 가지 말자고. 자기 일만큼은 확실하게 해야지. 그 사람하고 별개로 가도 상관없지만 기본적으로 일이 엉켜서는 안돼. 그렇잖아. 다른 것은 알아서 하더라도 말이야."

다시 그들을 살폈다. 늘 그렇듯 이곳 사람들은 습지의 악어떼처럼 범상치 않다. 자세히, 그리고 오랫동안 관찰하다보면 뭔가 흘러넘치는 기질을 가진 사람이 여럿 된다는 걸 알 수 있다. 제 나라에서 적응 못해 떠나온 순진한 사람들도 있지만 주체할 수 없는 분노와 증오심

등으로 내면이 들끓는 인물들이 심심찮게 발견된다.

그랬다. 분노와 증오심. 모국에서는 다소 억제되었던 그 성향들이 세상의 끝에 와서 유감없이 발휘되는 모습을 왕왕 볼 수 있었다. 적당한 때에 적당한 상대를 만나면 본성의 밑바닥에 자리잡은 그 괴물들이 그동안 감추었던 실체를 드러낸다. 약한 상대나 아직 정착하지 못해 방황하는 신출내기들이 그 괴물의 먹잇감으로 전락하기 쉽다. 더군다나 확실한 기반이 없는 얼치기 강자들에 대해서도 가차없는 공격이 가해진다.

어디 그뿐인가. 조직 내의 공격은 무자비할 뿐 아니라 교활하기까지 하다. 그 집요하고도 교활한 습성이란…… 다른 동물들을 뛰어넘는 인간의 그 출중한 능력을 잘 컨트롤한다면 적재적소에 유익하게 사용할 수 있다. 그런 의미에서 이민 사회는 인간의 본성을 파악하고, 또 그 인간들의 심성을 이용하기엔 아주 적절한 장소인 셈이다. 어디에 가서 이렇게 훌륭한 습지를 발견할 수 있단 말인가. 재미있게 놀아보자며 박수 몇 번만 쳐주면 인간의 탈을 재빨리 벗은 사이코패스 악어 몇 마리쯤은 금방 나타난다.

정말 멋지다. 인간들의 내면을 파악하고, 그 심성을 흔들어 먹잇감을 정해주는 이 탁월한 정신세계가 말이다. 내가 굳이 지시하고 조종하지 않더라도, 라이벌로 떠오를 수 있는 인물을 몰락시키기 위해 온갖 창의적인 방법들이 동원될 것이다. 내 앞에 앉은 차순실이란 이 악어가 전의를 불태우며 몸을 부르르 떨고 있는 것이 느껴진다. 그녀는 비수와 같이 번득이는 멋진 이빨들을 드러내며 내가 정해준 목표물을 노리고 있었다. 조만간 이곳 습지의 지형지물을 제대로 파악하지 못한 B는 이 악어의 사냥감으로 전락할 것이다.

예상했던 대로 다음날 결국 사단이 벌어졌다. B의 사소한 지시에 차순실이 발끈하고 달려든 것이다. 늘 그랬듯 그녀는 '네가 해야 할 일을 왜 우리에게 떠넘기느냐'고 팽팽하게 맞섰다. B가 데스크 칼럼을 쓸 차례에 벌어진 일이었다. 그는 칼럼을 게재하기 위해 일부는 집에서 쓰고, 일부는 자료를 들고 와서 정리할 요량이었다.

모든 게 꼬이고 있는 것이 확연했다. 르완다 대학살의 피해자 소녀가 성장해 UN의 요원이 되었다는 것은 얼핏 들어도 감동적이다. 그 소녀가 자신의 어려웠던 처지를 딛고 일어서는 과정을 책으로 펴냈다는 것이 그가 작성하려던 칼럼의 내용이었다. 신문사에선 건물에 가려 보이지 않았지만 이스트 리버 건너편에 UN 본부가 있었다. 한국인이 수장으로 있는 그곳에 그런 사연이 있다는 것은 충분히 이야기가 될 만했다. 하지만 B는 취재가 전혀 되어 있지 않았고, 설상가상으로 조용히 써도 잘 될까 말까 한 작업을 아침부터 싸워가며 해야 했다. 그것은 애초에 가능한 일이 아니었다.

"칼럼 출고해야 하는데 어떡하죠. 이것 참."

B는 곤란한 얼굴이었다. 나는 막다른 골목에 몰린 그의 처지를 무시했다. 그를 완전히 붕괴시키기 위해서는 더 구석으로 몰고 갈 필요가 있었다.

"어쨌든 칼럼은 출고하셔야지. 서울식으로 논설위원이 칼럼 쓰고, 편집 데스크는 편집만 하는 게 안 되잖아요. 올코트프레싱으로 나가야지. 내가 좀 만져줄 테니 그냥 출고하세요."

B는 우물쭈물하다가 자기 자리로 되돌아간다. 만사가 귀찮은 듯이

칼럼을 데스크톱으로 출고한 뒤 종이에 한 장을 출고해 가져오며 사정을 한다.

"성의를 보이려고 출고는 했는데 정리가 안 됐어요. 이것저것 차용한 뒤 손을 못 보았으니까 웬만하면 싣지 말고 다음으로 연기해주세요."

아침에 설전이 벌어져 고치지 못했으니 봐달라는 뜻이었다. 하지만 편집국장을 하늘처럼 믿는 그의 직업병을 조용히 고쳐줄 필요가 있었다. 이곳엔 애초부터 독재정권 따위는 없고, 압력을 가하는 거대 광고주도 없다. 서로를 죽일 수 있는 적은 내부에 있다는 것을 그는 여전히 모르는 듯했다.

미국이라는 넓은 대륙에 살고 있었지만, 기실 밥 먹고 사는 삶의 터전은 작은 섬에 불과했다. 우물 속과 같이 좁은 사냥터에서 싸워 살아남아야 한다는 것이 주류 사회와 단절된 채 살아가고 있는 한인 사회의 엄연한 현실이었다. 하지만 매일의 일상에서 마주하는 거대 도시와 거대 대륙은 쉽게 착시현상을 일으켰다. 그곳을 자신이 누빌 수 있는 터전인 것처럼 느끼는 의식의 혼란이 올 수 있었다. B는 그 엄혹한 현실에 눈을 뜨지 못한 채 동업자들을 믿고 있었다.

나는 칼럼에 있는 소녀의 이름을 인터넷으로 검색했다. 그녀에 관한 기사 몇 개가 떠올랐고, 그 기사에서 차용한 문장들을 금방 찾을 수 있었다. 간단히 말하면 표절이었다. "아무리 시간이 없어도 그렇지 이건 좀 너무했잖아요"라고 원고를 돌려보낼 수 있었다. 그것이 편집국장의 역할이라는 것을 모르는 바가 아니었다. 하지만 B 스스로가 함정에 빠지는 것을 내가 일부러 구제해줄 필요는 없었다.

나는 시간을 들여 B가 표절한 기사와 칼럼을 찾아냈다. 차용한 글과 B의 글에 밑줄을 그어 자료화한 뒤 지사장 방으로 향했다.

"이국장, 이거 표절에 해당하나?"

내 보고에 지사장은 의외의 반응을 보였다. 눈살을 찌푸릴 뿐 자세히 읽으려고 하지 않았다. 편집국 내부의 알력을 약간은 눈치채고 있는 것 같은 표정이었다.

"명백히 표절이잖아요. 부국장이란 자가 이런 행위를 하다니 징계위에 넘겨야 하는 것 아닙니까?"

"그렇긴 해도, 신문에 실린 것도 아니잖아. 원래 편집부라는 게 내근이고, 그러다보니 취재원 접촉이 제한되고. 칼럼 쓸 만한 것이 부족한 게 사실 아닌가. 그래서 데스크 칼럼에서 편집부장은 빼주는 것이고."

"글쎄, 본국에서 어떻게 하는지 모르지만 여기서 그런 이유로 봐주면 누가 칼럼 쓰려고 하겠어요. 다들 바쁜데."

그 말은 사실이었다. 신문이 좀 된다고 조직을 방대하게 키워 논설위원들을 여럿 둘 수가 없었다. 그러다보니 자연히 칼럼이 부족했고, 그 모자라는 부분을 일선 데스크들이 메우고 있었다.

"그 인간 참. 적응이 안 돼도 그렇지 왜 그리 모자라나. 그렇다고 징계를 하면 뉴욕 지사에 문제가 많은 것처럼 보이잖아. 엘에이에서 보기에 어떻겠어. 덮어줄 수 있는 것은 덮어주고 대책을 다시 생각해보자고."

지사장이 걱정하는 것은 다른 지사에 퍼질 소문이었다. 단지 자신의 리더십에 손상이 갈까봐 신경이 쓰이는 것이었다. 공식적인 징계는 본사에 보고가 올라가기 때문이다. 이런 일을 내부에서 처리하지 못하고 시끄럽게 징계나 하는 인물로 비치는 게 싫은 모양이었다. 그의 목표는 뉴욕 지사가 아니라 더 큰 것에 정조준되어 있었다. 별다른 문제가 없으면 그냥 흘러갈 요량이 분명했다.

"사장님, 이거 양심의 문제 아닙니까? 기자들이 어떻게 받아들이겠습니까?"

"알긴 알겠는데, 솔직히 이 바닥에서 남의 글 한두 번 안 베낀 사람 어디 있나. 다들 낙종한 뒤 남의 기사 베끼고, 밤새 술 처먹고 머리 안 도니까 남의 칼럼을 말만 좀 돌려 써먹으면서 살지 않았나. 우리가 학자나 예술가들처럼 무한대로 시간 쓸 수 있는 처지도 아니고 말이야. 마감 시간에 쫓기다가 생기는 일 아닌가. 아 젠장, 표절은 무슨 얼어 죽을. 허구한 날 우라까이 하면서 말이야. 그래서 다른 신문사 사람까지 서로서로 봐주는 것 아닌가. 새삼스럽기는…… 이게 학술 논문도 아니고. 잘한 것은 아니지만 내 얼굴에 침 뱉는 것은 좀 삼가자고."

쉽게 생각한 것이 의외의 벽에 부딪혔다. 자칫하면 내부 문건으로 남지도 않고 그냥 묻혀 지나갈 수가 있었다. B의 명예에 흠집을 내기 위해서는 이 표절 사건이 이슈화되어야 했다. 그렇다고 그가 남의 기사를 차용했다고 내가 나서서 흘리고 다닐 수는 없었다. 소문의 진원지로 밝혀지면 자칫 역풍을 맞을 수 있는 일이었다.

지사장이 봐준다는 소문을 퍼뜨릴 필요가 있었다. 처음엔 간부들 사이에서 조용히 회자됐으나 다들 남의 글을 차용한 공범 의식이 있는지라 그냥 쉬쉬했다. 하지만 입 싼 데스크에 의해 사건의 전말을 루머처럼 얻어들은 기자들이 호기심을 보이기 시작했다. 이런 분위기를 모아 B에게 '일선 기자들의 반감이 만만치 않다'고 증폭해서 전

달했다. B는 데스크 회의에서 자신의 실수였다고 한마디 사과를 했고, 사람들은 기다렸다는 듯이 소문을 퍼뜨렸다. B의 입으로 설명한 지 하루도 안 되어 그에 대한 경멸감이 조직원 전체의 공분이 되어 회사 구석구석으로 퍼졌다. 결국 내 손에 코를 묻히지 않고, B의 손으로 코를 푼 꼴이 되었다. 끝까지 시치미를 뗄 수도 있었지만 사과를 한 B의 양심이 빚은 참화였다.

결국 B는 무수한 공격에 쓰러졌다. 이미 쓰러졌으나 아무도 그가 쓰러졌다고 생각하지 않았다. 피 흘리는 한 마리의 닭을 쪼아대는 다른 닭들처럼 그를 쪼아대는 행위가 조직 내에서 계속 이어졌다. 그 이후에도 다양한 일들이 벌어졌고, 꽃놀이패를 든 나는 그 행위를 즐기며 적당히 조율해주기만 하면 충분했다.

결국 B는 견디다못해 입사 이 년 반 만에 퇴사했다. 그사이에 보스턴에 살던 그의 가족들이 뉴욕 인근으로 이사를 와 그의 재기를 도우려 했지만 모든 게 물거품이 됐다. 그 이후 그가 우울증을 앓는다는 소문이 들려왔다.

몰락이란 이름의 만찬

결국 내 자리는 날아갔다. 나의 몰락이 예견되긴 했으나 정말로 현실이 될지는 알지 못했다. 그동안 내 자리를 지키기 위해 절치부심 애썼지만 한순간에 물거품이 됐다. 모든 것이 최악의 상황으로 치닫고 있었음에도 불구하고 난 결코 포기할 수 없었다.

나는 B와 같은 생물과는 종種부터가 달랐다. 노는 언덕은 같았지만 내가 표범이라면 그는 가젤에 불과했다. 그러나 테러 사건 이후의 상황은 이상하게 전개되었다. 그가 죽은 가젤이라면 나는 부상을 입은 채 누명까지 뒤집어쓴 표범인 셈이었다. 죽은 가젤. B에 대해 늘 그렇게 생각해왔다. 하지만 이제 B가 죽은 가젤이라는 사실에 확신이 서지 않았다. 회의를 앞두고 가장 먼저 도착해 잠시 생각에 빠졌다.

창문으로 아침 햇빛이 날카롭게 눈을 찌르고 들어온다. 어젯밤에 잠을 설친 탓에 눈부심이 고통에 가까웠지만 무기력하게 그냥 앉아 있었다. 아침 일찍 국장 회의가 소집되었고, 다른 안건과 함께 나의 인사가 곧 발표될 예정이다.

B가 퇴사한 지 벌써 이 년이 다 되어간다. 짧은 재직 기간 동안 내 사냥감에 불과한 인간이었다. 지난 테러는 나에게 육체적으로나 정신적으로 회복하기 힘든 치명적인 상처를 남겼다. 뿐만 아니라 사회적으로도 그동안 쌓아올린 공든 탑이 허물어지며 나는 차츰 절벽 끝으로 내몰리고 있었다. 요즘 그를 떠올리는 이유는 지금 나를 곤경에 빠뜨리고 있는 이번 사건과 그의 연관성 때문이다.

분명히 무엇인가 있다. 나의 동물적 감각이 그걸 선명하게 느낀다. 이제 B가 중요한 용의자로 되살아나 나를 향해 뚜벅뚜벅 걸어오고 있다. 그게 아니라면 표범이 그전에 먹어치운 가젤 따위를 떠올릴 이유가 어디에 있겠는가.

그 이전에도, 또 그 이후에도 마찬가지였다. 나는 언제나 라이벌이 될 만한 인물들을 은밀하게 공격해왔다. 그동안 보이지 않는 원인 제공자로서의 나의 역할은 실로 눈부셨다. 그로 인해 이 조직을 떠난 사람을 굳이 꼽자면 열 손가락을 모두 동원해야 할 정도다. 나란 존재가 살아 있는 한 덫을 놓고, 함정을 파는 행위는 이어질 것이다. 살아남기 위해서는 사냥터의 다른 포식자를 은밀하게 공격할 수밖에 없다. 먹이사슬의 위쪽으로 올라가기 위한 나의 노력은 지극히 정당하다. 자기 자신의 자리와 위치 확보를 위해 싸우는 행위는 인류 역사가 생긴 이후부터 줄곧 있어온 일 아닌가. 내가 먹이사슬의 하위 그룹이 아닌 바에야 B와 같이 초식동물이나 갖고 있을 법한 유약한 자의식으로 스스로를 위험에 빠뜨릴 이유가 없다.

그것이 바로 나를 관통하고 있는 일관성이었다. B가 인문학적 일관성을 추구했다면 나는 생존학적 일관성을 추구했다. 물론 내가 함부로 공격할 수 없는 강력한 생명체들이 항상 존재했다. 또 먹잇감이 아니어서 내가 공격할 필요가 없는 순수 관리 대상도 있었다. 뿐만 아니라 연합군을 형성하기 위해 뒤를 봐주어야 하는 공생관계까지 있었다. 나의 공격에 쓰러진 자가 있지만 나의 공격에 살아남은 자도 존재한다. 그자 역시 자신의 영역 내에서는 같은 사냥을 은밀히 하고 있다. 멀리서 보아도 같은 포식자끼리는 알아본다. 태어날 때부터 체질적으로 포식자인 자들 말이다.

"여, 안색이 좋아 보이시네. 뭘로 몸보신한 거요?"

광고국의 유국장이다. 유들유들하지만 상당히 위험한 하마군에 속했다. 그의 특징이라면 웬만한 실수를 하고도 눈 하나 꿈쩍하지 않는다는 데에 있다. 한때 기자 생활을 한 그와는 같은 편집국 시절 치명적인 라이벌 관계였다. 나란히 부국장을 달고 경쟁했고, 내가 편집국장이 될 때 그는 광고국장으로 자리를 옮겼다. 글발이 좀 약하다는 것이 흠이라면 회사 내에 적이 없다는 것이 강점이었다. 광고국장이라면 편집국장에 비해 서열상 반걸음 정도 뒤쳐졌을 뿐 그는 여전히 건재하다. 회사 매출의 대부분을 차지하는 광고국의 수장은 여전히 정상을 차지하기에 좋은 위치였다.

"유국장은 다이어트해야 하는 것 아니오? 아직 몸보신거리를 찾고 있소?"

내 말에 그가 웃으며 손사래를 친다. 늘 친밀감 가는 태도가 오랫동안 역겨웠다. 그 부분은 나보다 한 수 위인 것이 분명하다. 그의 탁월한 점은 쉽사리 남을 공격하지 않으면서도 자기 영역을 잘 지키는 데에 있었다. 내 옆자리에 앉았던 그가 슬그머니 몸을 일으킨다. 회의실로 날아드는 날카로운 아침햇살을 가리기 위해서이다.

"야간 당직자에게 이국장이 주의를 주셔야겠어요. 아마 여기서 밤참 먹고 냄새나니까 창문을 열어둔 모양인데 비가 오면 어쩌려고."

블라인드를 내리기 위해 먼저 열린 창문을 닫으며 한마디한다. 어떤 일이든 직접 나서서 하는 솔선수범과 남의 신경 자극하기가 그의 장기였다. 창문이 열려 있는 사소한 일마저 내 책임으로 넌지시 몰아붙인다.

"거 아침부터 솔선수범하시네요. 한 건 했으니 오늘 업무일지에 적으셔야지."

"그럴까. 그래야겠지요, 허허."

나의 반발이 유치하기 짝이 없다. 하지만 오늘 아침엔 심경이 무척이나 복잡하고 참을 수 없을 만큼 예민해져 있다. 늘 그렇듯 나의 신경질적인 반격에 그는 별 반응을 보이지 않는다.

"그래, 요즘 출판사업국이 맹활약이라고. 사업국장이 현황 보고 해보지."

지사장이 앉자마자 바로 회의가 시작됐다. 지사장의 대학 직계 후배인 출판사업국장이 자신의 앞에 놓인 서류철을 열었다.

"한인 2세들을 위한 SAT 참고서가 불티나고 있습니다. 전역에서 주문이 밀려들어 인쇄소에 추가 주문이 들어갔고요. 현재 부문별로 각 이천 권씩 육천 권을 추가했는데 얼마나 더 찍어야 할지 가늠하기 어려운 실정입니다."

지사장이 만족스러운 웃음을 지었다. 자신의 장기 집권에 중요한 초석이 놓였다고 여기는 것 같다. 그는 본사 회장 아들의 친구였던 전 지사장에 비해 그룹 내의 입지가 약한 인물이었다. 어쩌다가 가족 이민으로 뉴욕에 흘러들어와 자리를 꿰찬 당찬 성품의 소유자였다. 그도 B처럼 부국장으로 시작했지만 뉴욕에서 잔뼈가 굵은 당시 편집국장을 밀어내고 승승장구해 육 년 만에 정상을 차지했다. 사회부 출신이었던 그는 물러서지 않는 역전의 용사이자 승부사로 손색이 없었다. 내가 B에 대해 더더욱 거부반응을 보인 것은 비슷한 선례가 있었기 때문이다. 하지만 나름대로 일관성을 유지하려 했던 B는 살아남기 위한 변신을 거부한 허약한 유생과 같았다.

"그래. 정말 잘됐어. 책 가격이 비싸다고 시비 거는 사람은 없지?"

"책값에 대해서는 아무 말이 없네요."

지사장의 말에 사업국장이 웃으며 말을 받는다. 둘 사이에 허물이 없는 것이 부러웠지만 한편으로 늘 경계 태세를 늦추지 않았다. 치열한 공방 끝에 지사장 자리에 오른 그가 서울에서 잠시 쉬고 있는 후배를 불러들인 것이었다. 신문사 출판국 출신인 사업국장은 말이나 몰골이 허술해 보였지만 일 하나는 깔끔했다.

"거 봐라. 내가 뭐라 했나. 자식 공부시키려고 다들 미국 왔는데 그까짓 책값에 누가 신경쓰겠나. 받을 만큼 받아도 다들 군말 없이 사게 돼 있어. 한국형 참고서라는데 어떤 부모가 안 사나 말이다."

"히히, 그러게 말입니다. 사장 말씀이 맞았네요."

사업국장은 회의석상에서도 거침이 없다. 존칭에 '님' 자를 붙이지 않는 것이 신문사 관례이긴 했으나 지사장에게는 다들 사장님이라고 불렀다. 하지만 본사 출판국 출신의 사업국장은 자기의 대학 선배인

지사장을 그냥 사장이라고 간 크게 부르고 있었다. 그런 사람이 요 몇 년 사이에 한 명 더 있었는데 그건 몰락한 B였다. 쥐뿔도 없었던 그 역시 신문사 관례대로 지사장을 그냥 사장이라고 불렀다.

모든 사람의 눈높이를 맞춘다는 의미에서 호칭에서 '님' 자를 제거한 것이었다. 장관을 이장관, 김장관으로, 회장을 이회장, 김회장으로 면전에서 불렀다. 강한 자에게 굴복하지 않겠다는 치열한 정신의 산물이긴 했으나 여긴 뉴욕이다. 그들만의 리그는 그만큼의 위험을 내포하고 있었다.

"이걸 더 확대하면 어떨까요?"

이번엔 광고국장이 끼어든다. 좋은 일에는 꼭 숟가락 하나를 올리며 자리를 차지하는 습성이 있다.

"어떻게?"

되묻는 지사장의 얼굴에서 웃음기가 사라진다. 사업국장과 주고받았던 화기애애한 분위기가 일순 반전되며 시선이 광고국장을 향한다. 잘못 끼어들었다가 본전을 못 찾는 경우가 허다했다.

"이걸 한국에서 출판하면 어떨까요? 요즘 강남에서 SAT 학원이 성업이라고 하던데. 본사를 통해 밀어붙이면 큰 사업이 될 텐데 말이죠."

듣고 보니 그다지 나쁘지 않다는 생각이 스친다. 수긍하는 표정이 지사장 얼굴에 떠오른다. 그러나 잠깐 망설이는 게 눈에 잡혔다. 뭘까? 오늘은 핵폭탄이 터지는 날인데도 사냥개처럼 예민하게 촉각이 곤두선다.

"좋긴 한데, 쩝."

"아이디어는 좋은데 매출이 어디로 잡히느냐는 게 관건 아니겠어요?"

총무이사가 약간 퉁명스러운 목소리로 끼어들었다. 돈과 인사를 총
책임지고 있는 지사장에 이어 이인자 격이었다.

"맞는 말이야. 내 고민이 바로 그거야. 한국에서의 출판이야 누구
나 생각할 수 있는 것이고. 그게 우리 쪽 수익으로 안 들어올 게 뻔해.
진작부터 내가 하고 있었던 고민인데, 누구 아이디어 없어?"

지사장이 말을 하며 방안을 둘러본다. 잠시 침묵이 흐르는데 누군
가 불쑥 나선다. 새벽까지 부하 직원들과 가판대에 신문을 돌리고 온
판매국장이었다. 할 필요가 없는 점검을 한답시고 요즘 팔을 걷어붙
이고 마당쇠처럼 나서고 있다.

"여기서 책을 찍어 배로 싣고 가면 어떨까요?"

"뭐? 말 같은 이야기를 해라, 말 같은 이야길."

지사장이 기가 막히는지 고개를 약간 돌리고 피식 웃는다. 다른 사
람이 저런 이야기를 했으면 분명 욕이 쏟아질 상황이었다. 하지만 지
사장은 요즘 새벽마다 돌아다니는 그의 막무가내 충성심을 고려해 그
냥 봐주고 있다.

"못할 게 뭐 있습니까?"

"뭐, 어찌하려고?"

"여기서 내는 업소록한인 상점들 전화번호부을 한국에서 찍어 배로 실어
오잖습니까."

"그래서?"

"찍어 오고, 찍어 가고 그거죠."

"판매국장 저놈 미친 거 아닌가. 찍어 오고, 찍어 가다니. 한국에서

찍어 오는 게 우리 마음에 들게 인쇄를 잘해주니까 거기까지 가서 찍어 오는 게 아닌가. 여기서 인쇄하면 인쇄발이 안 먹히는데도? 인쇄를 생각해야지, 허어."

회의를 하다 말고 사람들이 허망하게 웃는다. 이 방에서 유일하게 대학을 안 나온 그는 돌격형의 독특한 캐릭터로 늘 웃음을 몰고 다녔다. 중세 봉건영주 옆에 붙어 있는 피에로 역할이 어울릴 것 같은 인물이다. 그런 판매국장에게 지사장은 이놈 저놈이란 말을 함부로 사용했다. 자신을 진정한 보스라고 생각하는 판매국장에 대한 일종의 애정 표현처럼 들린다. 성질이 욱하는데다가 절대 세력으로 군림하긴 했으나 그렇다고 직원들에게 함부로 욕을 하는 지사장은 아니었다. 판매국장 역시 조직 내에서 살아남는 법을 나름대로 터득한 뒤 잘 굴러가고 있는 셈이었다.

"아, 좀 좋은 데 가서 인쇄하면 되잖아요. 매일 중국 아이들에게 가서 싸구려 인쇄를 하다보니 그런 것 아닙니까? 여기 잡지들 보세요. 얼마나 인쇄발이 좋은지."

"됐다. 판매국장은 좀 빠져라. 너 때문에 회의가 안 된다."

또 한번 웃음의 물결이 퍼진다. 겉으로 같이 웃고 있었으나 내 속에서는 불꽃이 탁탁 일고 있었다. 마음에 있는 불길을 가라앉히기 위해 내 앞에 놓인 음료수 캔을 집어든다. 그런 나의 모습을 지사장이 짧은 순간, 표정 하나 바꾸지 않고 곁눈으로 흘깃 훑는다. 어찌 보면 미안한 내색을 보일 만도 할 텐데 곧 있을 보직 인사를 앞두고 얼굴에 철판을 깔고 있다.

어제 오후 마감 시간이 끝난 후였다. 지사장의 인터폰을 받고 방으로 갔다.

"그동안 고생 많았지? 몸이 성치 않은데 말이야."

"괜찮습니다. 일하는 데에 불편한 건 전혀 없습니다. 이젠 거의 회복됐고요."

"그래. 하여간에 수고 많았어."

"갑자기 무슨 말씀이십니까?"

"어, 이국장 좀 쉬게 해주려고."

"무슨 말씀이신지?"

"무슨 말은 이 사람아. 좀 쉬게 해준다잖아. 또 신문 개혁이 필요한 것 같아서."

올 게 온 모양이었다. 하지만 조직 내에서 이런 좌절은 처음인지라 받아들이기가 쉽지 않았다. 지사장의 말을 듣는데 찬바람이 싸늘하게 지나가는 느낌이었다. 뭐라고 말을 해야 하는데 입안의 침이 먼저 말라붙는다.

"인사 내시게요?"

"그래야 할 것 같아. 엘에이 미주 본사에서 말들이 많고. 편집국장이 구설수에 오르는 것은 좋은 일이 아니잖아."

"하지만 저는 사건의 피해자 아닙니까. 잘 아시겠지만…… 또 지금 인사 시즌이 아닌데 보직 변경을 한다면 오히려 소문이 무성할 겁니다."

"이국장 입장을 모르는 바 아니지만 회사 입장이란 게 있어. 또 피해자, 가해자 같은 이야기도 할 것 없고. 선수끼리 그런 말 하면 뭐하나? 내가 뭐라고 설명하면 이국장이 만족하겠어?"

"아닙니다. 회사 방침이라고 하면 받아들여야지요. 괜찮습니다."

"그렇게 말해주면 고맙고. 자리라는 게 다 돌고 도는 것 아닌가."

"알겠습니다. 근데 제 새 보직은 뭡니까?"

"그게 말이야. 영 마땅치가 않아. 총무이사가 있어서 이사로 올릴 수도 없고. 아직 못 정했어. 일단 백의종군한다고 생각하고 편집위원으로 버텨봐. 새로 자리를 마련해볼 테니 말이야."

지사장의 말을 듣는데 확 소름이 돋는다. 써먹을 대로 써먹고 그대로 내보내겠다는 심사였다. 편집위원이라면 직책 수당도 없고, 수하에 부하직원 한 명 없는 썰렁한 자리였다. 퇴사한 B 역시 부국장을 맡기 전에 편집위원으로 시작했다. 그사이에 그 자리를 맡은 사람은 아무도 없었다.

"그래도 그건……"

하도 기가 막혀 말이 나오지 않는다. 이미 결정되었는지 지사장은 표정조차 바꾸지 않는다.

"조직이란 게 그런 것 아닌가. 몰랐다고는 말 못하겠지."

"편집위원은 좀 심한 것 아닙니까?"

"허, 그런가. 총무이사가 나에게 보여준 게 있어. 이 년 전에 퇴사한 사람이 올린 보고서 말이야. 기억하지?"

B가 올린 투서였다. 떠나기 전에 편집국 상황을 조목조목 적어올린 것이었다.

"그건 투서 아닙니까? 일종의 모함인데 아직 보관중이라니요?"

"그럴까? 이름을 감추고 밀고한 것이 아니잖아. 그 사람이 편집국 부국장으로 자기 이름을 걸고 회사 상황을 보고한 것이어서 신빙성이 높다고 보네만. 그리고 그 보고서에 있는 내용들이 대부분 사실이라는 것을 총무이사가 확인했어."

그는 이 일에 총무이사까지 끌어들이고 있었다. 자기 혼자만의 결정이 아니라는 것을 슬쩍 내보이고 있는 것이다.

"아니, 그것이 왜 이제 와서 거론되어야 합니까? 전혀 이해할 수 없습니다. 지나간 투서로 나를 징계하시겠다는 겁니까? 뒤늦게?"

"잘 생각해봐. 이국장이 그동안 얼마나 많은 업을 쌓아왔나. 안된 이야기지만 이국장 다친 사건이 그런 것들과 무관하지 않다고 보네만. 한솥밥 먹는 다른 국장들의 의견 역시 그렇고 말이야."

뭔가 감이 잡힐 것 같다. 나와 경쟁 관계에 있는 누군가가 다시 모함을 했다. 나를 제거하기 위해 지나간 투서를 거론하며 물고 늘어진 것이다. 도대체 나를 계속 궁지로 몰아넣는 검은 그림자의 정체는 누구일까. 혹시 신문사 내에 있는 것은 아닐까. 아무리 생각해도 그건 상상할 수 없는 일이다.

"그렇게 결정되었다면 제가 어쩌겠습니까. 따라야지요."

나는 고개를 숙였다. 내가 상처 입은 표범이나 치타라면 지사장은 사자 무리에 속했다. 미주美洲만 놓고 본다면 이 바닥에서는 갈기를 멋지게 세운 수사자나 다름없었다. 속절없는 나의 저항은 치유하기 힘든 더 큰 상처만 가져올 뿐이었다. 내 딴에는 고개를 숙인다고 숙였는데 성에 안 차는 모양이었다. 따라야지요, 라는 말이 불손하게 들렸는지 지사장은 불쾌한 표정을 지었다.

"필립 윤 변호사 건은 어떻게 됐어? 그 일이 시작된 게 언제인데 왜 끝이 안 나는 거야. 명색이 신문사인데 그딴 일로 몇 년째 재판에 질질 끌려다녀야 하나. 밑의 부하들 글 때문이 아니라 이국장이 직접 쓴 칼럼이 원인이잖아. 그 점 어떻게 생각해?"

"그 일이야 제 잘못이 아니지 않습니까. 더군다나 그 필립 윤이란 인물은 한인 사회에 기생충 같은 존재 아닙니까. 신문이 그런 기능조차 못하면 어떡합니까? 언론이란 게 도대체 뭡니까!"

나의 명분론에 지사장의 표정이 부드러워졌다. 언론인이라는 명분 앞에 할말을 잃은 탓이었다. 그가 달래듯이 말을 이었다.

"하지만 풀어야 하지 않나? 혈기 끓어넘치는 이십대 기자도 아니고 중간 간부라면 회사 입장을 좀 고려해보아야지."

"필립 윤은 이제 수면 아래 가라앉은 것 아닙니까? 안 할 말로 감방에 들어가 있는 처지에 제가 뭘 어떻게 하겠습니까."

"그렇긴 하지만 재판이 종결된 것이 아니질 않나. 하다못해 필립 윤 면회 갈 때 한번 같이 가보는 것은 어떤가? 어떻게 하든 이제는 끝을 내야지."

"알겠습니다. 방법을 한번 강구해보겠습니다."

이쯤에서 손을 털어야겠다. 더이상 버티는 것은 위험할 것 같아 인사하고 일어섰다. 그런 나를 지사장은 앉은 채 물끄러미 쳐다봤다. 뭔가 할말이 남은 표정이었지만 무시한 채 등을 돌렸다. 몇 걸음을 옮겨 문 쪽으로 향하는데 지사장의 한마디가 표창처럼 날아온다.

"김진태 딸내미 뒤를 봐주고 있다며?"

김진태는 전 지사장이었다. 그는 서울 본사 회장의 둘째아들 친구였다. 둘째아들의 실각으로 인한 유탄을 온몸으로 받아야 했다. 그는 미주 지사장으로 밀려나 한동안 맴돌다 본사 한직으로 겨우 돌아가 있었다. 엘에이 쪽 미주 본사의 끈을 가지고 있는 지금 지사장과는 좋은 관계일 수가 없었다. 지사장의 그 말은 "너, 내 적에게 베팅하고 있다는 거 다 알아"라는 말이었다. 다른 이유들은 모두 부차적인 것이었다.

나는 온몸이 얼어붙는 것을 느꼈다. 김진태 전 지사장의 막내딸은 아버지의 재임 마지막 해에 뒤늦게 뉴욕에 와 대학에 입학했다. 당연히 나는 그와 관련된 학사 업무를 도와줄 수 있는 범위 내에서 도와주었고, 또 당시에 알 만한 사람들은 모두 알았다. 그런 공공연한 지난 비밀보다는 최근에 무슨 건수가 보고된 게 분명했다. 그가 지사장으로 근무하고 있는 동안 뒤를 봐주었다는 것이 큰 허물일 수가 없었다.

뭘까. 연휴 때 우리집 아래층 하숙집에 무료로 묵게 해준 것 때문은 아닐까. 설마, 반신반의하면서도 연관성이 아주 없지 않은 점에 주목했다. 대학들은 추수감사절 같은 연휴 기간 동안 기숙사의 문을 닫았고, 오갈 데 없는 학생들은 그 기간 동안 여행을 떠나거나 미국 내의 집으로 잠시 귀향했다. 하지만 아버지의 귀국으로 유학생 신분이 되어버린 전 지사장 딸내미는 애매한 처지였다. 약간의 자폐증 때문에 주변에 친구들이 없는데다가 한국에 갔다 오기엔 시간이 너무 촉박했다. 자연히 하숙집에 부탁을 했고, 주인집의 특별 부탁을 받은 하숙집 부부는 지극정성으로 딸내미를 모셨다. 그 일이 연휴나 방학 기간 중에 반복되었고, 그 소문은 증폭되어 퍼질 수 있었다.

누군가 소문을 퍼뜨렸다면 예삿일이 아니었다. 아랫집 특급 하숙생에 대해 알 수 있는 인물들이 많지 않기 때문이었다. 뿐만 아니라 내부의 적이 외부의 적과 손잡고 있다는 것을 암시하는 일이기도 했다.

아침 회의에서 지사장은 계속 SAT 문제집에만 집중했다. 나의 몰락을 알리는 보직 변경 인사는 회의 말미에 터뜨릴 모양이었다. 나를 향한 광고국장의 유들유들한 시선을 못 본 척 외면하며 나는 다시 생수를 들이켰다.

적과의 동침

숨어 있던 작은 단서들이 서서히 베일을 벗었다. 육 개월간의 긴 추적 끝에 사건의 전모가 조금씩 밝혀졌다. 나는 누운 채 한참 동안 벽에 붙어 있는 차트를 머릿속으로 그려봤다.

하지만 여긴 플러싱의 내 집이 아니라 낯선 장소다. 벽에 범인 추적을 위한 차트가 없다는 것이 무엇인가 허전하게 했다. 이곳은 맨해튼의 고층 펜트하우스고, 복층 구조 건축물 위층에 자리잡은 침실이다. 뼈와 살이 녹아내렸던 지난밤의 긴 열정은 가라앉은 채 묘한 정적만이 고여 있다. 높은 천장에 하늘을 향해 만들어진 유리창이 아득하게 다가온다. 어젯밤에 자세히 보지 못했던 두 짝의 커다란 유리 천장에는 거짓말처럼 구름이 흐르고 있었다. 마치 자동차의 파노라마 선루프처럼 길게 만들어진 유리 너머로 새벽하늘이 가득차 있다. 볼 때 마다 언제나 낯설게 느껴지는 것 중의 하나가 바로 아메리카 대륙의 하늘이다. 태어나고 성장했던 한반도와 얼핏 보면 비슷하지만 결코 색감이 같지 않은 하늘과 구름이었다. 마치 인상파 화폭에서 본 듯한 선명한 푸른색을 바탕으로 질감이 확실하게 느껴지는 흰 솜사탕 뭉치들이 둥둥 떠다니고 있는 듯하다.

왜 이 순간 선명치도 않은, 뿌연 서울의 하늘이 떠오르는가. 초여름이면 맨해튼 도심 공원에서 쉽게 발견되는 반딧불이를 왜 모국의 가장 깊숙한 곳에서나 찾을 수 있는지 안타까웠다. 모처럼 태평양을 건너온 지 얼마 안 되는 싱싱한 육체를 탐닉해서인지 마음이 엉뚱한 곳으로 흐르고 있다.

그녀의 법적 이름은 에바였다. 감옥에 간 변호사 필립 윤의 와이프, 즉 미시즈 윤의 미국식 이름이다. 에바 윤. 그녀의 뉴욕 운전면허증에는 그렇게 올라 있을 게 분명하다. 성도 이름도 모두 남의 것이거나 만들어진 것이었다. 언젠가 헤어지며, 내 원래 이름은 김점례나 이은혜나 박정숙이야, 라며 눈물을 글썽일 것 같지도 않다. 처음 만났을 땐 발톱을 거칠게 드러냈지만 예상했던 대로 발정난 암고양이와 같은 존재였다.

적어도 겉보기엔 그랬다. 영화에서 본 토네이도처럼, 지난밤에 벌어진 일은 갑작스러운 사건이었다. 왜 그런 돌발 행동을 했는지 아직 그녀 마음속 풍향계는 전혀 알 길이 없다. 단언하기 쉽지 않지만 교도소 간 늙고 부도덕한 남편을 대리해줄 수컷이 필요했을 가능성이 가장 높아 보였다. 우연히 발전된 관계라기보다는 뭔가 석연치 않은, 그녀의 잘 짜인 거미줄에 엮여든 기분이었다. 만만찮은 반감을 보였던 그녀가 나에게 전화를 걸어올 줄은 짐작조차 못했던 일이었다. 물론 그녀와 만남을 시도했던 첫날 그 가능성을 열어두었으나 그게 현실이 될 줄은 몰랐다. 가능성을 열어두었다는 것은 세상의 모든 여성을 향해 내가 언제나 그랬듯이 습관적인 것이었다.

나는 늘 나란 존재를 특별하고 남다르게 포장했다. 세상을 향한 적대감을 사명감이라는 촌티나는 이념으로 포장한 다른 신문기자들과는 외모부터 거리가 있었다. 맨해튼 일본 미용실에서 만든 물결치는 머리와 가다듬은 눈썹부터 고리타분함을 벗었다. 이탈리아가 원산지인 유명 브랜드의 양복과 구두, 여성을 향한 프랑스제 향수가 뒤를 받쳤다. 적이나 다름없는 그녀에게도 말이 아닌 눈빛과 몸짓으로 희미하게 모스부호를 날렸다. 위험한 상대인 필립 윤의 젊은 아내를 유혹하려는 은밀한 내 시도였다. 그녀의 화답을 딱히 기대했다기보다는 그냥 지나가는 희망사항이었다.

어젯밤 그 위험한 반전이 이루어졌다. 그녀와의 약속 장소는 파크 애비뉴의 '문Moon'이란 술집이었다. 32번가 한인 타운과 그다지 멀지 않은 곳이어서 찾기가 어렵지 않았다. 젊은 아이들이 바글거리는 곳이 아니었고, 그렇다고 지나치게 점잖은 분위기도 아니었다. 간간이 흑인들이 섞여 있을 뿐 백인 위주의 손님들 틈바구니에 동양인은 그녀와 내가 유일했다. 교제를 시작한 삼사십대의 어중간한 인간들이 다음 단계로 넘어가기 위해 모여든 대기 장소로 보였다. 오래전 유행했던 음악과 포도주, 칵테일 등 무겁지 않은 술이 어울리는 공간이었다.

"인사이동이 있었더군요."

그녀가 가볍게 입을 열었다. 사실 인사이동만 생각하면 불쾌하고 자존심 상했다. 옷 벗고 나가야 할 지경이었지만 나는 아무 일 아닌

듯이 묵묵히 견뎠다. 그녀의 첫 마디가 단지 전화를 걸다가 교환원으로부터 알아차린 정보 수준이라는 걸 알 수 있었다. 그런 회사 내의 이야기보다는 한인 타운에 위치한 레스토랑이 아닌 곳을 약속 장소로 정한 것이 오히려 궁금했다.

"조직이란 게 그런 거죠."

별일 아닌 듯이 가볍게 받았다. 짧은 치마에 깊게 파인 투피스를 입은 그녀의 갈증이 먼저 느껴졌다. 붉은 형광색 치마 아래로 드러난 건강한 다리와 역시 붉은 형광색 립스틱 아래로 드러난 건강한 치아가 도발적이었다.

"불러내서 놀라셨나요?"

바로 본론에 들어갈 심산처럼 보였다. 복잡한 이야기를 해보아야 에너지 낭비에 불과했다.

"네, 지금 긴장하고 있어요."

나는 웃으며 편안한 톤으로 대답했다. 그녀의 눈을 미국식으로 똑바로 들여다보며 이야기하고 싶었지만 약간 편안한 정도의 시선만 유지했다.

"왜요? 적의 와이프가 불러내서요? 무슨 꿍꿍이가 있나 해서요?"

"아뇨, 그게 무슨 의미가 있어요? 사내끼리의 자존심이 그렇게 대단한 것인가요. 웃기는 일이죠. 그보다는 참, 뭐라고 불러야 하죠?"

잠시 말을 멈추고 그녀의 눈을 가만히 바라봤다. 미시즈 윤이라는 명칭이 입안에서 빙빙 도는 걸 참는다. 미시즈 윤이란 이름엔 남편 필립 윤을 연상시키는 기분 나쁜 의미가 담겨 있기 때문이었다. 나의 그 질문을 기다렸다는 듯이 그녀의 눈과 얼굴 표정이 부드럽고 자연스러워졌다.

"그냥 에바라고 불러주세요. 예명이 아니라 미국 정부에서 허가받은 공식 이름이에요. 아메리카 정착민으로서의 공식 이름 말예요. 누가 내 이름을 지어주는 것이 아니라 내가 내 이름을 지을 수 있으니 얼마나 좋아요. 에바, 에바 윤이 지금의 내 이름이죠."

"좋은 이름이군요. 짧고 간결하고 또 섹시하고요."

"서울에서 이 이름이면 직업여성으로 보이겠죠. 뭐, 어때요. 그러거나 말거나 무슨 상관이 있어요. 여긴 그런 것으로부터 해방된 미국인데요. 예전부터 저 이름을 갖고 싶었어요."

"그럼요. 여긴 신천지인데요. 물론 해방구이기도 하고요."

"욕망의 해방구라. 유혹하시는 건가요?"

"네, 그러고 싶어요. 아주 순수한 마음으로요."

"대단하시네요."

외려 그녀가 정말 대단하다는 생각이 들었다. 누군가 내 이름을 지어주는 것이 아니라 내가 내 이름을 지을 수 있어 좋다는 말에 호감이 갔다. 그 표현이 누군가 나를 선택하는 것이 아니라 나 자신이 함께할 남자를 선택할 수 있다는 자신감으로 들렸다.

"처음 만난 날 이국장님의 냄새가 좋았어요. 남자들은 향수를 잘 사용하지 않는데 의외의 유혹이었죠."

역시 그랬다. 그녀는 나의 진가를 본능적으로 감지한 것이다. 뭔가 잘 풀려갈 것 같은 불온한 기대감에 한껏 부풀었다.

"그런가요. 근데 저도 이국장이란 타이틀이 싫어요. 그냥 폴이라고 불러요."

이미 신문사에서 국장 타이틀은 사라졌다. 그냥 한쪽 구석에 버려진 쓰고 남은 쪽박 같은 편집위원이었다. 이위원. 그게 지금의 내 정확한 명칭이자 처지였다. 하지만 매력적인 모습으로 지금 세계의 수도 한가운데에 앉아 있지 않은가. 폴이란 이름은 에바란 그녀의 이름을 듣고 즉흥적으로 정한 것이었다.

"폴이라고요? 그것도 미국 정부의 허가를 받은 이름인가요?"

"아뇨. 지금 갑자기 떠올랐어요. 에바와 어울리는 이름 아닌가요?"

그녀는 더이상 묻지 않는다. 말없이 투명한 백포도주를 한 모금 마실 뿐이다. 적당히 단단해 보이는 그녀의 목이 가볍게 진동하는 게 느껴진다.

간단한 술과 식사를 마친 후 레스토랑을 나왔다. 그녀가 이끄는 대로 옆 건물로 들어가니 바로 클럽이었다. 스테이지에는 사이키 조명이 번뜩였지만 커튼으로 구역 지어진 밀실은 어두컴컴한 이중구조였다. 그곳에서 온갖 인종의 인간들과 어울려 광란의 춤을 추었다. 어느 사이에 온몸이 밀착되었고, 그녀는 이미 거친 숨을 몰아쉬고 있었다. 그리고 우리 둘은 누구도 막을 수 없는 폴과 에바가 되었다.

적과의 동침은 짜릿했다. 테러 사건의 용의자 중 한 사람이자 적대 세력인 필립 윤이었다. 그의 젊은 와이프와의 위험한 정사는 내 영혼의 갈증을 단번에 식히는 스릴 그 자체였다.

에바, 에바, 에바…… 그녀의 육체를 미친듯이 탐닉했다. 어젯밤엔 코카인이 없었지만 나의 아드레날린은 더욱 차고 넘쳤다. 폴…… 그녀가 내 귀에 더운 바람을 불어넣으며 신음 소리를 남겼다. 이제 오랫동안, 폴이라 내뱉은 그녀의 안타까운 신음 소리는 서로의 뇌리에 기억되리라. 레스토랑과 클럽에서 마신 술 때문에 목이 말랐지만 그리 심각하지는 않았다. 술을 섞어 마신 후 늘 그렇듯 뒷골 당기는 후유증이 왔지만 견딜 만했다.

열정을 가라앉힌 그녀는 잠시 잠이 들었다. 불규칙한 리듬처럼 들리는 색색거리는 숨소리만 끊임없이 이어질 뿐이었다. 그녀는 깊은 잠에 취한 듯 자신을 열어젖힌 채 모든 것을 방기하고 있었다. 이불 바깥으로 젖가슴이 송두리째 빠져나와 있는 것조차 모르고 있었다. 새벽의 부드러운 여명 때문인지 삼십대 중반의 나이에도 불구하고 실루엣이 아름다웠다. 얼굴 피부가 아이처럼 섬세해 보였고, 조금 전까지 촉감으로 만났던 탄력 있는 근육이 눈으로 새삼 느껴졌다. 그런 그녀가 맨해튼 거리에서 가끔 볼 수 있는 커플인, 돈 많은 노년 남성과 젊은 여성의 한 쌍으로 살고 있다.

잠시 여흥에 젖어 있는데 어디선가 휴대전화 신호음이 들린다. 귀에 익숙한 음악 벨소리인 것을 보면 나에게 온 전화가 분명하다. 겨우 찾은 소리의 진원지는 벽 쪽 의자에 아무렇게나 벗어던져놓은 바지 주머니 속이었다. 허겁지겁 전화기를 꺼낸다. 번호가 82로 시작하는 것을 보아 한국에서 온 전화다. 나는 화면을 옆으로 밀어 전화를 받으며 방을 빠져나왔다.

"응, 나야."

정보부에 근무하는 대학 선배였다. 국제전화라서인지 그의 목소리가 오히려 낭랑하게 울려퍼졌다. 오래전 뉴욕에서 작전을 수행할 때 내가 도움을 준 적이 있었다. 또 백마를 탄답시고 함께 유흥가를 돌아

212

다녔던 기억이 늘 새로운 선배였다. 그때 만났던 여성이 체코 출신의 마리안이었다.

"형수님은 잘 계시죠?"

"그래. 아우님께 안부 전하래. 다리 다친 건 좀 어때?"

"이젠 거의 회복됐어요. 몸은 그런대로 움직일 만해요. 하여간에 괜찮아요."

그의 말을 듣자 갑자기 현실세계가 펼쳐진다. 달콤한 밀회가 남의 일처럼 느껴지며 지금의 몰락한 상황에 목이 막힌다. 전 지사장 딸을 돌봐준 것 때문에 나락으로 떨어진 처지가 한심하기 짝이 없다. 하지만 자세한 사정을 이야기할 수 없었고, 초라해진 자신을 인정하고 싶지도 않았다.

"그렇다면 다행이고. 참, 지난번에 부탁한 것 있잖아. 내가 알아봤는데 이국장이 알아야 할 것이 있어. 모종의 음모 같은 것이 느껴져서 말이야."

"음모라니, 무슨 말이에요?"

"기정도라고 했나, 이국장 집에 세 산다는 사람 말이야. 본인은 네일 살롱 하고, 부인은 하숙 한다는 사람."

통화를 하며 복층 아파트의 아래층으로 내려온다. 모퉁이 옷걸이에 걸려 있던 남자 가운을 손에 집어들었다. 마지막 계단을 내려와 옥상 문을 열고 바깥으로 나간다. 조그만 정원이 맨해튼 한가운데에 자리잡은 건물 위에 펼쳐져 있다. 좁은 잔디밭 사이를 지나 벽 쪽에 놓인 파라솔 의자에 앉아 통화를 이어간다. 지금은 뉴욕에서 만나는 어느 누구도 믿을 수가 없다. 어젯밤을 뜬눈으로 함께 보낸 뒤 지금 지쳐 떨어진 그녀도 마찬가지다. 사건 이후로 내 주변에는 수상한 그림자들이 늘 일렁이고 있었다.

"무슨 문제가 있어요? 그 사람들의 경력이 화려합니까?"

"아니, 전과 같은 것은 없어. 한국 경찰청에 알아봤는데 깨끗해. 기소 중지 같은 것도 없고. 미국으로 가면서 부동산 양도세 정도는 많이 떼먹고 가는데 말이야. 세금 체납액이나 다른 납부금 밀린 것이 전무해. 또 범죄 단체 조직원으로 블랙리스트에 올라 있지도 않고. 조폭이나 야쿠자는 아니라는 말이지. 적어도 지금까지 알아본 바로는 그래."

전화 저편의 목소리가 자신감에 넘쳤다. 나름대로 중요한 단서를 확보했을 것 같은 느낌이 들었다. 불안해진 마음에 의자에서 일어나 서성거렸다.

"그런데 뭐가 이상해요?"

"2003년인가 뉴욕 JFK공항에서 억류된 적이 있어. 잘 들어봐. 난 취업 비자니 영주권이니 하는 건 잘 모르니깐 이국장이 해석해야 할 거야."

"일단 말씀하세요."

"그 기정도라는 사람, 미국에서 취업 비자를 받은 뒤 한국엘 다녀갔나봐. 근데 공항 관리들이 이민법 위반으로 억류했다더군. 나갈 수 없는 사람이 나갔다 들어왔다고 억류했다는데 이게 무슨 말인지. 정치범도 아니고 말이야. 난 잘 이해가 안 되는데, 미국에서 취업 비자를 받으면 합법 신분 아니야?"

"취업 비자 받는 데 두 가지 방법이 있어요. 한국에 있는 미국대사

관을 통해 받는 것과 미국에 들어와 이민국을 통해 받는 것."

"그 차이가 뭐야?"

선배가 다시 질문해왔다. 이쪽의 갑갑한 것은 아랑곳하지 않는다. 꼼꼼하게 설명하지 않으면 그다음으로 진행하지 않는 사람이다. 홍등가를 함께 누빌 때와 일할 때는 백팔십도로 달라진다. 그의 의문점이 풀릴 때까지 몇 번이고 정확하게 설명해주어야 한다. 정보통이 왜 이렇게 상상력이 부족할까, 하는 의심이 든 적이 한두 번이 아니었다.

"한국에서 취업 비자를 받아서 입국을 하면 완벽해요. 처음부터 미국에서 일할 목적으로 들어온 것이니까 나중에라도 문제의 소지가 없죠. 그게 정상인데 의외로 그런 사람들은 십 퍼센트가 안 될 거예요. 그 사람들은 아무리 한국에 왔다갔다한들 별문제가 없어요. 그런데 미국에 들어와서 취업 비자를 받으면 처음에 입국할 때는 관광 비자나 학생 비자였다가 바꾼 것이 되잖아요. 그 사람들은 미국 국내법에는 저촉이 안 되기 때문에 미국 내에서는 합법 신분이죠. 하지만 국경을 관장하는 국토안보부 입장에서는 거짓말을 하고 입국했으니까 법을 어긴 것이 되는 거예요."

"뭐가 그리 복잡해? 정부 부처가 서로 다른 이중 잣대를 갖고 있다는 건가?"

"하여간에 미국에 들어와서 취업 비자를 받으면 주의할 게 있어요. 그 하나가 미국 내에서는 합법 신분이지만 외국에 나가면 안 된다는 거죠. 이민을 신청하는 한국 사람들 구십 퍼센트 이상이 그 경우에 해당돼요. 영주권 받기 전에 함부로 들락거리다가 큰 봉변 당하는 수가 더러 있죠. 그 친구가 그런 케이스 같은데 잘못 엉키면 추방 재판에

회부됩니다."

이야기의 느린 진행이 답답했다. 지금 침대에 잠들어 있는 에바가 신경 쓰였지만 어쩔 수 없었다. 자기가 알고 싶은 것을 모두 알아야 정보를 주는 직업의식이 드러났다. 하지만 지금은 그가 갑이고, 내가 을의 입장이다.

"그래, 알았어. 어쨌거나 그 기정도가 추방 위기에 빠졌을 때 구해준 사람이 둘 있어. 하나는 이국장이 이야기했던 B라는 사람의 와이프고, 다른 하나는 필립 윤이라는 인물이야. 필립 윤은 지금은 구속돼 있다더군. 한인 사회에서 한때 꽤 잘나가던 유명 변호사라는데, 이국장이 알 만한 사람 아닌가?"

이제 겨우 본론이 나온다. 작지만 커넥션의 고리를 집어내는 정보가 담겨 있다. 그가 말하는 내용은 얼핏 들어도 심상치가 않다. 더군다나 필립 윤의 아파트에서 그의 와이프와 밀회를 갖고 있는 처지였기에 긴장감으로 소름까지 돋는다.

"필립 윤이야 제가 아는 인간이죠. 근데 그게 다 뭔 소리예요? 어디서 그런 걸 다 들었어요?"

"뉴욕 영사관을 통해 알아냈는데 좌우지간 그래. 그 두 사람이 기정도의 보증을 선 뒤 데리고 갔어. 공항 관리들이 체류 기간을 십오일만 찍어주고 한국 영사관에 통보를 했다더군. 그동안 미국에 들어와서 벌인 것들 다 정리해 돌아가라고. 기정도에게 짐 챙겨 떠날 시간을 준 거지."

"그런데 어떻게 버틴 거죠? 그렇게 최종 시한이 찍히면 빼도 박도 못할 텐데."

"대체 노동 허가를 사서 바로 이민 신청에 들어갔다던데? 뭔 소리인지. 듣고도 잘 몰라서 메모한 것 들고서 설명하고 있어. 대체 노동 허가는 또 뭐야?"

이 상황에서 그가 또 질문한다. 하여간에 알고자 하는 욕구는 정말 대단하다. 나는 몸을 움직여 조금 열린 옥상 출입문을 닫아버린다. 그럴 리 없지만 실내로 통화 내용이 들어갈까 조심스러웠다. 이 아파트의 주인인 필립 윤은 물론 내 아랫집 남자의 신상이 오가는 이야기였기 때문에 예민해졌다.

"요즘은 없어진 제도인데 대체 노동 카드라고 당시에 있었어요. 노동 카드가 나오기까지 시간이 걸리다보니 그사이에 신청한 사람이 그 업소를 그만두고 없을 수 있잖아요. 그럴 경우에 노동부가 해온 행정 절차가 헛수고가 되는 걸 방지하기 위해 고안한 장치였지요. 스폰서 역할을 한 업소 주인이 그 집에서 일하는 새로운 사람에게 양도를 가능하게 해주었죠. 그러다보니 사고팔고 하는 비리가 생기고 해서 폐지되었어요."

"그래, 하여튼 알아. 중요한 건 그 사람들이 서로 가까운 사이라는 거야. 기정도란 사람과 B의 와이프가 이종사촌이라던가 뭐라던가. 하여간에 친인척이니 이국장이 그 사실을 알고 있어야 할 듯해서."

전화를 끊고 나서 먼저 앉았던 파라솔 의자에 앉았다. 잠시 어젯밤의 열기를 잊고 남의 집 건물 옥상에서 골똘하게 생각에 빠졌다. 전화를 끊고 나서도 전율이 쉽게 가라앉지 않았다. 나를 둘러싸고 도무지 믿을 수 없는 일이 벌어지고 있었다.

결국 그림은 거의 완성됐다. 필립 윤 변호사, 김바벨 목사, 아랫집 네일 살롱 주인인 기정도, 또 B와 그 와이프. 서로 연결 고리가 있었고, 이야기와 뼈대가 그럴싸해 보였다. 하지만 그들을 엮어넣기엔 세부적으로는 아직 엉성한 부분이 너무 많았다. 추리소설이나 영화라면 적당한 요건을 이미 다 갖춘 셈이었다. 수많은 드라마가 이보다 더 부실한 단서로 범인들을 몰아가지만 현실은 전혀 다르다.

이들을 모두 엮어 재판에 회부한다면? 객관적으로 보자면 공소 유지조차 힘들 것이다. 이미 육 개월이란 시간이 흘러가버린 사건에 이 따위 허접스러운 추리가 전부라니. 이 정도로는 인권을 중시하는 미국 검찰이 기소할 것 같지가 않다. 억지로 끼워맞춘 범행 동기와 용의자들의 커넥션 이상의 것이 없었다.

동족끼리의 사건이라면 인종차별 문제와 거리가 있다. 혹시 여기에 사이코패스가 있다면 과연 누구일까. 개인들의 원한이 중대 범죄인 테러로 발전한 이 사건에서 예단할 수 있는 것은 없었다. 네 덩어리의 용의자 집단이 분명 존재하고, 그들끼리의 커넥션은 보이는데 석연치 않다. 알 수 없는 의문점들 때문에 머리를 쥐어뜯고 싶었다.

이 추론에서 돈 문제가 빠진 것이 큰 허점이었다. 그것 역시 자본주의 사회의 현실을 부정하는 불길한 징후였다. 이 사건은 정치나 이데올로기가 서로 충돌하는 나라와 나라 사이의 테러가 아니었다. 맨해튼의 세계무역센터가 무너졌을 때 미국의 권부는 악의 커넥션을 만들어냈고 일반 국민들은 그것을 믿었다. 그 불확실한 증거들을 모아 악의 축을 징벌하기 위해 전쟁의 불꽃놀이를 벌였지만 개인 대 개인이라면 경우가 다르다.

오 제이 심슨조차 무죄판결을 받는 나라였다. 아내 살인에 대한 모든 동기와 정황증거를 다 가지고 있었지만 배심원들은 구십구 퍼센트의 확률보다는 일 퍼센트의 확률을 선택했다. 오심을 해 평생 마음의 짐을 지고 사느니 무죄를 선언하는 쪽이 마음 편했고 그렇게 믿고 싶었기 때문이었다. 몰락했지만 아직 관심받고 있는 목사와 변호사를 한꺼번에 잡을 수는 없었다. 그들을 굴비처럼 엮어 법으로 심판하는 것은 사실 여부를 떠나 애당초 틀린 일이었다. 자칫 역습당하는 것은 물론 잘못하면 내가 과대망상증 환자나 코미디언이 될 수 있었다.

또 몇 가지 의문점이 남아 있다. 김바벨 목사가 왜 그렇게 앨범을 순순히 보여주었는지 설명할 길이 없다. 그가 나에 대한 원한으로 범행을 모의했다면 그 교회 행사 앨범을 보여주었을 리 만무했다. 자신이 건재하다는 것을 시위하기 위해 보여준 그 앨범 속에는 기정도 부부와 필립 윤 변호사가 들어 있지 않은가.

바보가 아닌 다음에야 그런 일을 벌일 리 없었다. 또 자기 코가 석 자인 필립 윤 변호사가 범행에 가담했다는 것이 석연치 않았다. 아무리 그가 사이코패스라도 교도소에 앉아서 복수극을 펼쳤다는 것은 상식 밖의 일이었다. 영화 〈대부〉에 나오는 마피아 두목이 아닌 바에야 그를 대신해 누가 테러 모의에 참여한단 말인가. 결혼한 지 일 년밖에 안 된 천둥벌거숭이 신부가 나선다는 것도 성립되지 않았다. 그녀가 아무리 오뉴월의 한을 품은 여성이라 해도 아귀가 전혀 맞지 않았다. 에바는 필립 윤이 갇혀 있는 펜실베이니아 연방 교도소에 가는 길조차 잘 몰랐다.

그리고 지난밤은 뭐란 말인가. 필립 윤과의 연결 고리인 에바가 나를 유혹한다는 것이 이상했다. 상상하기 어려운 적과의 동침이자 위험한 밀회였다. 도대체 이게 뭐라고 젊은 여자가 몸을 던질 정도로 거대한 음모일 수 있단 말인가. 적어도 에바나 필립 윤과 직접적인 연관이 있을 것 같지는 않았다.

그런 모든 추측에도 불구하고 무엇인가 있었다. 실직자가 된 B를 대신해 그의 와이프가 기정도의 네일 살롱에서 일한다면? 혹시 사라져버린 가사 도우미 역시 그 집과 한통속이라면? B의 와이프가 네일 기술을 배운다는 이야기를 누군가에게 얼핏 들은 것 같다. 쓰러진 가장을 대신해 가계를 책임져야 하기 때문에 발생한 사태였다. 더군다나 B가 살고 있는 집은 기정도의 네일 살롱이 위치한 스탬턴 가는 길에 있었다.

바람이 가슴을 스치고 지나갔다. 의문이 꼬리에 꼬리를 물고 이어졌지만 테러는 현실이었다. 살아남기 위해 어떻게 행동해야 할지 갈피를 잡을 수 없었다. 음모의 거대한 소용돌이에 휘말려 그 속에서 허우적거리다 결국 익사하는 꼴이었다.

그런 생각을 복잡하게 하고 앉아 있는데 위층에서 불이 켜진다. 잠에서 막 깬 에바가 나타나 정원에 앉아 있는 나를 창문으로 내려다본다. 내가 손을 흔들자 아무것도 걸치지 않은 그녀의 실루엣이 마네킹처럼 손을 흔들어 보인다. 그녀가 미소 띠고 있는지, 어떤 표정을 짓고 있는지 빛을 등지고 있어 정확하지가 않았다. 그 창문 옆으로 엠파이어스테이트 빌딩이 가깝게 올려다보인다. 전망대 위로 건물을 비추어올리는 조명등이 빛을 잃어가고 있었다.

남은 것은 없다

정체불명의 이모티콘이 날아왔다. 어린아이와 새끼 공룡이 춤추는 익살스러운 그림이다. 메시지의 발신자를 보니 패트릭 이스마일이라는 낯선 이름이었다. 패트릭 이스마일? 얼핏 보아서는 유대인 이름 같기도 했으나 정확하게 알 길이 없다. 혹시 낚시 광고는 아닐까, 하는 의심이 얼핏 들었다. 하지만 일반 광고와는 분명 거리가 있었고 쉽게 납득될 만한 내용이 아니었다. 비슷한 덩치의 공룡과 어울려 춤추는 아이는 사각 선글라스를 착용하고 있다. 검정 곱슬머리인 주인공은 얼핏 보아서는 남자인지 여자인지조차 구분되지 않는다.

도대체 누가 이처럼 어처구니없는 이모티콘을 보낸 걸까. 미간에 주름을 만들며 잠시 생각에 잠겼지만 허사였다. 뭐라고 답신하기가 이상했고 당장에 연상되는 것이 없었다. 그렇다고 해서 그냥 삭제해버리자니 알 수 없는 미련이 남았다. 하루가 지난 뒤 또 장난 같은 이모티콘이 날아왔다. 같은 내용이었고 발신자는 역시 패트릭 이스마일이었다. 무시하려고 해도 마음이 찜찜한 것이 하루종일 신경 쓰였다.

그 다음날 이모티콘에 이어 문자 메시지가 날아왔다.

—엄마가 결혼해.

아들에게서 온 메시지였다. 나에겐 전처고, 자신에겐 어머니인 한 여성의 재혼을 알리고 있었다. 그 내용을 받고 마치 혼이 빠진 사람처럼 텅 빈 사무실에 앉아 있었다. 점심시간이라 직원들이 모두 밖으로 나가버리는 바람에 사방엔 정적만이 가득했다. 이미 남남이 된 아내의 재혼에 대해서는 감정이 간단하게 정리되지 않았다. 슬퍼해야 할지, 화를 내야 할지, 홀가분하게 생각해야 할지, 무슨 생각을 해야 할지 도무지 갈피를 잡기가 어려웠다. 하지만 아들의 장난기에 대해서는 참기 어려운 감정이 복받쳐올랐다. 녀석이 미친 건지, 나를 조롱하는 건지, 전처의 결혼을 축하하는 건지 알 수가 없었다. 잠시 복잡한 마음을 접고 사실 확인을 위해 답신을 했다. 모처럼 날아온 아들과의 대화를 포기할 수 없었다.

—장난이니?

—아니, 진짜.

스마트폰이 나를 비웃듯이 몸부림을 친다. 답신을 보내자마자 마치 내 관자놀이를 예리한 바늘로 쑤시는 것처럼 날카로운 소음과 함께 바로 답신이 날아온다.

—언제 하니?

—이번 주말.

메시지 창을 열고 차분하게 문자를 보낸다. 이런 방식이라도 아들과 대화하는 것이 얼마 만인가. 메시지를 보내기가 무섭게 순식간에 다시 답신이 날아왔다. 나는 안타까운 마음을 달래고자 열심히 손가락을 움직였다.

　―어디서?

　―버지니아.

　―상대는 누구니?

　―백인 남자. 학교 샘.

　―너는 어디서 살 거니?

　―새집. 그 남자 가족과 함께.

　―가족도 있어?

　―딸 하나가 있는데 나보다 어려.

　―그 남자 어떤 사람 같아?

　―좋은 사람.

　단답형이었지만 그래도 한글은 깨우치고 있었다. 전처가 혼자서 부지런히 가르친 모양이었다. 왜 춤추는 이모티콘을 보냈는지 알 수가 없었고, 또 알고 싶지도 않았다. 청소년기 아이의 사고방식을 짐작할 수는 없는 일이었다. 더군다나 이미 미국 아이가 되어 있을 아들이었다.

　―이 이름은 뭐냐?

　―무슨 이름?

　―네가 보낸 패트릭 뭐라 했던 이름 말이야.

　―앞으로 사용할 내 이름이야.

　할말을 잊고 헛웃음을 웃는다. 말하자면 앞으로 나에게서 이어받은 성과 이름, 그 모두를 바꾸겠다는 통보였다. 이럴 땐 뭐라고 해야 하

나. 그냥 선진국 거주민으로서 멋지게 축하한다고 해야 하나. 아니면 이름까지 미국인으로 바꾸고 길이길이 잘 살아가라고 냉소적으로 말해줘야 하나.

잠시 머리가 복잡하다. 아들이 자신의 성을 갈겠다고 밝히고 있지만 딱히 할말이 없다. 아버지인 나를 지워버리는 행위에 대해 서운함과 함께 오히려 안도감이 밀려들었다. 슬픈 감정조차 없다니 어떻게 그럴 수가 있을까. 차라리 아버지를 바꾸어버려 인연을 끊는 편이 훨씬 나을지 모른다는 생각이 들었다. 아버지의 생명줄을 차단하기 위해 모르핀 액을 혈관에 찔러넣는 행위보다는 합리적이었다.

—그래 잘 지내.

—응.

그리고 문자 메시지가 끝났다. 이제 전처와 아이와의 인연은 끝이 난 셈이었다. 오 년이고 십 년이고 간에 더이상 아들에게서 연락이 올 것 같지가 않았다. 사랑한다, 그립구나, 하는 영양가 결핍된 말로 미련을 남길 이유가 없었다. 러브 유. 아이 러브 유. 미스 유. 아이 미스 유…… 아이에게 이 말을 차마 할 수가 없었다. 아니, 좀더 세련된 입장에서 고려하자면 그런 소모적인 문장 사용을 억제했다는 편이 더 정확했다. 상대방을 낚아 내 편으로 만들기 위해 언제든 내 입술 사이를 술술 빠져나가는 말이지만 지금은 참아야 했다. 쓸데없이 미련이 남는 말로 훗날 청년이 된 아들의 방문을 받고 싶지는 않다. 애정 없이 성장한 아이는 증오의 테러리스트가 되어 아비의 심장을 노릴 것이 분명했다.

이은수. 이제 이 이름을 더이상 기억할 필요가 없다. 아이가 한국식 이름은 물론 성까지 바꾼 것이 오히려 위안이 된다. 이제 어린 수사자는 자신이 옮겨간 다른 영토에서 자신의 운명을 개척해갈 것이 분명하다. 지상에서 가장 무서워질 수 있는 강적과 그냥 이대로 인연이 끊어지는 것이 더없이 홀가분하다. 잠시 복잡했던 감정과 생각이 매듭 풀린 실타래가 원래대로 감기듯이 깔끔하게 정리된다. 패트릭 이스마일이라고? 싸늘한 냉소가 얼굴에 퍼지는 것을 참아야 할 지경이었다. 내가 지어준 이은수는 물론이고 저 이름 역시 이제 애써 기억할 이유가 없다. 며칠간 찜찜했던 마음이 오히려 가벼워진다.

그사이에 점심시간이 끝난 모양이다. 텅 빈 사무실에 어느새 사람들이 반쯤 찼다. 다시 일을 하기 위해 컴퓨터 자판을 두드려 로그인한다. 검은색 바탕화면이 사라지며 애리조나 사막 풍경이 나온다. 삼지창처럼 생긴 선인장들과 거대한 황무지, 그 이국적인 풍경의 뒤로 장엄한 일몰이 빛을 발하고 있다.

이제 모두 정리해야 한다. 그렇게 생각하며 전처가 남기고 간 컴퓨터를 들여다보았다. 이 컴퓨터를 보관해주세요. 전처는 자신이 사용했던 데스크톱을 버리지 말라고 당부했다. 작동이 안 되는 이 낡은 컴퓨터를 왜 보관하라고 했는지 궁금했다. 다른 물건들은 버리거나 들고 가면서 이것을 남겨놓은 저의가 의심스러웠다. 데스크톱 안에 무엇인가 감추어둔 것은 아닐까. 우울증을 앓아온 그녀가 이상한 것들을 컴퓨터 안에 숨겨두었을지도 몰랐다. 하지만 버리지 말라고 당부한 목소리가 떠올랐다. 어떻게 해야 하나. 잠시 혼란스러웠다. 하지만 곧 나의 자의식이 갈라지며 넌지시 유혹의 목소리를 보내고 있다. 버리지 말라고 한 것이지 뜯어보지 말라는 말은 아니지 않나. 교활한 논리가 뱀 혓바닥처럼 날름거린다. 결국 여러 갈래로 나누어진 나의 자의식들이 분열하고야 만다. 늘 그랬듯이 궁금한 건 참지 못한다. 어쩔 수 없이 한쪽으로 밀려난 올곧은 자의식은 컴퓨터 분해라는 귀찮은 노동을 감내해야만 했다.

전처는 오랫동안 탈출하고 싶어했다. 그녀가 나와 결혼한 이유 역시 자신을 옥죄고 있던 일상 때문이었다. 작은 사업을 하던 그녀의 아버지는 두 집 살림을 하고 있었다. 그녀는 툭하면 가출하는 오빠와 어렸을 때부터 소아마비를 앓아온 언니를 보기가 괴로웠다. 당시로는 드물게 남편보다 연상이었던 어머니는 언제나 폭발 일보 직전이었다. 설상가상으로 IMF가 덮치자 아버지의 사업이 부도로 내몰렸다.

그 이후에 연결된 것이 나였다. 내가 열 살 연상이었지만 그녀는 개의치 않았다. 서울에서 고작 두 번 데이트하고는 나를 따라나섰다. 하지만 자신의 집에서 탈출하고자 했던 것이지 굳이 미국에 오고 싶어했던 것은 아니었다.

무작정 뛰쳐나온 그녀의 행동은 큰 실수였다. 그녀는 자신의 몸뚱이 이외에 아무것도 준비되지 않은 상태였다. 예금통장 하나, 옷가지 하나, 무엇 하나 변변한 것이 없었다. 젊은 나이인데도 불구하고 언어조차 준비되어 있지 않았다. 그녀의 희망대로 탈출엔 성공했지만 감당할 수 없을 정도로 멀리 나와버렸다. 무엇 하나 내 손을 거치지 않고서는 움직일 수 없는 진공상태에 놓여버렸다. 그녀에게 이곳은 소리가 들리지 않고 말을 할 수 없는 무중력의 우주일 뿐이었다.

나는 그녀에게 실망했다. 그녀의 무방비 상태에 점점 짜증이 났다.

나의 이런 역정이 쌓여 무관심으로 변하자 그녀는 결국 좌절했다. 신혼 초기에는 나름대로 적응하기 위해 함께 노력했다. 나는 그녀를 위해 동네 도서관에 나란히 나가 신규 이민자를 위한 회화반에 가입한 후 저녁에 짬을 내어 몇 번인가 바쁜 스케줄을 밀어두고 사이좋게 참석했다.

도서관은 지구촌 낯선 세계에서 온 사람들로 북적거렸다. 브라질, 엘살바도르, 폴란드, 중국, 방글라데시 출신들이 교실을 가득 채웠다. 어수선한 시장처럼 사람들이 넘쳐났고 각자의 수준이 천차만별이었다. 강사로 나선 자원봉사자 백인 할머니들이 생애 마지막 의욕을 불태웠지만 역부족이었다. 흡사 중학교 영어수업 같은 기초 문법 시간이 끝나면 그룹을 지어 둘러앉았다. 서로 대화를 나누었지만 무슨 소리를 하고 있는지 도무지 알 수가 없었다. 구경 삼아 참석한 나까지 당혹스러웠다.

다들 기초조차 되어 있지 않았다. 스페인어가 뒤섞인 중남미 영어로 한 무리가 떠들고 있었다. 멕시코 국경을 건너 밀입국한 강인한 의지가 한마디라도 더 하려는 듯이 이야기를 길게 끌어갔다. 혀 짧은 영국식 발음을 하는 인도, 파키스탄, 시리아 출신들의 참여 정신 역시 대단했다. 그들은 자신들이 마치 정통 영어를 구사하는 듯 근엄한 표정을 지어 보였다. 러시아식 동유럽 언어를 사용하는 백인 남자와 목소리가 큰 중국 여성도 만만치 않았다. 그들의 언어는 오직 그 도서관에서 오랫동안 봉사해온 원어민 할머니 교사만이 알아들었다. 바벨탑처럼 갈라져버린 언어를 통역해주는 것이 그녀들의 주요 업무인 것처럼 보였다.

그때 내가 들은 것은 거친 탁음들이었다. 전처처럼 순수 초보 이민자도 있었지만 몇 년씩 묵은 중고 이민자들이 많았다. 살면서 말이 안되어 불편을 겪다가 동네 도서관의 회화 코스에 등록한 것이었다. 부드러움이라고는 찾아볼 길 없는 그들의 돼먹지 않은 언어에 경멸감마저 올라왔다. 내가 속했던 대학이나 대학원 강의실에서 일찍이 겪지 못했던 인간시장이었다.

소음에 가까운 그들의 탁음이 내 신경에 거슬렸다. 한두 마디씩 겨우 대답하는 그녀 역시 다를 바 없었다. 미국 문화에 정통한 한 일본 작가는 영어를 완벽하게 마스터하면 목소리가 청아해진다는 말을 했었다. 그건 운이 좋아 맑은 정신에 공부할 수 있거나 팔자 편한 사람의 이야기일 뿐이었다. 오히려 목소리가 탁해지기 쉽고, 악의 없는 사소한 거짓말에 익숙해질 수 있었다. 낱말과 표현에 익숙하지 못하다 보니 대화가 자꾸 옆길로 빠졌다. 문장을 만들다보니 말의 진실성이 떨어지며 생뚱맞은 주제나 개인사를 나누고 있었다. 황당한 일이지만 이런 생활을 계속하다보면 부족한 영어 때문에 결국 거짓말을 쉽게 하게 된다.

그들의 거칠어진 성정을 이제 이해한다. 낯선 곳에서 이방인처럼 살아가다보면 영어가 사람을 그렇게 만든다. 햄버거 가게에 근무하는 어린 흑인 종업원에게까지 인종차별을 당하다보면 생각이 바뀔 수밖에 없다. 처음엔 잘 못 느꼈던 멸시가 보이기 시작할 때쯤부터 사람들은 거칠어져간다. 절망이나 증오 없이 미국 생활을 할 수 있다면 목소리가 섬세하고 부드러워질까. 내가 그걸 이해한다고 해서 준비 안 된 자들에 대해 배려할 만큼 아량이 넓어졌다는 것은 아니다. 그냥 그 상황이 이해됐다는 말일 뿐 나 역시 더듬거리는 자들에 대해 긍정적인 마음은 아니다.

그녀와의 사이는 처음부터 삐걱거렸다. 세대 차이와 문화 차이가 있었고, 심지어 학벌과 언어 차이마저 골이 깊어졌다. 아이가 생기자 그녀는 도서관에 나가는 것을 중단해버렸다. 세상 모든 것을 포기한 것처럼 아이를 낳아버렸다. 어리석게도 그녀는 아이와 함께 자신을 좁은 집안에 가두어버렸다.

그리고 또 탈출을 진심으로 원했다. 나에게서 헤어나길 바랐고, 말 벗 하나 없는 뉴욕에서 벗어나길 희망했다. 그녀의 덧없는 탈출 의지가 나에게 또다른 분노를 몰고 왔다. 나는 그녀에게서 벗어나 각종 유흥을 거침없이 즐기기 시작했다. 나는 자유의 길로, 그녀는 자학의 길로, 각자의 삶이 펼쳐졌다.

칠팔 년을 억지로 한집에 살다가 그녀는 떠났다. 그사이에 우울증을 앓던 무표정한 얼굴로 이혼에 합의했다. 난 당연히 심각한 이혼 사유를 제공한 그녀에게 내어줄 것이 없었다. 한국식으로 몇 년 살았으니 위자료 얼마 내놓으라는 주장이 통하지 않는 나라였다. 내가 아이의 양육을 맡았기 때문에 헤어져 각자가 알아서 살면 되는 것이었다. 플러싱의 이 집은 결혼하기 전에 이미 내가 사둔 것이었다. 부모에게 상속받은 집과 토지를 처분했고, 한국에서 송금된 그 돈이 고스란히 들어간 집이었다.

이 집에 관한 한 나는 아무것도 내놓을 수 없었다. 이 집은 아버지, 어머니의 죽음과 직접적인 연관이 있었다. 아직까지 그들이 생존해 있었다면 난 이 집을 살 수가 없었을 것이다. 아버지가 더 살아 전 재산을 거덜냈거나 어머니가 살아 있었다면 상속이 제대로 이루어졌을 리 만무했다. 나는 포식자나 다름없는 아버지와의 승부, 더 나아가 내 부모와의 경쟁에서 이겼다. 그 전리품이나 다름없는 이 집을 쪼개준다는 것은 애초부터 성립되지 않는 이야기였다. 어쨌든 그녀의 권리는 없었고, 그녀 역시 그럴 만한 생각과 욕심이 없었다.

그녀는 단지 이혼만을 원했다. 그녀는 사촌언니가 있는 버지니아로 내려갔고, 그곳에서 안정을 찾았는지 일 년 뒤에 아이를 데려갔다. 그런 그녀가 남겨놓은 것은 이 컴퓨터 몸체와 윌리란 이름의 검정색 고양이 한 마리였다.

"그 컴퓨터 잘 보관해주세요. 우리 윌리 잘 챙겨주시고요. 길고양이 되지 않게 버리지 마세요."

집 앞에서 아이의 손을 잡은 채 그녀가 말했다. 맨해튼 한가운데에 있는 펜실베이니아 역으로 가기 위해 옐로 캡을 기다렸다. 그녀는 우는지 웃는지 알 수 없는 표정으로 떠나갔다. 아이는 나와 자신이 살던 집을 끝내 외면한 채 돌아보지 않았다. 아이의 얼굴 표정이 어떠했는지 아예 읽을 수 없었다. 내 마음 역시 구름이 끼었는지 아니면 청명해졌는지 이제 기억조차 나지 않는다.

그 이후에 데스크톱 몸체는 한쪽에 버려져 있었다. 먼지가 수북하게 쌓여가며 내 관심에서 멀어졌지만 늘 마음 한편에는 찌꺼기가 남아 있었다. 컴퓨터 메모리 속에 무엇이 들었는지 궁금했지만 굳이 들쑤시고 싶지 않았다. 혹시 그 몸통 빈 공간 속에 무엇인가 감춘 것은 아닐까, 하는 황당한 생각마저 들었다.

'그럴 리가 없어. 컴퓨터 몸통 속에 어떤 물건을 숨기다니. 그건 지

나친 비약이다. 그러나 전처는 정상이 아니지 않은가. 혹시······?'

그전부터 한 번씩 하는 어이없는 상상이었다. 하지만 테러를 당하고 난 뒤부터 뭐든지 의심하는 습관이 생겼다.

아니면 말지. 재혼한다는 소식에 마음이 점점 뒤틀어졌다. 먼지를 뒤집어쓴 채 한쪽 구석을 차지하고 있는 컴퓨터였다. 갑자기 그 물건의 흉물스러움에 섬뜩함마저 느껴졌다. 이제 정리해야 돼. 그게 정상이 아닌가. 이런 것을 집에 둘 이유가 없어. 그녀의 마지막 소장품을 부수어버리고 싶었다. 산산조각 내 쓰레기차에 실어 보내야 직성이 풀릴 것 같았다.

나는 컴퓨터를 끄집어냈다. 거실 바닥에 놓은 뒤 드라이버와 망치를 찾았다.

주말 오전에 이메일을 받았다. 플러싱 한인 전자제품 가게에 부탁했던 내용이다. 컴퓨터 하드디스크에서 빼낸 내용을 이메일로 보내왔다. 그 가게는 컴퓨터 수리에서부터 시작해 차근차근 큰 곳이었다. 지금은 휴대전화 위주로 장사를 하면서도 한쪽 구석에선 여전히 컴퓨터를 취급하고 있었다. 오래전부터 알고 지낸 그 가게의 주인은 컴퓨터 프로그래머 출신이었다. 그는 세상이 스마트폰 위주로 움직이고 있단 것을 알았지만 깨지고 망가진 컴퓨터에 대한 애정을 버리지 않았다.

자신의 꿈조각을 여전히 간직하고 있는 그 역시 정상이 아니었다. 이제 물건 파는 행위 이외에 별로 할 일이 없는데도 그는 자신을 여전히 전문가라고 착각하고 있었다. 오래되어 폐품이나 다름없는 하드디스크의 복원을 부탁하자 모험을 앞둔 소년처럼 그가 눈을 반짝였다.

마치 미합중국의 엄청난 음모가 담긴 파일을 받아든 것처럼 얼굴이 상기됐다.

그가 보내온 이메일에는 간단한 설명이 담겨 있었다. 글을 읽으니 그가 다소 실망했음이 그대로 느껴졌다.

—바이러스가 좀먹긴 했지만 하드디스크에 담긴 내용은 대부분 살렸습니다. 용량이 많지 않아 우선 이국장님 이메일로 보냅니다. 또 USB에 담아두었으니 언제 시간이 나시면 방문해주시기 바랍니다. 하드디스크와 함께 잘 보관해놓겠습니다.

그가 보낸 이메일에는 제법 많은 사진들이 담겨 있었다. 나는 그 사진들을 하나하나 열기 시작했다. 대부분의 사진은 전처가 주변 풍경을 찍은 것이었다. 인근 공원, 동물원, 윌리엄스버그 브리지, 맨해튼의 건물 등이 담겨 있었다.

푸른 뉴욕 하늘과 인근 롱비치의 석양도 있었다. 그중에는 가족들의 모습이 담긴 사진들이 많았다. 대부분 아들의 사진이었지만 간간이 내 얼굴도 있었다. 벌써 십 년 가까이 된 것들이다. 아들은 어렸고 내 모습은 훨씬 젊어 보였다.

무관심과 귀찮음으로 가득찬 내 얼굴이다. 나의 잠자는 모습을 담은 사진이 이색적이었다. 술에 취해 곯아떨어진 듯 지저분한 모습이 그대로 드러나 있었다. 잠자는 내 모습 옆에 장난기 가득한 아들이 보였다. 아이의 깔깔거리는 소리가 들리는 것 같지만 도무지 목소리가 기억나지 않았다.

그러다가 한 장의 사진에 시선이 모였다. 화산섬으로 알려진 롱아일랜드의 남쪽에 위치한 파이어 아일랜드 국립공원이었다. 오래전 화산 활동과 지각의 변화로 만들어진 이 공원은 일직선의 긴 바닷가였다. 몇 군데 끊어지긴 했지만 오십 킬로미터에 달하는 엄청난 길이의 백사장이 자랑이었다. 자동차 몇만 대가 족히 들어갈 크기의 거대한 주차장에 차를 세우면 사슴들이 노숙자처럼 나타나 사람들에게 무엇인가 얻어먹었다. 들고 간 새우깡이나 감자깡을 보고 어린 사슴들이 무리 지어 모여들었다. 유순한 사슴들은 어린 아들의 손에 있는 한국 과자들을 망설임 없이 받아먹었다. 사람과의 접촉이 익숙한지 슬쩍 얼굴을 만져도 놀라거나 도망가지 않았다.

"사슴이 주차장까지 몰려왔어."

아내가 어린아이처럼 즐거워했다. 이곳에서는 웬만해선 사슴을 가까이하지 않았다. 사슴에 기생하는 틱 벌레 때문이었다. 얼핏 벼룩 같지만 사람의 살을 파고들기 때문에 공포의 대상이었다. 한번 물리면 피부가 황소 눈알처럼 부어오르고, 그 유충이 피를 타고 돌면서 인체에 큰 피해를 남겼다.

"너무 가까이하지 마라. 그러다가 틱 옮으면 어쩌려고 그래."

"별걸 다 걱정이야. 틱들이 나무 위로 올라가는 철이라서 사슴들은 멀쩡해요."

내가 주의를 주어도 아내는 신경을 안 썼다. 아이와 함께 사슴에게 과자를 주며 사진 찍기에 여념이 없었다.

바닷가로 걸어가니 음악 소리가 들린다. 해변에 가설된 작은 무대에서 뮤지션들의 연주회가 한창이었다. 수백 명의 사람들이 가설무대 앞에 놓인 플라스틱 의자에 앉아 흥겹게 몸을 흔들었다. 아내는 좋아하는 음악이 연주되자 모처럼 우울함을 떨치고 어린아이의 손을 잡은 채 춤을 췄다. 해변에는 젊은 사람들 못지않게 중장년의 사람들도 많았고, 그들을 위해 뮤지션들은 지나간 음악을 들려주었다.

"대학생 때 즐겨 들었던 음악인데 여기서 듣네."

전처는 감동에 겨워했다. 주문했던 홍합은 치즈와 버무려져 색다른 맛을 냈다. 결혼 이후 처음으로 아내와 해변에 나란히 앉아 맥주를 마셨다. 전자기타와 전자오르간이 만드는 음악 속에 저녁이 살포시 내려앉았다.

아래쪽 백사장에서는 푸른 파도가 넘실거렸다. 롱아일랜드 섬 북쪽 바다가 복잡한 해안선 때문에 한국의 남해를 연상케 한다면, 남쪽 바다는 해안선이 일직선으로 쭉 뻗어 동해를 연상케 했다. 그 롱아일랜드 남쪽 바다 위로 막힌 데 없이 거대하게 펼쳐진 저녁놀이 불타올랐다.

공연이 끝나고 우리는 백사장으로 내려갔다. 아이가 먼저 공연장 나무 계단을 달려내려갔다. 하얀 모래가 아이의 발뒤꿈치에서 튀어올랐다. 여기저기서 작은 불빛들이 먼 그리움처럼 깜빡깜빡 피어올랐다.

"야아, 반딧불이네. 어릴 때 보고 처음이야."

아내가 해변을 뛰어다니며 소리쳤다. 해변으로 내려온 다양한 인종들이 맨발로 모래사장을 걸어다녔다. 제법 거친 파도에 바지를 한껏 적시면서도 사람들은 피할 줄을 몰랐다. 아내는 어둠 속에서 카메라의 셔터를 계속 눌러댔다. 마지막 저녁놀을 배경으로 한 희미한 사진 속에는 사람과 반딧불이가 어우러져 있었다. 그 희미한 그림자 속에 내 모습과 아이의 모습이 함께 담겨 있었다. 그곳에 왜 가게 되었는지는 기억이 아득했다. 롱아일랜드 동쪽 끝인 만톡에 갔다가 돌아오는 길이었으리라. 만톡은 동해의 정동진처럼 해 뜨는 것이 인상적이었기 때문에 특히 한국인들에게 잘 알려져 있다. 돌아오는 길에 파이어아일랜드에 차를 세우면 이번엔 해 지는 풍경을 볼 수 있었다. 섬 하나에서 장엄한 일출과 일몰을 하루에 모두 감상할 수 있다는 것은 또하나의 감격이었다.

사진을 보며 잠시 시간 여행을 한다. 이 나들이는 전처와 공유한 몇 안 되는 기억 중 하나다. 그러나 사진 속에는 아이와 내 모습만 있지 정작 아내가 보이지 않는다. 왠지 그녀의 모습이 떠오르지 않는다. 나와 잠자리를 같이했는지조차 기억할 수가 없다. 왜 이렇게 되었을까. 왜 이렇게 가족들이 뿔뿔이 흩어진 것일까.

보면 볼수록 뭔가 이상했다. 아무리 자신이 찍었다고 해도 사진 한 장이 없을까. 인간관계를 만들지 못했던 전처는 주변에 아는 사람이라곤 도통 없었다. 플러싱 거리에는 한인들을 비롯해 동양인들이 흘러넘쳤지만 그녀는 영어가 미숙하고 숫기가 없어 이웃 사람들과 어울리지 못했다. 괴팍한 옆집 백인 할머니에게 사진을 찍어달라고 할 수도 없는 처지였다. 나에겐 왜 사진 찍어달라는 소리를 하지 않았을까. 아내가 없는 사진들엔 그녀의 외로움이 역설적으로 담겨 있었다.

잠시 누웠는데 갑자기 의심이 몰려왔다. 사진 속에 담긴 모든 장면들이 실감나지 않았다. 그냥 누군가가 기억을 조작해놓은 것은 아닐까. 이 사진들은 내 두뇌 속에 심어놓은 칩의 일부가 아닐까. 문을 열고 나가면 조작된 세상이 펼쳐져 있을지도 몰라. 매트릭스처럼 누군가 방문을 두드리면 사건이 전개될 것만 같았다.

아무도 방문을 두드리지 않았다. 비밀 요원이 나타나지 않았고, 따라서 나에게 모험 따위는 없었다. 이제 나에게 남은 것은 무엇일까. 지금 인생의 중간을 통과하고 있지만 과연 '생의 한가운데'는 언제 어디로 증발한 것일까.

전처가 결혼하는 날이었다. 하필 이런 날에 가족사진을 보아야 하다니. 나는 빛바랜 지난날들의 사진에 조금씩 질려갔다. 별로 비밀스럽지 않은 그녀의 비밀에 관심을 잃어가고 있었다. 시계를 보았다. 어느새 두 개의 바늘이 겹치며 낮 열두시를 가리켰다. 한때 내 아내였던 여자가 흰 웨딩드레스를 입고 식장에 걸어들어가고 있을 시간이다. 안경 낀 백인 남자가 수줍게 웃으며 그녀를 반길 것만 같다. 왠지 그녀처럼 쇠약하고 우울증을 앓고 있는 중학교 선생이 새 남편일 것 같은 상상이 든다.

털어버려야지. 그동안 새 남편과 연애를 했다면 적어도 그녀는 용의자의 한 사람은 아니다. 그것만 해도 적지 않은 위안이었다. 어느새 무대 위로 등장한 새로운 인물들이 나를 에워싸고 있었다. 아랫집 남자와 B, 필립 윤 변호사 부부와 김바벨 목사였다. 그 사람들이 만든 연결 고리가 진정한 매트릭스인지도 모른다. 내가 넘어야 하고 파헤쳐야 할 또다른 세상의 비밀이었다.

이제는 치우자. 정리를 해야 목표가 분명하게 보인다. 여기엔 아무 증거가 없고, 내가 망설일 이유가 없다. 나는 컴퓨터 부품들을 빈 박스에 담았다. 거실 한쪽에 수북하게 쌓여 있었지만 모으는 데는 잠깐이면 됐다. 전처가 남긴 기억의 잔해들이 커다란 유골함에 담겼다. 나는 그 박스를 다시 큰 쓰레기봉투에 쑤셔넣은 뒤 계단을 내려갔다. 오늘은 주말이라 쓰레기 수거반이 오지 않을 테지만 집안에서 치워버리고 싶었기 때문이다. 이제 거의 회복된 나의 두 다리가 계단의 높낮이를 잘 기억하고 있었다.

마지막 테라피

"좀 어떠세요?"

여전히 같은 시각, 같은 인사말로 시작된다. 하지만 그전의 '좀 어
떠냐'와는 약간 어감이 다르다. 자신이 처방해준 약이 어떠냐는 의미
를 함께 담고 있는 것처럼 들린다.

"저녁에 잠이 잘 오는 것 같아요. 덕분에 밤에는 아무 일도 못하게
되었지만 말예요."

거짓말이었다. 그가 처방해준 약은 고작 이틀 먹고 한쪽 구석에 처
박아버렸다. 그는 나의 내면에서 출렁이는 분노의 감정을 다스려야
한다며 묘한 약을 처방해주었다.

"꾸준히 드시면 마음이 편안해지실 거예요."

"근데 그 약을 왜 먹어야 하죠?"

"약 먹는 이유가 뭘까요? 사람이 분노하면 자칫 과대망상에 빠지게
됩니다. 정신의학 이론이라 조금 복잡해요. 제 한국말이 좀 부족하지

만 굳이 설명하자면…… 분노하면 일반인들에게는 아드레날린으로 알려진 에피네프린을 비롯한 몇 가지 교감신경 전달 물질과 남성호르몬인 테스토스테론의 분비가 증가하죠. 의학적으로는 감정을 통제하는 내측 전전두 피질의 한 부위가 분노의 표출과 연관이 있다고 봅니다. 정상인의 범주에서 벗어나 이상 현상을 보이는 뇌의 이 부분을 부드럽게 다독일 필요가 있는 거죠."

닥터 고의 설명이 난해하다. 그는 왜 일반인이 알아듣기 힘든 전문 용어를 사용하는 것일까. 그렇다고 그게 무엇을 말하는 것인지, 무슨 의도로 전문용어를 사용하는 것인지 따위를 질문하며 시간을 낭비하고 싶지가 않다. 택시의 미터기처럼 매 순간 병원의 주머니를 불리는 상담료만 차곡차곡 쌓여갈 뿐이다.

"분노는 왜 생기는 겁니까?"

시간은 그의 편이었다. 분노에 대한 그의 난해한 설명을 들으니 거의 분노에 가까운 기분 나쁜 감정이 싸늘하게 올라왔지만 참았다. 대화를 이어가기 위해 분노에 관한 상식적인 질문을 툭, 하고 던질 수밖에 없었다.

"동물들은 자신의 적대감을 어떻게 표현하나요. 우선 그 대상을 향해 으르렁거리며 직접적으로 분노를 보여주잖아요. 동물들은 식량 확보, 자기 땅 지키기, 짝짓기 경쟁 등의 확실한 이유가 있을 때 송곳니를 드러냅니다. 이에 비해 지능이 높고 오랫동안 사회생활을 해온 인간의 공격 성향은 훨씬 복잡한 얼굴을 갖고 있어요. 자존심을 다치거나, 다른 사람에 비해 불이익을 받게 되면 저항할 수 있는 내면적인 토대가 마련되는 거죠. 나의 억울함이 불공평한 조직의 구조 때문이라고 믿을 때 바깥을 향한 증오심은 더욱 강력해지는 거구요. 더군다나 이민 사회는 외로운 섬과 같은 곳이어서 이래저래 생존경쟁이 더 치열할 수밖에 없을 듯합니다. 또 그 대상이 한정적이다보니 이런 분노의 응집력이 더 단단할 수밖에 없죠. 어떤 의미에서는 인간 내면에 숨어 있던 본성이 가장 잘 표출될 수 있는 곳이라는 생각이 듭니다."

"그런가요? 이곳에서 어떤 사람이 다른 사람에게 원한을 품으면 그 분노나 증오심이 좀처럼 지워지지 않겠군요. 이민 사회라는 곳이 막다른 골목이나 다름없으니까 말이죠."

말을 하며 B를 떠올린다. 요즘 내 머릿속을 끊임없이 맴도는 인간이 바로 B다. 그가 나에 대해 얼마나 분노했을지 이제 확연히 알 수 있었다. 그는 정신적 몰락은 물론 사회적 몰락까지 처절하게 맛본 셈이다. 물론 준비 안 된 그가 자초한 일이지만 뒤늦게 복수의 칼날을 갈고도 남았다. 만약 내가 그런 꼴을 당한 B의 입장이었다면 더한 일을 저질렀을 것이다.

"어쨌거나 원한을 품고 복수를 꿈꾸는 것은 자기 자신을 해치는 일이죠. 그것을 실행하지 않더라도, 그런 생각을 계속한다는 것만으로도 사람이 피폐해져요."

오늘은 정신과 의사답지 않게 말이 많다. 가르치려는 자세가 마음에 안 들지만 그냥 착한 얼굴이 필요한 시점이다. 그는 무슨 이유로 듣기, 또는 들어주기를 포기하고 자신의 말을 하고 있는 것일까. 어딘가 어색한 이 장면에서 내 다른 자아가 슬며시 빠져나와 착한 얼굴로 앉아 있는 또다른 나를 주시하고 있다. 닥터 고는 지금 무엇이 두려워 불안 증세를 보이는 것일까.

"닥터 고는 사이코패스를 만난 적이 있나요?"

그에게 슬쩍 질문을 흘린다. 실제로 그런 인격체가 있는지 궁금하다.

"아뇨, 환자로서 진지하게 만난 적은 없어요. 응급실로 들어온 마약 사범 중에 사이코패스가 꽤 많겠지만 적당한 선에서 분리 작업만 할 뿐이지 진지한 상담은 아직 못해봤어요. 정신질환자 중에서 사이코패스 부류들이 자발적으로 '나 이상한 사람이네, 이러다 큰일 내겠네' 하며 병원으로 오는 경우는 거의 없어요."

닥터 고가 마약 사범 이야기를 하는데 약간 찔린다. 습관적으로 마약에 손대는 것은 아니지만 벌써 여러 차례 경험했고 제법 위로를 받고 있다. 하지만 아직 의사에게 고백하기엔 이르고 더욱이 닥터 고에게 마약 이야기는 하고 싶지가 않다.

"그런데 다른 의사들은 그런 사례를 학회지 같은 데에 올리지 않나요? 연구 발표라든가, 뭐 하여간에 정신과 의사끼리 서로 정보를 주고받을 것 아닙니까?"

"이론적으로 공부를 하고 사례 연구를 읽어보곤 해요. 사이코패스들은 웬만해선 자신이 이상하다고 생각하지 않는 부류들이죠. 그들이 자발적으로 정신과 문을 노크하는 일이 생길 수 없다는 말이지요. 사이코패스 성향의 환자를 만날 기회는 그들이 단지, 무엇인가에 얽혔거나 사건에 휘말렸을 때나 가능합니다."

"그런 경우 어떻게 합니까? 처방약 같은 걸 주나요? 아니면 정신과 상담으로 들어가나요?"

"약이나 상담으로 해결되겠어요? 그런 처방이나 치료가 먹힐 것 같으면 사이코패스란 말이 없었겠죠. 또 잘 드러나지 않는 사이코패스가 있고, 그 증세가 비교적 약한 사람들이 있겠지요. 일전에 이선생님이 말씀하신 준사이코패스 말입니다. 멀쩡한 것 같지만 다른 사람을 교묘하게 함정에 빠뜨리고 자신은 쏙 빠지는. 사회적 지위가 높고 머리 좋은 사람들 중에 의외로 많죠. 확실하게 드러나는 사이코패스들보다 오히려 남에게 끼치는 해악이 더 클 수가 있어요. 일평생 주변 사람들을 수렁에 빠뜨리지만 정작 본인은 모릅니다. 오히려 상대방에게 책임이 있는 것처럼 생각하고 멀쩡하게 살아가죠. 약간 허점이 있는 보통 사람들보다 더 정상적인 얼굴을 하고서요. 그런 애매한 환자는 수단을 강구한다 한들 효과가 거의 없다고 봐야 해요. 우연한 기회에 본인이 약을 먹겠다는 경우가 기적처럼 나타나는 수가 있겠지만…… 엄밀하게 현실적으로 말한다면 거의 없다고 봐야죠. 사회나 주변 사람들에 대해 냉담한 것이 특징인데 자신을 바꾼다는 것이 쉽겠어요? 준사이코패스가 그 정도인데 오리지널은 오죽하겠습니까. 오리지널 사이코패스는 사회적 격리가 최우선이죠."

무슨 까닭일까. 닥터 고는 이상하게 사이코패스에 대해 자세히 설명하고 있다. 특히 준사이코패스에 대해 학교 선생처럼 나에게 계속해서 각인시키고 있다. 불쾌해지는 감정을 느끼지만 그와의 대화에 감정을 섞는 것은 어리석은 일이다. 냉담해지기 위해 한 걸음 뒤로 물러서 그에게 질문한다. 환자와 의사가 아니라 취재원과 기자처럼 말이다.

"정신과 의사에게 그런 권한이 있나요? 범죄자가 아니라 단순히 환자에 불과한데 사회적 격리를 명령할 수 있다니 놀랍군요. 환자의 인권이 무시되는 건 아닌가요?"

"권한일 뿐 아니라 의무죠. 미국 의료법에 분명하게 명시되어 있어
요. 드문 일이지만 실제로 사이코패스를 만난다면 범죄 분석 작업까
지 해야 돼요. 다른 사람의 안전을 위해 사회적 위험 인자를 분리시켜
야 하는 겁니다. 그리고 사이코패스를 만나는 일은 의사들조차 싫어
하는 무척 위험한 일이고요. 의사들의 안전을 위해서 경찰과 협조하
고 있죠."

"어, 그래요? 위험할 수도 있다니 정신과 의사가 쉬운 직업이 아니
네요."

"물론이죠. 전 경험해보지 않았지만 사이코패스에게 목숨을 잃는
의사도 있어요. 심한 경우에는 독단적인 치료를 하기보다는 우선 격
리시켜야 해요. 원래 정신과 상담은 누설하면 안 되는 내용이지만 예
외 조항이 두 가지가 있어요. 피상담자가 사이코패스라는 판단이 서
면 경찰에 즉시 통보해야 합니다. 그건 의무 조항이에요. 다른 하나는
피상담자에게 자살 의지가 있는 경우예요. 그것 역시 경찰에 알려야
하지요. 그게 신자들에게 고해성사를 받는 신부와 정신과 의사가 다
른 점이죠. 만약 그 두 경우에 정신과 의사가 알면서 신고를 안 하면
법적으로 책임을 추궁당할 수 있어요. 나머지 케이스들은 성직자에게
고해성사 하는 것과 마찬가지로 비밀이 법적으로 보장됩니다. 그게
노출되면 누가 병원에 오겠어요. 왜 기자들에게도 취재원 보호 규정
같은 게 있지 않나요?"

닥터 고가 슬쩍 말을 바꾼다. 나에게 당신이 바로 사이코패스일 수
있다는 신호를 보내오다가 선회하는 것이 느껴진다. 충고는 물론 경

고 사인까지 받았지만 내가 심적으로 동요할 필요는 없다. 그러나 그에게 사이코패스로 낙인찍히는 것은 불길한 징조였다. 나에게 테러를 가한 인간들에 대한 보복을 준비하고 있는 이 상황에 내게 불리한 정황을 만들어서는 안 되는 일이었다. 일단 이 어처구니없는 상황에서 벗어나야겠다는 생각이 든다.

"그렇긴 한데 소수민족 언론사에 뭐 그리 중요한 일이 있겠어요? 정치권이나 사회 권력과 많이 동떨어져 있는데 그렇게 거창한 사건이 생길 리 만무하죠."

"그런가요? 요즘 직장생활은 어떠세요?"

"엉망이에요. 자리가 날아갔고요."

"자리가 날아가다니요? 일을 그만두신 건가요?"

"아뇨. 아직까지는 아니고, 편집국장 그만두고 뒤로 물러나 있어요."

"보직 변경이야 직장생활 하다보면 늘 생기는 일 아닌가요."

"하지만 이번엔 고약한 낌새가 느껴져요. 지난번 테러 사건하고 무관하지 않은 것 같아서요."

"사건이라면?"

"보복당한 자가 살려고 발버둥치는 것이 못마땅한 모양이지요. 회사 입장에서는 창피하다고 느낄 수 있을 것 같고요. 좁은 한인 사회에 어느새 소문이 다 퍼졌으니까요. 강간당한 부녀자를 집안 망신시켰다고 벌을 주는 저쪽의 야만 국가들과 다를 바가 없어요."

"허, 그럴 수가 있나요? 여긴 미국 땅인데. 회사의 부당 조치를 법적으로 제재하는 방법은 없나요?"

"소송해버리려고 해도 드러난 증거가 없잖아요. 잘못하면 더 큰 망신을 당할 수 있고요."

"요즘 심적 고통이 크시겠어요."

"누군가 나에게 복수를 기획했다면 여태까지는 기막히게 성공한 셈이죠. 육체적, 정신적 고통은 말할 것 없고, 사회적 몰락까지 덤으로 얻어가니 말예요."

감정을 절제한 채 나의 정신적 갈등을 솔직하게 드러냈다. 비정상적인 자의식을 보유할 수밖에 없는 요즈음의 사정을 미끼처럼 그에게 슬쩍 던져주었다. 갑자기 자신을 지극히 정상적인 인격체로 포장해 내보이면 상황 조작으로 오히려 의심을 받을 수 있기 때문이다.

"그것참."

그가 낚시에 조금씩 걸려드는 것 같다. 자기 스스로 분석하고 말려들도록 한번 더 미끼를 던져준다.

"그중에서 가장 기분 나쁜 것이 사람들에게 소외당하는 일이죠. 사실 직장생활 하며 남들에게 왕따당한 적이 거의 없었는데 요즘은 정말 사람들과 얼굴 마주치고 싶지 않을 정도예요. 보이지 않게 무시당하는 기분이 들고, 내가 비정상인이 된 것 같아요. 어쨌거나 그전과는 달리 남들을 많이 의심하게 되고 피해의식이 들면서 찜찜할 때가 많아요."

"사람들이 실제로 그럴까요? 혹시 과민해진 것은 아닌지요? 사람들은 단지 말하기가 애매해서 그럴 수 있지 않을까요?"

많은 환자를 상대하는 의사였다. 그는 상대방을 한눈에 뚫어보기도 하지만 또 쉽게 판단 착오를 저지르기도 한다. 어젯밤에 응급실 야간 당직을 했을 터이고, 지금쯤은 피곤이 몰려들 시간이다. 나는 말을 이어가며 마치 창밖을 내다보는 것처럼 아메리칸 홀리 나무 그림자가 일렁이는 블라인드로 시선을 향했다. 그러는 사이 또다른 한 자아가 정신과 의사 앞에서 처연한 표정을 만들고 있는 나를 바라보고 있다.

"닭싸움하는 것 보셨어요? 한 마리가 피 흘리기 시작하면 이놈 저 놈이 돌아가며 쪼아대는 걸 보셨어야 하는데. 사람 역시 다를 바가 없어요. 요즘은 내가 피 흘리고 있는 닭 같아요."

문득 B가 떠오른다. 닥터 고에게서 빠져나가기 위해 말을 흘리는 이 순간에도 B에 관한 생각을 지울 수 없다. 그는 주변 사람들에게 몰매 맞는 고통을 어떻게 참고 넘겼을까. 그는 자신의 상사뿐 아니라 하급 부원에게까지 더러운 꼴을 당하고 회사를 떠났다. B의 입장에서는 분명 억울한 일이 많았을 것이다. 그가 나에게 얼마나 큰 증오심을 가졌을지 다시 한번 확연하게 느껴진다. 내가 그 경우라면 다시는 일어설 수 없도록 치명적인 보복을 감행하고도 남았다. 그는 명예, 자존심, 사회적 지위 등 모든 것을 다 날리고 우울증 환자로 전락했다. 여러 용의자 중에 그가 가진 범행 동기가 가장 선명하다. 요즘 남들에게 소외를 당해보니 그 부분을 정확하게 알 것 같다.

"그렇게까지 심각하게 생각할 건 없잖아요. 직장 사람들도 말 그대로 인간인데 휴머니티가 없겠어요?"

닥터 고가 아무리 공부를 잘했고 똑똑한들 그의 한계는 여기까지다. 남을 공격하고 싶어하는 가학 심리가 조직 내에서 살아 움직인다는 사실을 그가 알 턱이 없었다. 그것이 군중심리와 생존경쟁, 회사 내의 정치권력 등과 얽혀 화학적 반응이 일어나기 시작하면 누구라도 중간에 사냥을 포기할 수 없다. 피차의 생존이 걸린 우물 안에서의 사냥은 단순하게 휴머니티가 있고 없고의 문제가 아니다. 또한 사냥터에서 이탈하면 자칫 자신이 사냥감이 될 수 있기 때문에 공격이 과격해질 수밖에 없다.

"여긴 섬이자 정글이에요. 인간의 본성이 그대로 나오는 곳이죠. 먹을 것이 부족하니 자연 약육강식일 수밖에요. 나는 그동안 먹이사슬의 최상위는 아니었지만 그래도 상위권 정도는 되었지요. 사자는 아니라도 표범 정도는 됐는데 이제는 하이에나들에게 쫓기는 신세가 된 셈이죠. 어쨌거나 이것 역시 게임의 법칙이 아닐까요? 닥터 고 같은 전문직들과는 달리, 이 좁은 곳에서 살아남으려니 쉽지 않은 거죠."

그의 아픈 곳을 슬쩍 찔러본다. 전문직 종사자들에게는 평생 동안 직장에 대한 걱정 없이 살 수 있다는 사실이 나 같은 직장인들과의 대화에서는 오히려 아킬레스건이었다. 자신은 안전지대에 있으면서 누구를 상담하고 누구에게 훈수하려고 하나, 하는 무언의 압력을 가한다. 직장생활을 다른 사람들처럼 하지 않는 정신과 의사가 직장인의 조직 내 갈등을 상담해줄 때 뭘 알고 이야기하는지 늘 궁금했다.

"그래서 어떻게 헤쳐나가실 거죠?"

"모르겠어요. 될 대로 되라는 심정이죠. 기분이 엿 같지만 그동안 정글의 법칙 속에서 살아왔는데 새삼 룰을 바꾸자고 할 수 없잖아요."

"어쨌거나 이선생님은 강한 분 같아요. 이럴 때엔 가족들과 교감하며 마음을 안정시켜야 하는데."

"저, 가족 없어요. 이혼한 것 아시죠? 지난번에 이야기했으니."

"네, 알고 있어요. 그래도 부모님이나 형제분이 있을 것 아녜요? 지난번 최면 상태에서 이모가 나왔잖아요. 그 사례가 상당히 특이했는데."

이야기를 꽤 길게 했는데 닥터 고가 놓아주질 않는다. 미국 의사들은 무슨 시간이 이렇게 남아 끝장을 보려 하는 것일까. 한번 맡은 환자에 대해 철저히 책임지는 이들의 직업의식이 한편으로 짜증난다.

"저도 놀랐어요. 평소에 별로 생각을 안 하는 이모였는데 갑자기 떠올라서요."

"이모의 죽음이 보이지 않게 영향을 미쳤겠지요. 그 이후의 미국 생활을 결정짓는 단초가 되지 않았을까요."

"그랬을 수도 있겠죠. 나도 모르는 사이에 내 잠재의식에 영향을 미쳤을지도요. 그것이 오늘의 나를 만들어온 여러 요소 중에서 가장 밑바닥에 가라앉아 있는 것인지도 모르지요. 그걸 알아낼 수 있다는 것이 놀라울 따름이에요."

나는 닥터 고의 노고를 다시 치하했다. 언뜻 그의 얼굴에 만족스러움이 피어올랐다. 이제 그와의 정신과 상담이나 치료를 적당히 마무리할 때였다. 내가 몇몇 사람에게 살의를 품고 있다는 것을 들키지 않아야 한다. 약간의 고민거리를 안고 있는 선에서, 육체적 테러 때문에 다소 정신 상태가 불안정한 선에서 끝이 나야 했다.

"형제분들은요?"

"없어요. 혼자 세상을 살아온 셈이죠."

"외롭지 않았나요?"

이럴 땐 외로웠다고 대답해야 하나, 아니면 괜찮았다고 대답해야 하나. 나는 정답을 찾는 수험생처럼 두 대답 사이를 오갔다.

"그냥 그랬어요. 형제가 없어서 쓸쓸하기도 했고, 또 자유롭기도 했어요. 있으면 왜 좋은지 몰랐기 때문에 없어서 불편한 점에 무심했다고나 할까요."

정답을 선택할 수 없었기 때문에 적당히 건너뛴다. 그렇다고 즉흥적으로 만들어낸 내용이 틀린 대답은 아니다.

"부모님하고는 사이가 좋으셨나요?"

"그럼요. 두 분 다 제가 대학 다니던 시절에 작고하셨어요."

"일찍 작고하셨네요. 아, 그래요. 지난번에 이야기하셨죠. 아버진 어떤 분이셨죠?"

그의 질문이 의외로 집요했다. 부모, 그중에서 아버지를 통해 무엇인가 건져올릴 모양이다. 이어 어린 시절 아버지로부터 가혹한 학대를 당했는지를 물어올지도 몰랐다. 가정 폭력은 정신과 의사들의 단골 메뉴이자 무한 자원이 저장된 보물창고나 다름없으니 말이다.

"젊었을 때부터 쇠약한 분이셨죠. 술, 담배를 하지 않는데 간암으로 돌아가셨으니까요. 요즘 한국 코미디를 보면 국민 약골이라고 있죠? 그런 이미지를 가진 분이셨어요. 마음이 약해서 벌레 한 마리도 못 죽였으니까. 자연스레 어머니의 역할이 컸죠. 오히려 어머니가 강건하셨는데 교통사고를 당하셨어요."

아버지의 폭력에 대해 미리 방어선을 쳤다. 심각하게 이야기하지 않으면서 대화에 진솔함을 실어 보냈다. '국민 약골'이란 말로 방점을 찍은 것이 닥터 고의 의심을 잠재우는 적시타가 될 것이다. 하지만 말과는 달리 알코올중독자였던 그의 폭력이 늘 뇌리를 스친다. 그에게 맞아 이마를 타고 흘러내린 핏줄기의 느낌은 이 순간에도 생생하다.

그는 일찌감치 죽었어야 했다. 아편중독자로 변신한 그는 더이상의 존재 가치가 없었다. 아버지야말로 닥터 고가 찾는 사이코패스인 것이 분명했다. 그에게 치사량의 모르핀을 투여한 것에 대해 단언컨대 일생 동안 단 한 번도 후회한 적이 없다. 기껏해야 몇 달 정도 더 살면서 그동안 가족들을 지옥에 빠뜨릴 인간이었다. 단지 어머니의 절망과 두려움이 이해가 안 될 뿐이었다. 그녀는 평생 처음 찾은 자유를 왜 누리지 못했을까.

"여기까지 하지요. 이제 주정부가 제공하는 상담 프로그램이 끝난 셈이네요. 모처럼 한국분이 오셔서 저 역시 관심이 컸습니다. 지난번에 제가 처방해드린 약은 밤에 잠만 잘 온다면 안 드셔도 괜찮겠네요. 행운을 빕니다."

한국말이 어눌한 그를 우습게 보다 실수할 뻔했다. 영어가 더 익숙한 정신과 의사와 기 싸움을 벌이며 함부로 이야기한 것이 위기를 불러왔다. 마지막엔 몸을 낮추고 부모에 대한 허위 정보를 흘려 나에 대한 그의 판단을 불확실하게 만들었다. 어쩌면 이런 나의 태도를 눈감아줄 수 있는 그의 관대함에는 모국이 같은 점도 크게 작용했으리라.

닥터 고가 손까지 내밀어 악수를 청한다. 마지막 장애물 경기를 무사히 마친 나는 경기장을 빠져나갔다. 나의 이런 모습을 아메리칸 홀리 나무들이 묵묵히 지켜보고 있었다. 나는 나무들의 시선을 느끼며, 병원 건물이 룸미러에서 사라질 때까지 자동차의 액셀러레이터를 밟았다.

최후의 한 수

저녁 안개가 빠르게 밀려왔다. 오래전 로키산맥 하이웨이에서 만났던 구름 덩어리들이 떠올랐다. 엄청난 부피의 구름바다를 헤치며 운전했던 두려운 기억은 언제나 생생하다. 마치 자주 꾸는 같은 내용의 악몽처럼 내 머릿속에 선명하게 각인되어 있다. 그러나 이곳은 뉴욕주 남단인 롱아일랜드 포트제퍼슨의 저층 아파트 단지였고, 그때와는 달리 구름을 닮은 짙은 안개가 해풍을 타고 흐른다.

순식간에 몰려든 저녁 안개 때문일까. 차창 밖 풍경은 뱀파이어가 등장하는 영화 속처럼 비현실적이다. 푸르스름한 보름달이 선명하게 떠 있는데도 이층 아파트 지붕은 하얀 파스텔로 덧칠한 듯 흐릿하게 지워지고 있다.

지금은 남의 생명을 노리는 절체절명의 상황이다. 하지만 블루문을 연상시키는 보름달과 짙은 안개 때문인지 의식은 이상하게 몽환적이다. 잠시 크랙 연기에 취한 듯 몽롱하게 앉아 있는데 발뒤꿈치에서부터 싸늘한 기운이 밀려올라온다. 썩둑. 내 몸의 일부가 잘려나가는 것 같은 공포감과 함께 그런 터무니없는 감정을 향한 경고음이 울린다. 이제 실제 아픔은 더이상 없는데도 가끔씩 고통이 무릎을 지나 창자 깊은 곳까지 몰려들곤 했다. 그것은 육체가 느끼는 진짜 아픔이라기보다는 고통에 대한 지울 수 없는 기억이거나 테러당한 자가 일평생 짊어져야 할 트라우마였다.

습관처럼 몸을 비스듬히 기울였다. 지금의 상황을 다시 이해하려는 듯이 왼손을 아래로 떨어뜨린다. 한 달 전부터 자동차 운전석 서랍에 넣어둔 물건을 찾기 위해서다. 위에 덮여 있는 잡동사니 종이류를 헤집고 내려간 손끝에 날카로운 금속성이 느껴진다. 차갑고 냉정한 느낌의 살상용 도구가 확인되자 마치 피할 수 없는 숙명과 마주한 듯 온몸이 부르르 떨려왔다.

이곳에 대기한 것이 벌써 세번째다. 다소 속수무책인 방법이었으나 증거를 남기지 않기 위해서는 어쩔 수 없었다. B를 전화로 불러낸다거나 다른 사람을 고용하는 방법을 생각해보았으나 후유증이 남았다. 우선 완벽하지 못하다는 점에서 불안했고, 돈봉투를 들고 킬러를 만나는 장면은 드라마에서나 가능한 일이었다. 암흑세계에 발 들이지 않은 사람으로서 해결사를 고용한다는 것은 말처럼 그리 쉬운 일이 아니었다.

결국 복수를 위해서는 스스로 나설 수밖에 없었다. 그렇더라도 킬러가 되어야 한다는 것은 그리 간단치 않았다. 한 인간의 징벌을 위해 그늘진 곳에서 대기해야 하는 기본적인 작업조차 적지 않은 고통을 동반했다. 겨우 사오십 분을 기다렸을 뿐인데 안개 속을 헤매고 다닌 듯 피곤함이 몰려들었다. 모든 것이 허무해지며 놈을 용서한 뒤 맘 편하게 살고 싶은 나약한 자아가 고개를 든다. 차라리 집에 가서 뉴욕 양키스와 보스턴 레드삭스의 야구 중계를 보는 편이 낫지 않을까.

도대체 이 상황에서 어떻게 해야 하나. 내 머릿속에 터줏대감처럼 똬리를 튼 광폭한 자아가 움직였다. B는 나를 거의 불구로 몰고 간 것도 모자라 사회적인 파멸까지 시도했다. 나의 몰락을 가져온 그를 용기 부족으로 방치한다면 남은 내 삶이 황폐해질 수밖에 없지 않은가. 참자. 조금만 더 참아야 한다. 다른 자아가 평소의 조급한 얼굴을 벗어던진 뒤 '복수엔 인내가 필요하다'며 나를 눌러앉힌다. 하지만 그런 두 자아의 싸움과는 별개로 포트제퍼슨의 주택가에서는 특별한 향연이 펼쳐지고 있었다.

창문 틈새로 향긋한 바람이 스며든다. 안개가 흐르는 저녁은 불투명한 백색의, 맛이라고는 없는 답답한 공기여야 하는데 뭔가 다른 것이 섞여 있다. 소나무 향이 젖어들었거나 가까운 곳에 만개한 꽃무리가 꽃가루를 날린 것 같은 느낌이다. 아니면 삼 킬로미터 정도는 떨어져 있어야 하는 바닷바람이 낮에 올라왔다가 지금 움직이고 있는 건지도 모른다.

틀렸어. 이 안개 속에 B가 나올 턱이 없다. 오래전 사석에서 들은 그의 말을 섬세하게 기억한 것이 실수였다. 롱아일랜드의 밤바다를 즐긴다는 낭만적인 말이 왜 그렇게 기억에 남았을까. 망설이다 결국 시동을 걸기 위해 자동차 열쇠를 만지작거린다.

뭘까, 짧은 순간 긴장했다. 눈앞에서 아주 미세한 변화가 감지됐다. 놈이 통탕거리며 계단 내려오는 소리가 들린 것은 아니었다. 그렇다고 현관 실내등 불빛이 새어나온 것도 아니었지만 뭔가 느껴지는 것이 있었다. 그 동물적 감각이 맞아떨어진 것을 확인한 것은 잠시 뒤였다.

삐걱. 문 여는 소리가 날 턱이 없는데 그런 소리가 환청처럼 다가왔다. B가 현관문을 열고 안개 속으로 나타난 것이다. 이층 아파트에 살고 있는 그가 실내 계단을 통해 아래로 내려와 모습을 드러냈다. 신발을 제대로 못 신었는지 현관을 빠져나온 뒤 몸을 웅크렸다가 다시 편다. 안개가 자욱한데다 거리가 가깝지 않았지만 그를 쉽게 알아볼 수 있었다. 동양인치고도 좀 왜소한 B는 어디서나 한눈에 발견됐다. 미국 사회에서 가장 이질적인, 그리고 은근히 드러나는, 나는 외국인이요 하고 써붙이고 다니는 인간이었다. 그런 열등한 외적 조건에도 불구하고 쉽게 사라지지 않는 곰팡이 같은 생물이기도 했다.

전방을 노려보며 시동을 건다. 놈이 모는 흰색 캠리가 천천히 모퉁이를 돌고 난 뒤였다. 아우디 승용차의 단정한, 참으로 침착한 엔진 소리에 마음이 가라앉는다. 긴장감 때문에 쫓기는 사람처럼 주변을 둘러보지만 인기척이라곤 보이지 않는다. 자동차 전조등 불빛이 안개의 하얀 입자들 사이로 퍼져나가는 순간 나는 정해진 운명처럼 킬러로 되돌아간다. 프로페셔널하게, 빠르고 날카롭게, 내 눈은 파노라마 카메라 렌즈가 되어 아파트 단지를 한눈에 휙 훑어본다. 블라인드가 내려진 이층 창문들과 일층 창문들에 사람의 실루엣은 보이지 않는다. 모퉁이를 도는 순간 고양이 몇 마리가 불빛에 잡혔다. 느리게 걷다가 자동차 불빛에 노출된 고양이들이 잠시 긴장하는 모습이다.

누군가로부터 버려진 고양이들 같다. 이 시각 어둠 속에서 배회하는 것으로 보아 집이 없는 것이 분명하다. 그중에 얼굴과 등이 갈색 점으로 덮여 있는 고양이는 영화 매트릭스의 한 장면을 연상케 했다. 시간의 잘못된 편집이었나, 아니면 다른 무엇이었나, 기억이 정확하지가 않다. 두 번씩이나 지나가는 고양이의 모습에서 뒤엉킴 현상이 발견됐고 곧 주인공의 위기가 시작됐다. 하지만 지금 보이는 생명체는 킬러로 변신해 놈을 뒤쫓는 내게 안정감을 가져다준다. 배회하고 있는 이 고양이들은, 이곳이 감시 카메라가 설치되지 않은 서민 아파트라는 사실을 새삼 확인시켜주는 고마운 동물일 뿐이다.

아파트 정문을 빠져나가자 어둠까지 밀려들었다. 멀리 숲 사이를 돌아가는 자동차 미등이 반딧불이 꼬리처럼 희미하게 보였다. 아파트 단지 정문은 경비원은 물론 차단기 따위의 시설물이 없는 외부 개방형이었다. 아파트 단지의 이름만이 커다란 알파벳 형태로 잔디밭 위에 외롭게 꽂혀 있었다. 롱아일랜드 서폭카운티에 속한 이 지역은 비교적 안전한 백인 밀집 지역으로 분류되었다. 따라서 백만장자들이 사는 바닷가 부촌을 제외하고는 안전시설이나 감시시설이 거의 없는 편이다.

B는 서폭카운티 32번 지방도로를 향하고 있었다. 자동차가 그 방향으로 나가기 위해서는 정지 표지판을 두 번 지나야 했다. 이 표지판 때문에 그를 추적하는 것은 그다지 어렵지 않았다. 자동차의 통행이 한가한 마을 사거리나 삼거리에는 신호등 대신에 정지 표지판이 서 있었고, 신호등보다 더 엄격하게 교통법을 지켜야 하기 때문에 자동차는 속도를 낼 수가 없다.

아파트 정문에서 목격된 자동차 불빛의 위치는 첫번째 정지 표지판

앞이었다. 또 내가 그 지점을 통과할 즈음에 놈의 자동차는 두번째 정지 표지판을 지나가게 되어 있었다. 아파트 정문을 나서자 오른쪽에는 작은 숲이, 왼쪽에는 단독주택들이 아담하게 자리잡고 있었다. 그곳을 돌아나가자 볼링장 단층 건물과 함께 넓은 주차장에 겨우 몇 대만 덩그렇게 주차된 자동차들이 눈에 들어왔다. 그 한적한 볼링장을 좌회전해 빠져나가면 오른쪽에는 제법 큰 푸드 마켓이 있었다. 혹시 놈이 생필품을 사기 위해 그곳에 간다면 곤란했다. 세번째 만에 절호의 기회를 맞은 그를 향한 복수가 다시금 연기될 수밖에 없었다.

B의 자동차는 그곳을 지나 큰 도로로 나가기 위해 대기중이었다. 중간쯤 달려갔을 때 초록색 신호등에 불이 들어오는 것이 보였다. 마음이 급했지만 제한속도에 맞춰 오십 킬로의 속도를 유지하며 조용히 차를 몰았다. 미국에 살면서 여전히 낯설게 느껴지는 것 하나는 이곳의 교통신호가 생각보다 늘 길다는 것이다. 놈이 빠져나간 뒤에도 한참 동안 녹색 신호등이 지속됐고, 긴장한 마음과는 달리 내 자동차는 조용하게 따라붙을 수 있었다.

조금 달리자 포트제퍼슨 역이 나왔다. 앞선 자동차가 속도를 낮추어 역 앞을 통과했다. 도로를 가로지르며 깔려 있는 장애물 때문이었다. 덜컹덜컹덜컹. 자동차가 기차 레일을 넘어가며 몇 차례의 신호음을 보내왔다. 장애물을 넘는 바퀴 소리인지 차체가 흔들리는 소리인지, 구분할 수 없는 진동음이 예민하게 전해져왔다.

흘깃, 오른쪽으로 광장이 개방되어 있는 포트제퍼슨 역을 살폈다. 주변에 있는 자잘한 상가들로 인해 역사 건물이 어디에 숨어 있는지 알 수가 없다. 맨해튼 방향으로 가는 기차의 종착역인데도 이상하리

만큼 한적했다. 고작 몇 명의 승객이 전부인 이층 기차가 실내등을 환하게 켜놓은 채 플랫폼에 서 있었다. 급하면 역사를 찾을 것도 없이 그냥 타고 가면 되는 일이다. 그곳을 지나가며 다시 한번 깊은 갈등과 번민을 다독인다.

빚을 갚아주어야 한다. 나의 추측에 대해 확신하지 못하지만 복수하기로 결심했다. 설사 그가 범인이 아니라 하더라도 내 행동에는 변함이 없다. 그가 나를 얼마나 증오했을지, 마음속으로 얼마나 무수히 나를 살해했을지 짐작할 수 있다. 이제 그가 꿈꾸었을 그 참혹한 복수극에 대해 나는 안다. 그가 나에게 살의를 느꼈을 충분한 이유를 우여곡절 끝에 결국 발견해냈다. 그가 만약에 실행에 옮기지 못했다면 단지 용기가 부족했을 뿐이지 다른 이유는 없다. 이제 나는 미궁에 빠진 이 사건에서 탈출하고 산뜻한 마음으로 새 출발을 해야 한다. 나는 떨어지는 나뭇잎에 가슴 아파하는 시인도 아니고, 자신의 행위에 엄청난 죄책감을 갖는 러시아 소설 속 주인공도 아니다. 그가 죽을 만한 이유가 있다면 이 살인은 당연히 인과응보인 것이다. 그가 만약 죽을 만한 이유가 없다고 하더라도 어쩔 수 없다. 정글에서 죽는 가젤이 이유를 알고 죽는 것은 아니지 않은가. 아무쪼록 그가 죽을 만한 이유가 있기를 바란다. 그런 존재감마저 없다면 어찌 인간이라고 할 수 있겠는가. 그냥 초원에 뛰노는 한 마리 가젤에 불과한 것이다. 역설적으로 본다면 그런 선량함 자체 또한 그가 죽어야 할 이유가 아니겠는가.

나의 갈등과 번민이 안개 속에 묻혀버린다. B가 모는 자동차는 자신에게 닥친 위기를 아는지 모르는지 한가하게 움직이고 있다. 흡사 밤눈 어두운 노인이 모는 자동차처럼 포트제퍼슨 역을 느릿느릿 지나고 있다. 대서양에서 올라온 밤안개가 이상하게 역 주변의 풍경을 비현실적으로 만들고 있었다.

내 자동차가 그를 따라 느릿느릿 흘러갔다. 겉으로는 어떤 적대감도 드러내지 않고 한가하게 역 앞을 통과했다. 덜컹덜컹덜컹. 조금 전 기차 레일을 넘어가며 느꼈던 진동음이 귓가를 맴돌았다. 덜컹덜컹덜컹. 몇 차례의 신호음이 잠시 꿈길 같은 모호함을 흔들며 다시 긴장감을 조성했다. 장애물을 넘는 앞바퀴 소리인지 차체가 흔들리는 소리인지, 구분할 수 없었다. 그 느낌이 다시 예민해져 있는 온몸에 전해진다.

로브스터 가게가 있는 조그만 사거리를 지나자 이번엔 제법 가파른 내리막이었다. 그 언덕 아래에서부터 저녁 안개가 마치 구름처럼 밀려올라오고 있다. 언젠가 로키산맥 하이웨이에서 마주쳤던 상황이 오늘 저녁에는 이상하게 무한 반복되는 느낌이다. 공포영화 〈사일런트 힐〉의 한 장면처럼 다가왔던 하얀 구름들이 여전히 내 의식을 덮고 있다. 내 자동차를 삼켰던 거대한 구름 덩어리가 쉴새없이 내 앞을 가로막으며 넘실거렸다.

그 기억은 끝없이 계속되는 악몽이다. 엄청난 부피의 구름 속을 헤치며 허우적거렸던 순간은 절대 지워지지 않는다. 작은 안개 조각이라도 만나면 늘 자동으로 재생되는 비디오테이프처럼 떠오른다. 그러나 이곳은 뉴욕 주 남단 롱아일랜드 포트제퍼슨 언덕이다. 지금은 어두워 보이지 않지만 언덕 아래에는 대서양의 푸른 물결이 넘실거릴 것이다. 놈의 아파트 단지에서 마주했던 푸르고 거대한 보름달은 지금은 어디로 사라졌는지 찾을 수 없다.

자동차는 계속 언덕 아래로 내려갔다. B의 자동차와는 제법 거리가 떨어져 있으나 놓칠 염려가 없다. 마을길을 오가는 자동차들은 일정한 거리를 두고 넉넉하게 달리고 있었다. 뉴욕 시와는 달리 이 작은 항구도시에는 바쁘게 종종걸음치며 앞차에 바짝 붙어 운전하는 자동차는 찾아볼 수 없다. 중간에 자동차 한 대를 끼워둔 채 추적하기에 의심받지 않을 정도로 간격이 벌어져 있다. 더군다나 안개 속이었기 때문에 놈은 전방 주시에 바쁠 것이다.

포트제퍼슨 항구 가까이 내려간 자동차가 오른쪽으로 방향을 튼다. 스타벅스 커피숍 입구에서 몇 명의 젊은이들이 이야기하며 서 있다. 관광 시즌이 아니었지만 그래도 항구 마을 길거리엔 외부 사람들이 제법 오간다. 포트제퍼슨 공용 주차장 옆을 지나자 자동차는 더욱 속도를 늦춘다. 그가 동네 길을 선택하는 것으로 보아 항구로 가지 않을 것이 분명했다. 이 시각까지 코네티컷으로 가는 카페리가 운행되는지 알 수 없었다. 이곳에서 코네티컷이나 보스턴을 자동차로 가려면 제법 시간이 걸린다. 롱아일랜드 495 고속도로를 타고 뉴욕 시에 진입한 뒤 다리를 건너야 한다. 바다 위에 놓인 스루넥 브리지나 화이트스톤 브리지를 탄 뒤 다시 북향해야 한다. 그렇게 달려서 만나는 지점이 95번 고속도로와 연결되는 코네티컷의 항구도시 브리지포트다. 카페리에 자동차를 얹고 가는 것과의 차이는 한 시간 남짓이다. 사람들은 그 시간을 절약하는 것뿐 아니라 바다의 낭만도 즐기기 위해 카페리를 이용했다. 놈은 사람들로 붐비는 그 앞 도로를 습관적으로 피하고 있는 것처럼 보였다. 지금은 항구 앞 도로가 한적할 것이 분명한데도 동네 길로 둘러가고 있었다.

포트제퍼슨 항구 마을을 빠져나왔다. 작은 쇼핑몰에서부터 각종 숙박시설까지 빼곡한, 숨은 관광도시였다. 자동차는 술집과 음식점, 기념품 가게 등을 지나 항구와 연결되는 지방도로를 탔다. 놈의 자동차는 항구를 벗어나 언덕으로 올라갔다. 좁은 골목을 지나는 동안 잠잠했던 자아가 또 나타나 마음대로 지껄인다. 겨우 몇 분도 안 되는 시간을 참지 못했다.

완전범죄가 이루어진다고? 그를 없애고 내 마음이 평안할까? 이런 어리석은 질문을 하다니. 당연하지. 내 마음속에 박혀 있는 가시 하나를 뽑은 기분일 테니까. 그동안 누구를 함정에 빠뜨렸다고 해서, 내가 등을 떠밀었다고 해서 가책을 느낀 적은 없다. 누구든 남을 해치기 위해 계획을 짜고 마음속에서 복수극을 펼치고 있어. 현실세계에서 강한 자는 실행에 옮기고, 약한 자는 감내하며 세상을 살아가고 있을 뿐. 허약한 자일수록 확실한 복수도 미움도 사랑도 못하면서 어정쩡한 결정 속에서 흘러가고 있지 않은가. 난 적어도 살아 있는 동안 우주의 중심인 나를 위해 확실하게 결정하고 실행에 옮겨야 한다.

광폭한 자아가 폭발하기 일보 직전이다. 지금의 나를 사이코패스라고 불러도 좋다. 그동안은 표시나지 않게 조용히, 법의 범위 안에서 살아왔지만 이제 잠시 일탈하기로 한다. 신의 부재를 이미 알고 있는 성공한 교회 목사가 신흥종교 교주의 길을 가며 그동안 자신을 숨겨온 허물을 벗듯이. 차라리 그편이 자신에게 솔직한 것이 아닌가.

B의 자동차는 예상 코스로 가고 있다. 오래전 사석에서 이야기한 것처럼 절벽 길로 향한다. 잠시 언덕을 올라간 자동차는 왼편 좁은 도로로 접어든다. 여전히 사방은 안개로 뒤덮여 있어 자동차 불빛이 희

미했다. 언덕길로 들어서서 나는 속도를 더욱 늦추었다. 곧 놈의 자동차는 사라져버렸고, 나만 빈 도로에 남겨졌다. 더이상 아등바등하며 놈을 뒤쫓을 필요가 없다. 그의 자동차가 갈 곳은 정해져 있었다. 이 킬로 정도 떨어진 절벽 위의 순환도로다. 이미 이 동네 지형은 구글 지도를 보고 머리에 입력시켜두었다. 놈이 갈 몇 군데는 사전 답사까지 해놓았다. 지금 놈이 가고 있는 이 절벽과 해변 공원이 일을 처리하기에 적당하다. 그중에서도 인적이 드문 이곳이 가장 확실할 것이다. 놈의 주차 지점까지 추측이 가능했다.

도로는 안개에 젖어 있었다. 절벽 길 해안도로의 숲속에 안착해 있는 저택들이 보였다. 출입구에 밝혀진 등불과 실내 불빛들이 조금 전과는 다른 분위기로 번져왔다. 해풍에 밀려오는 안개의 덩어리들이 얇아지며 입자들이 작은 싸라기눈처럼 보이기 시작했다.

자동차 전조등이 어느덧 환해졌다. 그 전조등을 따라 내 시야도 점차 넓어진다. 내 의식에서 불안감이 걷혀나가듯 그렇게 밤안개가 걷혀가고 있다. 절벽 쪽으로 갈수록 길게 늘어선 침엽수들과 하늘의 경계가 선명하게 드러났다.

나의 두 자아도 바깥 풍경처럼 마침내 선명해졌다. 완벽한 기회가 온다면 실행하기로 결정했다. 그가 테러의 한 축이라는 것을 확인한 이상 복수라는 외길을 질주해야 한다. 한평생 해결하지 못한 채 사건의 미궁에서 허우적거리는 것은 참을 수 없다. 그런 나 자신을 보호하기 위해서라도 이 피의 향연은 반드시 베풀어져야만 한다.

B의 흰색 캠리는 쉽게 찾을 수 있었다. 낡을 대로 낡은 그의 자동차

는 절벽과 가장 가까운 장소에 버려지듯 혼자 주차되어 있었다. 그를 이곳까지 싣고 온 가난한 운반체를 확인한 나는 간이주차장 바깥에 서 있는 나무들 사이에 아우디를 밀어넣었다.

밤안개가 바닷바람에 밀려가고 있었다. 절벽 경계선 너머로 검은 바다가 몸을 뒤척이며 거친 숨을 몰아쉬는 거대한 생물체처럼 불안하게 요동쳤다. 마을이 짙은 안개에 잠겨 있는 이 저녁 시간에 누군가 언덕 위로 차를 몰고 나타날 것 같지는 않았다. 이곳은 팰리세이즈 절벽만큼 유명하지도 않았고, 이 지역 거주민들에게조차 잘 알려져 있지 않은 외진 바닷가였다. 채석장처럼 볼품없는 언덕과 절벽의 이야기는 오래전 B와 한 공간에서 일할 때 그에게 들었다. 사람들이 잘 다니지 않는 언덕 위에 자신만이 즐기는 절벽이 있다고 지나가는 대화 속에서 소소한 일상처럼 말한 적이 있다. 그의 정확한 묘사처럼 땅 끝을 휘돌아가며 만들어진 유턴 도로가 인상적이었다. 자동차가 돌아나올 수 있도록 동그랗게 나 있는 그 도로에는 주정차 금지 경고 표시가 붙어 있었다. 좁은 유턴 도로를 막지 말라는 직접적인 메시지였다.

B는 그 도로 너머에 있었다. 이십여 미터 거리를 둔 채로, 그가 암석 위에 세워진 작은 조형물처럼 앉아 있는 것을 확인했다. 쓸쓸한 그의 실루엣은 약간의 미동도 없이 텅 빈 밤바다를 하염없이 바라보고 있었다. 나는 그가 안착해 있는 절벽을 향해 소리를 죽인 채 천천히 걸어갔다. 상처받은 내 아킬레스건은 회복이 덜 되어 자신감을 가질 만큼 아직 완벽하지는 못했다. 하지만 그동안 꾸준히 한 재활운동 덕분에 보조기구를 차고 있는 한 큰 불편이 없었다. 더군다나 놈은 체구가 왜소한데다가 약간의 수전증이 있을 정도로 체력이 형편없는 인간

이었다. 나보다 거의 한 뼘이나 작고 병색이 짙은 그를 두려워해야 할 이유는 없었다. 나의 허리춤에는 언제든 뽑을 수 있는 칼까지 준비되어 있었다.

나는 망설이지 않고 그에게로 다가갔다. 육지 안쪽으로 깊게 휘어들어가 마치 어항 같은 항구에선 경고음처럼 뱃고동 소리가 들려왔다. 바위들이 바다를 향해 버티고 서 있는 절벽 아래에선 부딪쳐 깨어지는 대서양의 성난 파도 소리가 쉴새없이 울려퍼진다. 나는 만약에 대비해 산책 나온 마을 주민인 듯이 무심한 몸짓으로 걸음을 옮겼다. 구두 대신에 신고 나온, 운동화 기능을 갖춘 사스 신발이 지금처럼 고마울 때가 없었다. 예민해질 대로 예민해진 내 귀에조차 발소리는 전혀 들리지 않았다. 나는 코카인을 들이마셨을 때처럼 자신감에 가득 차오르며 약간 들뜨기까지 했다. 오래전 아버지 혈관에 치사량의 모르핀을 흘려보냈을 때도 이런 기분이었던가. 나는 두꺼운 널빤지로 된 가드레일이 끝나고 나무들이 무성한 어두운 공간으로 빨려들듯 들어섰다.

좁은 울타리 사이를 빠져나오자 갑자기 공간이 넓어졌다. 바깥에서 보는 것과는 달리 절벽까지의 공간이 상당했다. 잠시 나무 뒤에 몸을 숨긴 채 달빛 아래 낙원처럼 펼쳐진 푸른 풀밭을 응시한다.

또 한번의 번민이 가느다란 숨소리를 토한다. 밖으로 빠져나온 나약한 자아가 칭얼거리며 나를 흔들어댔다. 그러나 다른 생각을 가진 또다른 자아가 내 옆에 앉아 쏘아붙였다.

그가 죄가 없다고? 어차피 그런 사람은 없어. 나도 그렇고 그도 그렇고. 세상 사람들 모두 죄악의 구렁텅이에서 굴러다니지 않나. 그가 만약 마음속에서조차 범죄를 저지르지 않은 천진난만한 인물이라면? 천만에. 그는 나를 겨냥해 신문사에 투서까지 하지 않았나. 자기 정화가 이루어진 인물이라면? 그는 자기 부원 하나도 제대로 건사하지 못하는 멍청이에 불과해. 그 이후 우울증을 앓으며 그의 정신이 세탁되었다면? 그의 정신세계가 무죄라면, 그냥 삶과 세상이 부조리한 것일 뿐. 나에게 세상이 부조리했듯이 그에게도 세상이 부조리했을 뿐이지. 그에게 죄가 없다면 누군가 나의 살해 동기에 대해 알아내지 못할 것이고. 동족끼리 벌인 좁은 케이지에서의 싸움은 유감스럽게도 이미 끝났어. 하지만 축제의 마지막 순서인 희생양이 필요해. 광기, 증오심, 분노가 뒤범벅이 된 이 축제에서의 제물 말이야.

길이 끝나는 지점부터 작은 풀들이 빽빽하게 자라고 있었다. 그곳은 B가 가꾸어온 마음의 정원인지도 몰랐다. 낯선 땅에서 마음 붙일 곳 없었던 그가 마지막으로 안식할 수 있는. 이런 나약한 자아가 떠올리는 회한과는 달리 다른 자의식의 통제를 받는 내 몸이 움직이기 시작했다. 제물로 정해진 B를 향해 어느덧 미끄러지듯 다가섰다.

나는 흡사 유령처럼 그의 등뒤로 접근했다. 잠시 동작도, 호흡도 멈춘 채 빠르게 주변을 훑는다. 파노라마처럼 한눈에 들어오는 절벽 위의 풍경은 단순하기만 했다. 밤안개가 거의 걷힌 주변 어디에도 사람의 인기척은 느껴지지 않았다.

내 칼이 B의 목에 비스듬히 닿았다. 나의 오른손에 단단하게 고정된 날카로운 금속이 일순간 후드득 놀라고 있었다. 그건 충격받은 B의 몸 떨림이 나에게 그대로 전해져온 것이었다. 그의 좁은 어깨와 구부정한 허리를 내려다보는 순간 여유가 생기며 짓궂은 생각까지 들었다.

놈을 이대로 없애버리기가 아깝다고 생각하는 불량한 자아가 머리를 내밀었다. 내가 당한 것처럼 아킬레스건을 절단하고 성기에 고문을 하고 싶었지만 그냥 눌러 참아야 했다. 후세인을 체포했지만 적어도 현장에서는 점잖게 대한 미군들처럼 말이다. 그를 잡은 미군들이 같은 이라크인들로 구성된 재판부를 통해 교묘하게 그의 목에 밧줄을 걸었다. 하지만 난 그럴 수 없었다.

B가 빠져나가는 것을 막기 위해 왼손을 사용했다. 그의 겨드랑이로 들어간 내 손을 통해 너무 놀라 심장이 터질 것 같은 B의 불안한 움직임이 그대로 느껴졌다. 난 그와 일하는 기간 중에 언제나 갑의 위치였고, 얼굴을 숨긴 마지막 이 순간까지 그 사실은 변함이 없다. 심약한 B의 모습에 다시 한번 절대 강자의 자리를 되찾으며 대범해지기 시작했다. 날카로워 목에 상처를 낼 수 있는 칼날 대신에 두꺼운 칼등 쪽으로 슬며시 오른손의 각도를 바꾼다.

이어 나는 아주 짧은 순간 그를 일으켜세워 절벽 쪽으로 몇 걸음 밀고 갔다. 언제나 을의 위치였던 놈이 이번에도 줄에 매달려 조종받는 꼭두각시 인형처럼 흔들흔들 움직인다. 연약하고 가냘픈 B와 강인하고 육중한 내가 절벽 앞에 나란히 섰다. 멀리서 보면 소년을 안고 있는 아버지나 친구 사이로 보일지도 모르겠다.

B의 의식이 마비되었는지 떨림마저 사라졌다. 그의 어깨 너머로 검은 대서양이 먹이를 앞둔 거대한 생물처럼 숨을 고르고 있었다. 나는 언제나 멀리 볼 수 있는 강한 새가 되길 원했다. 또 놈과 같이 유약한 심장을 가진 가젤을 단번에 찢는 표범이고 싶었다. 그를 파괴하기에 앞서 다시 한번 주위를 살핀다. 굳이 몸을 돌리지 않고서도 나의 촉각

은 절벽 위에 어떤 인기척도 없음을 감지한다. 나는 놈의 겨드랑이에 고정했던 왼손을 빼내어 뼈만 앙상한 어깨를 가볍게 잡는다. 이어 오른쪽 다리를 높이 들어 그의 허리께를 강하게 밀어낸다. 너무 가벼워서 마치 B 자신이 멀리뛰기를 시도하듯 그의 몸이 튕겨져나간다. 허공으로 밀려나간 작은 육체가 포물선을 그리며 아래로 떨어진다.

내 의식이 아주 천천히 그를 추적한다. 이상하리만큼 쉬워서 허무할 정도였다. 나 스스로가 절벽 위를 질주해 바다로 뛰어내린 느낌이었다. 한순간 헉하는, 배출되지 못한 B의 비명소리를 마지막으로 모든 게 끝났다. 그와 나 사이에 남은 흔적은 아무것도 없었다.

"그가 설사 살아난다 한들 나와 무관한 일이야."

나는 칼을 허리춤에 감추며 중얼거렸다. 그것은 혼잣말로 허공에 뿌려졌다기보다는 머릿속에서 맴돈 자의식의 울림에 가까운 것이었다.

하지만 그 순간 마지막 의구심 하나가 슬며시 고개를 들었다. 나 자신의 살인 욕망 때문에 벌어진 일은 아닐까. 오랜 시간 추적해온 이 사건의 실체는, 역설적으로 나 스스로가 만들어낸 음모의 덫은 아니었을까. 보복이란 달콤한 피의 향연 속에서 아주 찰나적인 회한이 스쳐지나갔다.

내 의식이 잠시 흔들린다. 남을 해쳤다는 현실감각보다는 영화의 한 장면처럼 모든 것이 몽환적으로 느껴진다. 심호흡을 하며 텅 빈 낭떠러지 풀밭을 서성이다가 허리를 굽혀 아래를 내려다본다. 부서진 B의 몸이 절벽 아래 바위틈에 널브러져 있다. 안개가 걷힌 하늘엔 둥근 달이 떠 있었지만 바위들이 만드는 그늘 때문에 명확하지가 않다. 오히려 그 불분명한 풍경 때문에 오늘밤 벌어진 일들이 실제 상황이란 자각이 든다.

파도가 바닷물에 반쯤 잠긴 그의 몸을 작은 낙엽처럼 흔든다. 자신을 낭떠러지로 밀어버린 상대가 누구인지도 모르는 채 당한 B를 한참이나 내려다보았다. 바닷물은 먹이를 집어삼키려는 거대한 유기체의 촉수처럼 쉴새없이 그의 몸을 잡아당기고 있었다.

그 상황을 보며 일순간 쫓아내려가고 싶은 마음이 들었지만 참았다. 내려갔다 올라오는 데는 오 분이면 충분할 것 같았다. 나의 잠재의식은 이미 절벽 아래로 내려가 그의 몸통에 칼을 찔러넣고 있었다. 파르르 떨리는 근육을 찢은 뒤 놈의 내장을 썰고 휘저어놓았다. 그러나 그것은 잠시의 환상이었고 나는 어둠 속에서 놈을 주시하고 있을 뿐이었다. 놈이 완전히 물에 잠기기 전에 달려내려가고 싶은 충동에 계속 사로잡혔다.

하지만 나는 교육도 받고 책도 읽은 문명인이다. 놈의 마지막 숨결을 끊어놓기 위해 절벽을 내려갈 정도로 미치지는 않았다. 후세인을 같은 동포의 손에 맡겨 숨지게 하는 것처럼 영악해질 필요가 있었다. 내 손에 피를 묻히지 않고 그가 즐겼던 바다에 생사를 맡기는 편이 현명했다. 지금 놈을 살해하는 것은 내가 아니라 대서양의 검푸른 파도인 것이다. 잠시 숨을 고르고 해류에 떠내려가며 가라앉는 B의 모습을 이성적으로 지켜보았다.

마침내 일어서다

일주일이 지났지만 변한 건 없다. 파도에 떠밀려간 B는 지금쯤 어디에 있을까. 그를 절벽 아래로 밀어버렸을 때의 잔상이 아직 가시지 않았다. 불안하거나 불길한 기분 대신에 오히려 마음이 차분하게 가라앉는 느낌이다. 그날 밤 잠자리에 들면서 마치 일생일대의 시험을 통과하거나 고질병처럼 깊어진 병마를 털고 회생한 것처럼 홀가분했다. 심지어 큰 특종을 했을 때처럼 짜릿하면서도 한편으로 허탈한 마음까지 들었다.

롱아일랜드를 가로지르는 495 고속도로가 한적하다. 고속도로의 가장 안쪽 전용 차로에 안전하게 접어든 후 라디오 버튼을 누른다. 운전할 때면 늘 습관적으로 듣곤 하는 뉴스 채널이다. 뉴욕시를 벗어나는 반대편 도로는 벌써부터 차량들이 몰리며 엉킨 상태다. 옆에 벗어던진 재킷 안주머니에서 달러가 두툼히 든 봉투의 윗부분이 삐죽이 빠져나와 있다.

요즘 들어 분열 증상이 사라져 하루하루가 상쾌했다. 약이 없어도 밤에 숙면을 잘 취하고 있었다. 악몽은커녕 내 머릿속을 엉망으로 만들었던 나쁜 기운들이 모두 빠져나간 것 같았다. 나의 작은 행동까지 제어하며 티격태격 갈등을 벌였던 자아들의 지루한 싸움이 끝났다. 어수룩한 선함으로 내 존재를 나약하게 만들었던 병든 자아가 드디어 사라져버린 것이다. 나를 늘 견인했던 강한 악의 자아만이 남아 편안한 시각으로 성숙해진 나를 조망하고 있다.

오늘은 조영화 회장의 인터뷰가 있었다. 그는 뉴욕 밑바닥에서 온갖 추악하고 탈법적인 방법으로 돈을 긁어모은 졸부였다. 기자들을 꺼려하는 그가 이번엔 정치적 야심이 생겼는지 신문사에 직접 전화를 해왔다. 내가 이끌고 있는 성공한 한인 사업가 시리즈에 자신을 넣어달라는 솔깃한 요청이었다. 그는 스파를 통한 매춘과 인신매매, 고리대금을 바탕으로 일어선 인물이자 발각되지 않은 범죄자였다. 현재 운영하는 사업체들도 전 소유주들의 약점을 잡아 빼앗다시피 인수한 것들이었다. 골프장까지 소유한 그는 모르는 사람이 보면 마치 아메리칸드림을 이룬 것처럼 그럴듯했다. 그 내막을 잘 알고 있었지만 내가 그를 재단할 필요나 단죄할 이유가 없었다. 나는 제안을 흔쾌히 받아들여 그의 서폭카운티 호화 저택을 전격 방문했다. 사적인 공간에서 서로 간의 파격적인 예우가 거침없이 오갔다. 그와 맺어진 음습한 우정은 이제 밝은 세상으로 걸어나와 오래 이어질 것이다. 그런 은밀한 거래를 끝낸 뒤 얼마 전에 B를 제거하기 위해 왕복했던 495 고속도로를 지금 질주하고 있다. 하지만 내 의식 속에 남아 있는 그 시간, 현실의 세계에서 내가 이 도로를 운전했는지는 명확하지가 않다. 그것이 실제 상황이었는지 아니면 내 머릿속에서 일어난 환각인지 불분명하다. 이상하게 열병을 앓고 난 뒤에 느끼는 다른 세상의 풍경 같았다. 출퇴근 시간에는 지구촌 최대 주차장이 된다는 495 고속도로다. 하지만 내가 달리고 있는 뉴욕시 방향은 아직 한가하다.

무엇보다 B의 망상에서 벗어났다는 것이 반가웠다. 그가 사라지자 내 정신에 스며들었던 병도 함께 물러갔다. 오랜 세월 동안 나를 괴롭혔던 분열 증상이 거짓말처럼 치유된 것이다. 그날 내가 죽여버린 것은 무엇이었나. 문득 B가 나 자신의 일부가 아니었나 하는 생각이 든다. 내 의식 속에 똬리를 튼 그는 나와 별개의 인물이라기보다는 거울 속에 비치는 나의 반대편 모습이었다. 언론인으로서 바른 태도를 취하려는 그는 세상에 드러나지 않는 나의 자의식이기도 했다. 이제 더이상 악덕 변호사나 사업가, 궤도를 이탈한 종교인들과 공적인 분노로 대립하는 어리석은 행동은 없을 것이다. 이 냉혹한 정글에서 최후까지 살아남기 위해 제거해야 할 내 속의 암적 존재가 바로 B였다. 그렇지 않고는 내가 그를 절벽에서 밀어버릴 만큼 미워할 수 없는 노릇이었다.

극한의 세계에 던져진 인간이 양심과 자의식을 찾는다면 그건 죽은 목숨이나 다름없었다. 지식인의 일관성을 추구하다 몰락한 B는 어쩌면 내가 무의식 속에서 붙들고 싶었던 나의 병든 자아였다. 그렇지 않고서는 내 머릿속이 장마가 끝난 하늘처럼 이렇게 맑고 조용할 리가 없다. 매 순간 비바람을 부르며 자신을 갈기갈기 찢어놓던 그 자아들의 싸움이 이렇게 끝나다니. 내가 절벽에서 밀어버린 실체가 나 자신이건 B이건 간에 모처럼 나는 완벽한 상태였다. 무엇이 진실이든 내 영혼은 편안함을 넘어 평화로움까지 누리고 있다. 드디어 나를 괴롭히던 자아의 분열 증상이 끝났다.

조금 열린 창문으로 바람이 획획 들어온다. 그 바람 소리와는 별개로 뉴스 채널이 왠지 소란스럽다. 인종 혐오 어쩌고 하는 소리가 방송 캐스터 입에서 빠져나와 자동차 안을 맴돌았다. 마치 새로운 9·11이 벌어진 것처럼 해설자까지 나와서 시끄럽게 핏대를 올리고 있었다. 지방 채널이라서인지 버벅거리는 시원찮은 해설자의 음성이 소음처럼 들렸다. 듣고 싶지 않아 채널을 돌려버리려는데 이번엔 뉴스 현장이 연결된다. 현장이라 해봐야 경찰서거나 아니면 길거리에 서서 떠드는 정도라는 것은 알지만 호기심이 생긴다.

이번엔 연결 상태가 고르지 못했다. 발음은 해설자보다 나았지만 라디오에서 바람 소리가 훅훅 들렸다. 그러나 인종 혐오 청소년들이 저지른 아킬레스건 절단 사건이라는 것은 분명하게 알 수 있었다. 계속해서 그 단어들이 라디오 전파를 타고 밀려왔다.

기자가 인도계, 한국계, 멕시칸 피해자에 대해 장황하게 예를 들었다. 첫번째 피해자는 인도계인지 아메리카 인디언인지 불분명했지만 두번째는 한국계가 분명했다. 또 그 이후에 멕시칸 피해자가 있었다고 경찰의 말을 인용했다. 기자는 경찰 대변인처럼 모두 육 개월 이상의 시차를 두고, 각기 다른 주에서 범행을 저질렀기 때문에 수사가 늦어질 수밖에 없었음을 소상히 밝히고 있었다.

집에 거의 도착을 해가는데 휴대전화의 벨이 울린다. 아까 495 고속도로로 주행중에 다시 켜놓은 탓이다. 전화 받기 전에 전화번호를 먼저 확인했다. 알리바이와 연결될 수 있기 때문에 신중을 기했다. 예상대로 플러싱 경찰서의 한인 경관 알렉스 조였다. 사건의 피해자인 나에게 범인들이 잡혔다는 것을 알려줄 모양이었다. 순간 전화를 받지 말아야겠다는 생각이 섬광처럼 스친다. 뭔가 확인하고 전화를 받는 편이 유리할 것 같아서다.

나만이 주차할 수 있는 길목 통로에 차를 밀어넣는다. 뉴욕 시에서 자신만의 주차 공간을 갖고 있다는 것은 행복한 일이다. 그런 생각을 기분좋게 하며 아무 일 없었다는 듯이 아우디에서 내린다.

조용히, 마치 포트제퍼슨 아파트 단지에서 보았던 고양이처럼 이층 계단으로 오른다. 건물 바깥에 나 있는 계단이라서 내 움직임은 다른 사람 시야에는 잡히지 않는다.

방에 들어가서 컴퓨터를 켠다. 곧바로 기자 시절부터 뒤졌던 지역 신문 홈페이지로 들어간다. '인종 혐오 범죄'라고 입력하자 기사들이 줄줄이 뜬다. 오늘 방송에서 요란하게 보도한 기사는 아직 없다. 대신 한 달 전에 있었던 다른 범죄에 대해 나와 있었다. 북부 뉴저지 포트리 지역에서 멕시칸의 아킬레스건이 절단되었다는 짤막한 기사였다.

플러싱보다는 규모가 작지만 포트리 지역에도 한인들이 꽤 살았다. 여기서 외곽 고속도로를 타고 가면 고작 사십 분 정도 걸릴 만큼 가까운 곳이다. 하지만 주 경계선을 넘어야 하는 탓에 수사 공조가 안 되었을 수 있었다. 한인 경관은 왜 이것을 미리 알려주지 않았을까. 그 이유를 알아야 할 필요나, 따져야 할 이유는 없다. 어쨌거나 이것을 미리 알고 있다는 것이 내 알리바이가 될 것이다. 오래전 아버지의 링거액에 과량의 모르핀을 주사했을 때와 마찬가지로 나의 살인은 또 한번 완벽하게 종결되고 있었다.

휴대전화를 집어들고 통화 버튼을 누른다. 전화가 걸려온 후 집으로 돌아와 기사 찾는 데에 걸린 시간은 겨우 오륙 분 정도였다.

"여보세요."

굵직한 바리톤 음성이 밝게 흘러나왔다. 햇병아리 경관의 목소리가 약간 들떠 있었다. 자신을 억눌렀던 오리무중의 사건이 해결되어 흥분해 있는 것이 분명했다.

"전화하셨나요?"

바로 한국말로 들어간다. 괜히 잘 모르는 척 '누구세요' 하고 쇼할 필요가 없다.

"아, 예. 좋은 소식 알려드리려고요. 범인이 잡혔어요."

그의 목소리 톤이 조금 더 올라간 것 같다.

"아, 그래요? 어떤 놈들이죠?"

"십대 후반, 이십대 초반의 백인 애들이에요. 무슨 원한이 있어서가 아니라 인종 혐오 범죄예요."

"그놈들 한 달 전에도 포트리에서 범죄를 저질렀지요? 한 달 전에 말예요."

한 달 전이란 말을 한번 더 강조했다. 이 말을 한인 경관에게 남기기 위해 아까 전화를 받지 않은 것이었다. 한 달 전에 똑같은 유형의 범죄가 뉴저지에서 발생했다는 사실을 알고 있다는 것은 중요한 일이다.

"맞아요. 벌써 알고 계셨네요. 일 년여 동안 서너 건 저질러진 것으로 파악하고 있는데 더 있을지도 모르죠."

"선 오브 비치."

이게 내가 할 수 있는 가장 심한 욕이었다. 더한 욕들이 수백 가지가 넘었지만 영어로 할 수 있는 욕은 머리에 담아두지 않았다. 어쭙잖은 욕과 치명적이지 못한 위협이 심각한 반격을 불러올 수 있기 때문이었다. 방아쇠를 당길 수 없으면 그런 욕 따위는 차라리 모르는 편이나았다.

범인들은 좁은 울타리 속의 경쟁자가 아니었다. 미국이라는 거대한 조직 내에서의 보이지 않는 경쟁자인 셈이었다. 유색인종 비율은 매년 늘어나고 반대로 백인 인구는 매년 줄었다. 주류 세력이 바뀔 수 있다는 엄연한 사실에 위기를 느낀 철부지들의 칼질이었다. 플러싱 거리의 한글 간판에 대해 법이란 이름의 칼을 들이대는 것은 기성세대였다. 그들 모두 이민자들의 정체성을 제거하기 위해 각기 다른 방식의 공격을 감행하고 있었다. 어쩌면 미국에 들어올 때부터 사회적으로 거세당하고 살아왔는지도 모르는 일이다. 수많은 행정적 절차들을 통해 살아 있는 배추를 소금에 절이듯 차곡차곡 숨을 죽여왔다. I-20, 취업 비자, 노동 카드, I-195, I-485 등등 매 단계마다 현미경을 들이대며 심사했다. 그 과정을 통해 자격 미달을 골라내며 사람의 진을 빼는 것이 나름대로 이유가 있었다.

9·11 테러가 남의 일인 줄 알았다. 눈앞에서 생생하게 목격하고도 나와는 상관없는 다른 세계의 이야기라고 생각하고 살았다. 플러싱의 한글 간판에 분노하는 백인들의 웅성거림을 애써 무시하며, 인종 혐오의 보이지 않는 벽에 둔감했다. 그날 세계무역센터가 무너진 자리엔 새로운 건물이 들어섰다. 수천 명이 사망한 그 사건을 기억하

자고 프리덤 타워라고 명명했지만 증오심은 어느새 만개했다. 완공 전 화장실 벽과 구석진 곳에는 인종 혐오 낙서가 뒤덮였다. 이방인과 유색인종을 향한 백인들의 분노는 아직도 가라앉지 않았다. 그 벽 위에 타일과 대리석이 덮여 시야에서 사라지자 나는 그것이 남의 일인 줄 알았다. 내 아킬레스건이 절단된 것은 결국 9·11의 후유증이었다.

한인 경관과의 전화 통화는 적절했다. 나에게 알리바이가 제공되는 것은 물론 범행 의도마저 사라질 일이었다. 한 달 전에 이미 범죄의 윤곽을 파악하고 있었던 나는 완벽하게 자유로울 것이다. 하지만 순간, B라는 존재가 그동안 분열을 거듭해온 내 자아라는 생각이 혼란스럽게 밀려온다. 이 불투명한 상황 속에서 내 머릿속의 자의식인 그를 제거했다 하더라도 알리바이는 완벽해야 한다. 생존본능으로 이제 나 자신까지 속이려 하다니, 도대체 무엇이 사실이고 진실일까. 엄밀하게 본다면 물음 자체가 적절치 않다. 사실과 진실 따위가 과연 존재하며, 그것들이 이 세상에 필요하기나 한 것일까.

시끄러운 새소리에 눈을 떴다. 서울과는 달리 뉴욕에는 엄청나게 많은 새들이 서식하고 있다. 바다가 가까이 있는 탓에 갈매기들이 온갖 잡새들 틈을 헤치며 퍼덕거렸다. 거리에 올라온 갈매기들이 비슷한 몸체의 비둘기들보다 더 설쳤다.

나는 나날이 강해지고 있었다. 지난밤에 깊은 잠을 못 잤는데도 정신이 맑았다. 바닥이 삐걱거리는 거실을 지나 욕실로 들어갔다. 각종 자료들과 용의자 차트는 이 주 전에 뜯어낸 탓에 벽이 깨끗했다. 거사를 앞두고 사람들이 목격하지 못한 것들을 과감하게 조각내어 쓰레기차에 실어 보낸 후였다.

욕실 세면대에서 얼굴을 씻다가 거울을 본다. 물방울이 맺혀 있는 얼굴이 아직 싱그러워 보인다. 중년이라고는 믿을 수 없는 아름다움이 담겨 있다. 거울을 보고 씩 웃어본다. 뭔가 어색하다.

"잘못하면 렉터〈양들의 침묵〉에서의 살인자의 웃음 같겠어."

내가 중얼거리고도 명언 같아 만족스럽게 느껴졌다. 자신을 위악적으로 표현하는 것이 여유가 있어 보여 괜찮았다. 하지만 저 문을 열고 나가는 순간 나는 여전히 지적이고 매력적인 뉴요커여야 한다. 파리들은 계속 꼬여야 하는 것이니까.

거실에서는 바그너가 흘러나온다. 오래된 전축에서 나오는 명곡이다. 수건으로 얼굴을 닦은 뒤 거울을 향해 웃음을 날린다. 성급하게 만들어진 표정이 진지하지 못한 것처럼 보인다. 다시 한번 약간 수줍게 웃음을 지어 보인다. 한결 낫다. 눈동자도 진실해야 돼. 혼자 생각하며 눈동자 조리개를 인위적으로 밀었다 당겼다 하며 거울을 본다. 눈의 초점을 가까이 두었다 멀리 두었다는 하는 것이지만 사실 그 효과는 확신할 수 없다. 더군다나 거울을 통해서 자신의 눈동자를 본다는 것은 애초부터 불가능한 일이다. 눈까지 진실해야 돼. 다음주부터는 회사 내의 신분이 달라질 것이다.

어젯밤에 기다리던 전화를 받았다. 서울에서 온 반가운 국제전화였다. 밤중에 전화를 건 것을 보면 무식한 인물 아니면 권력자였다. 뉴욕에 딸만 남기고 한국으로 귀국한 전 지사장의 와이프가 감격의 주인공이었다. 실각했던 회장 둘째아들이 다시 복귀하자 그의 사람이었던 전 지사장이 살아났다.

"고생 많으셨죠. 이번에 좋은 소식이 갈 거예요. 본사에서 뉴욕 지사에 관심이 많았거든요. 더군다나 라디오 방송국에 이어 TV 유선 방송에까지 진출하게 되었으니 말예요. 신문, 방송, 출판, 광고를 총괄하는 종합 편성국이 신설될 것이고, 이국장님이 그 통합 매체를 관장할 상무이사 자리를 맡게 될 거예요. 신문 쪽 지사장보다 파워가 더 셀 수도 있어요. 남편에게 들은 이야기를 먼저 전해주는 거예요. 아마 다음주 엘에이 미주 본사를 통해 연락이 갈 거예요."

권력의 핵심과 연결되면 모든 일이 간단했다. 그래서 모두 권력 잡기에 혈안일 수밖에 없는 것이다. 이데올로기는 그 자체로 신성하지만 그걸 실제로 유통시키고 이익을 얻는 것은 권력이었다. 권력의 뒤를 닦아주는 집단이나 개인은 언제나 무시 못할 세력이었다. 온갖 수모를 다 견딘 끝에 나도 결국 성공하지 않았는가.

신설 종합 편성국 담당 상무는 나에게 어울리는 자리다. 총괄국장처럼 얼굴마담은 아니었지만 보이지 않는 모든 것에 칼질을 할 수 있다. 조직 내에서 나에게 잘못 보이면 누구든, 어떤 방법으로든, 무장해제 후 거세가 가능할 것이다. 그동안 전 지사장 딸아이 대학 편입학을 지극 정성으로 도와준 효과가 마침내 가시화됐다. 실각했다고 여기고 아무도 신경쓰지 않는 그 가족에게 투자한 것이 되돌아온 셈이었다. 지사장 와이프는 아킬레스건이 절단되어 잠시 반불구가 된 나를 보고 눈물지은 적이 있었다. 나의 노력과 그녀의 눈물이 결국 나를 밝은 길로 유도했다. 그동안에 드러난 나의 허물과 신체적 핸디캡에도 불구하고 나는 권력을 누리며 살아갈 것이다. 영주의 총애를 받는 집사처럼 말이다. 그 집 딸애가 여기 뉴욕에서 대학을 다니는 한 미국 내의 후견인이나 다름없는 나의 안전은 확보됐다.

모처럼 만족스러웠다. 모든 상황을 이해했다는 듯이 잔잔하게 미소지어 보인다. 렉터처럼 상대방을 제압하며 기분 나쁘게 씩 웃는 웃음이 아니었다.

바그너의 음악이 계속됐다. 〈니벨룽겐의 반지〉 시리즈 마지막 작품인 〈신들의 황혼〉이 절정에 이르고 있다. 지그프리트의 시체를 태우는 불길 속에서 나는 잠시 B를 떠올렸다. 가슴이 벅차올랐다. 오케스트라의 세련되고 힘찬 연주가 온 집안 구석구석까지 아름다운 음의 물결을 일으키고 있었다. 잠시 후 음악이 끝나자 광기, 분노, 증오심이 만든 축제의 불길도 함께 수그러들었다. 각 배역을 맡았던 주요인물들 역시 어느덧 빛나는 연주를 끝내고 각자의 자리로 돌아가 있었다. 나는 연습중인 지휘자처럼 고개를 약간 끄덕이며 주변의 모든 연주자들을 둘러보았다. 그들 모두에게 친밀감을 보이는 내 웃음이 거울 속에 떠오른 가냘픈 B의 모습 위로 잔잔하게 퍼진다. 그건 바로 이 낯선 혹성에 첫발을 내리던 때의 내 풋풋한 모습이었다. 나의 오랜 갈등이 드디어 끝났다.

─B의 사체가 바다에서 발견됐다. 실종 오 주 만에 떠오른 그의 얼굴은 육안으로는 신원 확인이 어려울 정도였다. 경찰은 실직한 가장의 자살로 수사를 종결했다.

에필로그

노란색 실내등이 흡사 연꽃처럼 창문 위에 줄지어 떠 있다. 좀 흐릿하긴 하지만 유리창엔 스타벅스 매장 내부가 파노라마 거울처럼 비친다. 선팅 처리된 유리벽은 29번가와 파크 애비뉴가 만나는 맨해튼 풍경을 은은한 커피향과 함께 파스텔 색조로 보여준다. 동그란 나무 테이블 위에 놓인 내 스마트폰 시계에 토요일 오전 10시 13분 23초가 각인된다. 한 장의 유리를 통해 실내 모습과 거리 풍경을 한꺼번에 다 볼 수 있는 독특한 순간이다.

사거리 건너편 식품점 주인은 동양인이다. 한국 출신일 가능성이 상당하기에 에바와 다닐 때는 주의할 필요가 있다. 좁은 도로에 물려 있는 28번가 쪽 건물의 일이 층은 각각 라코스테 옷가게와 헬스클럽이다. 아래층에서는 운동복 계통의 옷을 팔고 있고 위층에서는 운동복을 입은 사람들이 달리고 있다. 마네킹에 입혀진 옷도 러닝머신 위에서 질주하는 사람도 모두 거리를 향해 소리 없이 행진했다.

맨해튼 중심가인데도 스타벅스 실내가 비좁지 않다. 테이블이 넉넉한 거리를 두고 떨어져 있어 쾌적하게 느껴진다. 양손에 커피잔을 든 에바가 약간의 인공적인 어둠이 출렁대는 빈 공간을 가로질러 오고 있다. 이제 후들거리는 다리를 진정시키며 함께 커피숍에 오는 이 기괴한 즐거움은 버려야 한다. 주말이 지나면 그녀의 법적 남편인 필립 윤이 연방 교도소 문을 통해 세상으로 귀환하기 때문이다.

커피를 내려놓은 에바가 유연하게 테이블과 의자 사이에 몸을 밀어넣는다. 그녀의 몸짓에서 발정기는 가라앉았지만 여전히 아쉬움이 남아 있는 암고양이가 연상된다. 에바의 청록색 구찌 선글라스에 노란색 실내등이 두 줄로 둥둥 떠 있다. 붉고 촉촉한 형광색의 입술이 달콤하고 치명적인 밀회의 스릴을 새삼 떠올리게 한다. 아, 이 짓도 이제 끝인가, 하는 안타까운 생각이 밀려들자 마음 한편이 쓰리다. 그녀를 놓치고 싶지 않은 마음이 폭풍처럼 몰려오며 커피를 마시는데도 목안이 마르는 느낌이다.

"이제 어떡해. 늙은 영감을 어떻게 처리하지. 기회 봐서 아파트 옥상에서 밀어버려야 하나."

그녀가 혼잣말처럼 중얼거린다. 아쉬움 때문에 갈라지는 그녀의 목소리를 들으며 새로운 전의가 불타오르는 것을 느낀다. 니스를 칠한 듯 윤기가 가득 넘치는 맨해튼 하늘이 높고 길게 펼쳐진 마천루 사이에 갇혀 있다. 그 끝 모를 욕망의 틈바구니 사이로 하얀 뭉게구름이 놓쳐버린 어린 날의 솜사탕처럼 어디론가 흘러간다. 빌딩 사이로 울려퍼지는 앰뷸런스의 불길한 파열음이 나른해진 내 의식의 깊은 곳을 흔들어 깨운다.

작가의 말

악의 불꽃이 내 안에서 늘 일렁인다. 겸손을 가장한 오만, 자신을 숨기고 싶은 음습함, 작은 마찰에도 가볍게 몸을 일으키는 증오심 등 수많은 자아들이 메두사 머리처럼 독을 내뿜고 있다. 그중에서 가장 집요한 악의 존재는 한순간도 잠재울 수 없는 광기다. 머릿속에서는 매일매일 개인을 향한 폭력과 집단을 노린 대량 학살이 이어진다.

내 머릿속을 어쩌지 못하는 나는 과연 악한인가. 이십오 퍼센트쯤, 혹은 십 퍼센트쯤 그럴 수 있다. 어쩌면 난 칠십오 퍼센트쯤, 혹은 구십 퍼센트쯤 선량한 사람인지도 모른다. 사소한 언쟁이 벌어지면 난 쉽게 말문이 막히고 습관처럼 말을 더듬는다. 감정을 섞어 말하다보면 수많은 자아들이 뒤엉켜 예측할 수 없는 참혹한 결과가 나온다.

내 안에 엎드린 채 숨을 헐떡이는 두려움이 원인이다. 그 공포심은 상대방 때문이 아니라 내 자의식이 키우고 있는 괴물 탓이다. 언제 폭발할지 모르는 광기라는 괴물을 제어하기 위해 서둘러 입을 틀어막아야 한다. 입을 열면 그걸 기회로 메두사의 머리를 한 그 괴물이 튀어나올까봐 마음의 빗장을 잠근다.

난 언제나 그런 내가 두렵다. 입을 열 때마다 청산유수인 당신은 그런 당신이 두렵지 않은가?

2016년 4월
양헌석

문학동네 장편소설
아메리칸 홀리
ⓒ 양헌석 2016

초판인쇄 2016년 4월 10일
초판발행 2016년 4월 15일

지은이 양헌석
펴낸이 염현숙
책임편집 강윤정 | 편집 김필균 | 모니터링 이희연
디자인 강혜림 유현아 | 마케팅 정민호 나해진 박보람 이동엽
홍보 김희숙 김상만 이천희
제작 강신은 김동욱 임현식 | 제작처 한영문화사

펴낸곳 (주)문학동네
출판등록 1993년 10월 22일 제406-2003-000045호
주소 10881 경기도 파주시 회동길 210
전자우편 editor@munhak.com | 대표전화 031) 955-8888 | 팩스 031) 955-8855
문의전화 031) 955-3576(마케팅) 031) 955-2678(편집)
문학동네카페 http://cafe.naver.com/mhdn | 트위터 @munhakdongne

ISBN 978-89-546-4021-3
* 이 책의 판권은 지은이와 문학동네에 있습니다.
  이 책 내용의 전부 또는 일부를 재사용하려면 반드시 양측의 서면 동의를 받아야 합니다.
* 이 도서의 국립중앙도서관 출판예정도서목록(CIP)은 서지정보유통지원시스템 홈페이지
  (http://seoji.nl.go.kr)와 국가자료공동목록시스템(http://www.nl.go.kr/kolisnet)에서
  이용하실 수 있습니다.(CIP 제어번호: 2016008420)

www.munhak.com